往事微尘

楚泽涵 著

群言出版社
QUNYAN PRESS
·北京·

图书在版编目（CIP）数据

往事微尘 / 楚泽涵著 . -- 北京：群言出版社，
2019.8
ISBN 978-7-5193-0509-3

Ⅰ. ①往… Ⅱ. ①楚… Ⅲ. ①回忆录—作品集—中国
—现代 Ⅳ. ①I251

中国版本图书馆 CIP 数据核字（2018）第 302952 号

责任编辑：李　群
封面设计：李士勇

出版发行：群言出版社
地　　址：北京市东城区东厂胡同北巷 1 号（100006）
网　　址：www.qypublish.com（官网书城）
电子信箱：qunyancbs@126.com
联系电话：010-65267783　65263836
经　　销：全国新华书店

印　　刷：北京柏力行彩印有限公司
版　　次：2019 年 8 月第 1 版　2019 年 8 月第 1 次印刷
开　　本：710mm × 1000mm　1/16
印　　张：17.5
字　　数：257 千字
书　　号：ISBN 978-7-5193-0509-3
定　　价：49.00 元

自 序

这里说的“往事”，是指父辈前贤的故事。

20世纪是中国变动最激烈，也最深刻的百年。我的父母亲和同辈的一些亲朋故旧在20世纪前期认同了马克思关于社会主义的学说，并毕生躬耕实践，与其同代的亲朋故旧中，有众多的同道者历尽艰辛，值得后人景仰，也有的由于种种原因，或颓唐落伍，或踏步不前。随时代和认识的发展，也许应该有更多的理解和宽谅。

父母的同辈人中，也有认同非共产主义价值观的朋友，在新中国建立后，这些有不同价值观背景的前辈都在为我们民族的独立、社会的进步而努力。在我们国家发展过程中有过欢欣喜悦，也有过坎坷和曲折——每个人都有其独特的境遇，或成为传奇，或沦于平淡，但都有故事，因此也不应该遗忘。

如今，父辈前贤已经远去，也许可以套用德国人沃尔夫冈·歌德（1749—1832）的一句诗：

> 他们迎向天光云影，一片澄清，
> 早已远远超离了凡尘。
> 我以对前辈往事的记录，在凡尘中送他们远航。

在我还是中学生的时候，唱过一首歌：

我们前进的路上尘土正在飞扬，
快乐却在我们心中飘荡……

这，也许是我经历的某种写照：生命历程有过尘土，但受父母的教诲，使我始终进取、乐观。庆幸的是，我承续了父母曾经以为自豪的教师为业，直到现在年近八旬，也还没有完全脱离工作，没有像某些同龄的朋友从政或经商。所从事的专业也与父母的专业和职业迥异——我 1957 年考进北京石油学院地球物理专业，毕业后留校任教，从事过石油、天然气资源的勘探，也做过生态环境保护的教学和研究工作，到现在还在为防止自然灾害做学术方面的跟踪和考察——也就是说，对地球科学的各个领域，都有过探索。在这里，也收录了在学校学科专业以外的一些思考、领悟和见解，表述的是一种扩充知识、认识世界，也认识自己的愿望。

现在，我们这一代人，经历和心中的“尘土”或许已经平静，但是，生态环境中的尘土依然值得费心……

本书以“微尘”为书名。微者，所记述的事情，在大时代中确属微小；尘者，虽其微小，但确实为真！

谨以此为序！

楚泽涵

2017 年 5 月于北京

目录

第四篇　科海拾贝

第一篇 往事微尘

1946年张奚若、潘光旦、楚图南等在美国驻昆明领事馆避难纪略

一、事情的缘起

1946年6月下旬，国共内战全面爆发，此期间昆明流传着“民盟勾结地方势力在地方搞暗杀、夺权”的谣言，6月26日，民盟云南省支部在昆明商务酒店由民盟中央常务委员潘光旦和民盟中央委员、云南支部主任委员楚图南领衔举行招待会，招待云南政界和军界人物，民盟中央委员李公朴和闻一多在会上介绍了民盟反对内战、实现国内和平的政治主张，并公开了民盟云南省支部领导成员的名单。6月28日，潘光旦、楚图南、李公朴、闻一多又在商务酒店招待云南文化教育、金融实业界的朋友，并介绍在昆明的民盟支部的领导成员冯素陶、潘大逵、费孝通等并和大家见面。招待会过程中，有人抢走招待会的签到册，后被民盟的工作人员金若年等追回。6月29日，民盟招待新闻界的朋友，由于商务酒店接到不许继续承办招待会的通知，招待会被迫改在冠生园酒家进行。

7月11日晚，李公朴在昆明青云街上遭遇枪击，随即被李夫人张曼筠和路过的云南大学学生抬到云大医院抢救。次日凌晨，楚图南、闻一多等赶到医院时，李公朴已告不治。张曼筠告诉楚图南等，李公朴最后一句话是:“为了民主啊！”

7月15日下午，楚图南和闻一多在云南大学参加完李公朴先生的追悼会和在民主周刊社举行的记者招待会后，按楚图南的安排，楚图南先

走，并嘱咐闻一多在其离开后稍晚一点再走，而且还劝闻一多改变一下回家的路线。楚图南在出了民主周刊社的门以后，没有走通常回家的正路，而是拐进了一家原来熟悉的小理发店，并从理发店的后门出去，随即沿小路从昆华师范学校后门回到住所（胜因寺）。后来听说，昆华师范学校正门前，当日有若干陌生人在门前守候。楚图南回家后准备晚饭时，有学生来告：闻一多出了民主周刊社后，在回西南联大宿舍的路上被枪击中头部，当即身亡，闻先生的公子立鹤也被枪弹击伤。

有多年地下工作经验的父亲楚图南和母亲彭淑端立即明白了：危险还没有过去，随即由母亲找到了父亲的学生许易源，由许易源陪父亲躲在昆华师范学校礼堂后台边的一间有两个出入口的半地下室式的小屋里。

当天傍晚，一辆美国军用吉普车开到昆华师范学校宿舍的门口，是一个美国人开车，找到我们家后，从车上下来的金若年进门就喊："楚师母！楚先生在哪里？"母亲很冷静地说："楚先生不在。"问他："有什么事情？"金若年才告诉母亲：闻先生遇刺，朋友们都关心楚先生的安全，由潘光旦先生出面和美国领事馆联系，请他们保护一些朋友，现在潘先生和费孝通、赵沨（当时的名字叫赵天民）等已经住进美国领事馆，朋友们认为楚先生的处境最危险，因此请他去美国领事馆暂避。然后金若年介绍了开车的美国人——美国领事馆的副领事马克基利。[①] 母亲在问清了所有细节后，才陪金若年一起到父亲藏匿的地点，招呼父亲回到家里，略施收拾就准备走。当时，我家小妹泽湘三岁，小弟泽洋不到半岁。考虑母亲带三个孩子顾不过来，于是将我这个正放暑假的小学二年级学生一起带走——那年我七岁。

二、避难人员考略

吉普车把我们带到篆塘新村的美国领事馆和美国新闻处所在地，我记

① 金若年：《记楚老在昆明的几件事》，载张勇、汪宁主编，云南省文史研究馆编：《楚图南纪念文集》，云南美术出版社，2008 年。

得是一幢两层的小楼，二楼有一间圆形的大客厅，周围都是玻璃窗，玻璃窗外则有带护栏的整圈阳台。在我们到这里前，已经有几位先生在客厅，后来又陆续来了一些人。按父亲的日记，先后到美国领事馆避难的有（按出生年排序）：

张奚若①，当时是西南联大教授，早年是美国哥伦比亚大学政治学硕士；

潘光旦②，当时是西南联大教授，早年是美国哥伦比亚大学理学硕士；

楚图南③，当时是云南大学教授，民盟云南省支部主任委员；

潘大逵④，当时是云南大学教授，早年是美国威斯康星大学法学硕士；

尚　钺⑤，当时是云南大学副教授；

冯素陶⑥，当时是《战时知识》杂志主编；

---

① 张奚若（1889—1973），早年参加过同盟会，在美国哥伦比亚大学获政治学硕士学位后，回国任中央大学、清华大学教授，抗战期间曾任国民参政会参政员。1949 年后任中央人民政府委员，政务院政法委员会副主任，教育部部长，对外文化联络委员会主任，中国人民外交学会会长。

② 潘光旦（1899—1967），早年在美国纽约达茂大学获生物学学士学位，哥伦比亚大学理学硕士学位，回国后曾任清华大学教授兼教务长、社会系主任，西南联大教授，民盟中央委员；1949 年后任政务院文教委员会委员，中央民族学院教授，全国政协第二、三、四届委员。

③ 楚图南（1899—1994），1924 年在北京高等师范学校求学时参加社会主义青年团，1926 年转为共产党员，曾在东北、山东、河南、上海、云南任教，曾任暨南大学教授、云南大学教授；民盟中央委员；1949 年后任西南军政委员会文教部长，政务院扫除文盲工作委员会主任，中国人民对外友好协会会长，第五届民盟中央主席，第六届全国人大常委会副委员长。

④ 潘大逵（1901—1991），1924 年清华大学毕业后，留学美国，获威斯康星大学法学硕士学位。1930 年回国后在多所大学任教，当时任云南大学教授，民盟中央委员，昆明民主周刊社社长；1949 年后任西南军政委员会文教部副部长，全国人大代表，四川省政协副主席。

⑤ 尚钺（1902—1982），早年在北京大学求学，1927 年在河南参加共产党，大革命失败后到吉林，由楚图南介绍到毓文中学任教，担任过朝鲜领导人金日成的老师，抗战期间任云南大学副教授；1949 年后任中国人民大学教授，历史系主任。

⑥ 冯素陶（1906—2010），1926 年参加共产党，抗战期间任昆明文化界宪政联合会“召集人”，《战时知识》杂志主编，民盟中央委员，云南省民盟支部组织部长；1949 年后，历任北京农业大学教授，中央社会主义学院副教务长，山西省人大常委会副主任，山西省政协副主席。

费孝通[①]，当时是云南大学和西南联大教授，早年是英国伦敦大学哲学博士；

赵　沨[②]，当时是云大附中教师；

金若年[③]，当时是中苏文化协会昆明分会和民盟云南省支部工作人员。

上述九人中，有四人原来留学英美，而且都有名校的博士或硕士学位；还有四人是民盟的中央委员（潘光旦、楚图南、潘大逵、冯素陶，其中潘光旦还是中央常务委员[④]，而且包括了当时民盟云南省支部的主要负责人：主任委员：楚图南；组织部长：冯素陶；财务委员：潘光旦；秘书长：赵沨；潘大逵、费孝通当时也是民盟云南省支部的委员）；有四人早年参加共产党（楚图南、冯素陶、尚钺、赵沨，但这四位的身份没有公开）。除了上述九位以外，眷属还有潘光旦的夫人和费孝通先生的夫人，小孩则有我和费孝通的女儿（比我略小）。另外，还有当时云南大学的教师姜震中、王志诚、林彦群、王康等，但是他们由于年轻或者"目标"不是那么大，还需要做一些与外界联系及事务方面的工作和活动，因此在美国领事馆避难的时间不长。

后来父亲告诉我，在闻一多遇刺后，潘光旦先生立即和他原来就比较熟悉的美国驻昆明领事罗斯（Rose）先生联系，告诉罗斯，他和一些教授朋友（而且其中几位还是美国和英国著名大学的博士和硕士）现在的安全受到威胁，希望美国领事馆方面提供保护。于是罗斯亲自开车（或派人）将潘光旦及夫人、张奚若、费孝通及夫人和幼女，三位西南联大的教授和

---

① 费孝通（1910—2005），早年在燕京大学、清华大学研究院求学，后赴英国伦敦大学，获哲学博士学位，抗战期间任云南大学教授，清华大学教授。1949年后任中央人民政府民族事务委员会副主任，中央民族学院教授，第五、六、七届民盟中央主席，第六届全国政协副主席，第七、八届全国人大常委会副委员长。

② 赵沨（1916—2000），早年在河南、上海、重庆等地多所中小学任音乐教师，1941年参加共产党后到昆明任云大附中音乐教师，民盟云南省支部秘书长。1949年后任文化部办公厅主任，全国音协秘书长，中央音乐学院院长。苏联歌曲《喀秋莎》《共青团员之歌》均为赵沨等译配。

③ 金若年（1923—2006），抗战期间任中苏文化协会昆明分会和俄文专修学校工作人员；1949年后任民盟中央委员、副秘书长。

④ 中国民主同盟中央委员会编：《中国民主同盟七十年》，群言出版社，2011。

家眷率先接到领事馆保护，随即又接来了赵沨和金若年——因为这两位较年轻，而且熟悉有关情况（其他人的住所、活动规律及家人等）。潘光旦等人到美国领事馆后，大家商量，认为楚图南、潘大逵、冯素陶的安全可虞，特别提出楚图南是民盟云南省支部的主要负责人，应该优先接来保护。① 楚图南被接来后，又提出尚钺（当时名叫尚健庵）有危险，因此又接来了尚钺。这时已经是 7 月 15 日深夜。

由于金若年当天晚上没有找到冯素陶，第二天，金若年才将冯素陶接到美国领事馆。据称，冯素陶在闻一多遇刺后的当天和次日，与民盟支部的其他负责人讨论和起草有关的声明等文件，② 因此，第二天（一说是第三天）下午才住进领事馆。

三、避难经历和结束

避难期间最危险的经历发生在 7 月 15 日深夜，美国领事馆门口突然汽车声隆隆，来了两卡车全副武装的国民党宪兵，将领事馆包围，并由宪兵队的头目到领事馆门前，要求将在领事馆避难的全体人员交由宪兵带走，这遭到美国领事罗斯的严词拒绝，随后罗斯也拒绝了宪兵头目让领事馆交出避难人员名单的无理要求。这时美国领事馆又用电话向在巫家坝的美国空军求援，要求美国空军派人来保护领事馆和避难人员的安全。此后，宪兵队撤走，领事馆门口和二楼阳台外面则由全副武装的美国兵守卫。我当时已经入睡，半夜起来时确实看见玻璃窗外的环形阳台上有数名美国兵手持卡宾枪在巡逻守卫。次日早晨，阳台上的卫兵撤走，但是门口依然有

① 据梁漱溟《我与中国民主同盟》（当代中国出版社，2011）中关于对李、闻案件的调查部分记载：“云大教授楚图南先于闻先生几分钟出府甬道十四号（楚泽涵注：当时为民主周刊社社址），发现有特务跟踪，乃迅即折回昆华师范宿舍。入夜幸经美领事馆来车迎接，掩护出门。楚去后，尚有特务多次来校搅扰，意在寻楚。”又记载有：“被当作目标幸未遭难的楚图南先生，被搜查而未及捕进牢中的赵沨先生，和其他同人，自身遭遇就是很好的材料。”

② 冯素陶：《黎明前后——冯素陶回忆录》，载《云南文史资料选辑》（第 31 辑），云南人民出版社，2010 年。

美国兵守卫。

次日，父亲以民盟云南支部负责人的身份和潘光旦等与美国领事罗斯交换意见，父亲向罗斯介绍民盟的政治主张——反对内战、希望国内和平、施行民主政治，并对李、闻遇刺表示了强烈义愤，要求追究治安当局的责任和缉拿凶手治罪，并保证民盟成员和爱国民主分子的安全。罗斯表示对所有避难人员的同情和欢迎，并承诺将所有情况报告给美国驻南京大使馆及美国国务院，同时也表示愿意提供避难人员与外界，特别是与在南京的民盟总部的电信联系的方便。在这以后，罗斯意识到在避难的中国人中，真正有影响和起作用的是父亲，因此和父亲有较多的接触，在谈话中提及希望教授们能够在国民党和共产党之间做另外的选择，也希望教授们有机会去美国讲学和研究。父亲回答道：中国在以后走什么道路，作为学术问题，也许是文人论政的一个好题目。但是，在当前蒋介石及国民党在军事上以武力对付过去的合作者，在政治上以高压的态势对付所有不同意见的公民，尤其是以恐怖手段对付手无寸铁的文化教育界人士的事实面前，则很难再认同蒋介石、国民党的政府。父亲也表示：当然希望有机会去看看世界上最富强的美国，但是现在，在中国命运攸关的时刻，似乎没有条件离开中国。父亲还表示：相信所有的同事们都不愿意在这个时候离开中国——除了向往民主的中国，当前则更向往回到原来的学校（清华大学等），恢复教书和学术工作。虽然政见不同，但是父亲和罗斯保持了个人间的友好交往——后来父亲到了上海，还遇到过奉调回美国的罗斯，父亲还请他喝咖啡，为其送行——这是后话。

由于民盟云南省支部的主要负责人均在避难人员之列，因此民盟的活动仍在进行，其中在7月16日通过新闻界向全国发布的《中国民主同盟云南省支部为闻一多同志复遭暗杀的紧急声明》，就是在领事馆经过讨论、修改后由冯素陶带出，在排字印刷后交由新闻界发表的。《紧急声明》认定，闻一多遇害是“有计划的政治暗杀行为”，是“法西斯反动派决心放弃以和平民主方式解决当前国是问题……以配合正在展开的全面内战，公开向全国人民全面进攻的具体表现”。对暗杀惨案，《紧急声明》要求“追究治安当局的责任，调查真相，追究和缉获凶手，交付公审”。《紧急声明》还提出保障人权、取消特务机关、停止内战、释放政治犯和重开政协的主张。

此外，避难人员还通过各种渠道和在南京的民盟总部联系，通报事件的进展，提出各种建议。民盟总部在案件发生后立即向国民党政府提出了抗议。7月17日，参加国共和谈的中共代表团就李、闻案件向国民党提出严重抗议；同日，马歇尔在和周恩来会谈时获悉闻一多遇刺后，表示和周“一样的震惊和憎恶”，而且认为，美国领事馆的行动“对阻止类似事件的继续发生会起到强有力的约束作用”。此后，原来长期担任美国驻昆明领事的斯普劳斯从北平调回昆明，负责调查案件和拟定对避难问题的处理意见。他的调查称：由于领事馆的人相信国民党“已决定谋杀昆明民主同盟领袖”，并且获知云南民盟主委楚图南等也被列入黑名单，因此有必要对这些人加以保护。

李公朴遇刺后，特别是闻一多这样一个素有自由主义色彩的著名知识分子再次遇刺，引起了全中国的公愤，美国领事馆对民盟领导成员的保护和美国舆论及马歇尔的态度又给当时一心要打内战的蒋介石增加了压力，于是蒋介石派警政署长唐纵到昆明处理此事。可是唐纵到昆明后，使出蒋介石惯用的伎俩，将与卢汉关系很深的杨立德[①]逮捕，严刑逼供，企图将责任嫁祸于云南地方实力派龙云、卢汉，这使情况更加复杂起来。当时卢汉既不愿代人受过，但也不能得罪蒋介石。由于卢汉对唐纵的不满，蒋介石只得再派陆军总司令顾祝同、参谋长冷欣和宪兵司令张镇到昆明查处此事。8月6日，民盟总部派秘书长梁漱溟和中央委员周新民到昆明调查李、闻遇刺案件，更重要的是营救在领事馆避难的这些民盟的同志。顾祝同和卢汉曾经两次以宴请的名义会见了梁漱溟等相关人等，最后顾祝同组织了两次欺骗舆论的“公审”，枪毙了两个“特务”，让其做了替死鬼，草草了事。对案件负有罪责的中央军驻云南部队的头目霍揆彰及蒋介石安插在云南省政府的李宗黄（云南省政府代主席兼民政厅长）则仅以革职了事。但是梁漱溟等的营救活动是有效果的：首先，卢汉到领事馆看望避难人员，

① 杨立德，曾任龙云的副官处长。

表示愿意保证避难人员出来后的安全，但是希望避难者离开昆明，并表示愿意提供离开昆明的交通工具和飞机票。国民党政府教育部也派人到领事馆和教授们谈话，提出以避难者不公开发表声明为条件，承诺保证避难者离开昆明后的安全。

在这些安排好后，7月30日，潘光旦和费孝通等乘飞机离开昆明去了上海，父亲则和尚钺、赵沨等暂居于李公朴在世时经营的北门书店，安排和处理民盟云南支部的工作和组织部分青年学生到外地。到了8月8日，父亲和张奚若、尚钺、赵沨同机离开昆明去了上海。历时半个多月的避难生活至此结束。

四、“难童”眼中的避难生活

我在闻一多遇刺的当天晚上随父亲进了美国领事馆，这对我这个七岁的小学生来说是一段独特的经历，因此虽然时隔六十多年，对事情经过都还有记忆。

不大的领事馆一下子来了男女老幼十几口人，因此年纪大的、有家眷的，被分配住进有床的客房，其余的人则在领事馆二楼的大客厅席地而卧，地板上有地毯、充气的橡皮垫子以及军毯，父亲和我就是在这间客厅里住宿；白天则收拾好卧具，大人们就在一起商量和讨论问题。我被告知，除了和大人一起到楼下餐厅吃饭外，不要离开房间，也不要大声说话；还被告知，很薄的楼板下是美国新闻处的办公地点，因此，走动的脚步要轻……

领事馆给我们提供的伙食很不错，第二天早上，父亲带我到楼下餐厅，餐桌上有面包、果酱、黄油、煮熟加糖的水果和各种点心；午餐和晚餐则是中餐西吃，有各种肉食和蔬菜，很好喝的汤，除了米饭还有我们平时吃不到的各种面包。虽然比不上现在宾馆自助早餐的水平，可是对我这个抗战期间在昆明出生而且从小在贫困边缘上生活的幼童来说，这简直是神仙般的日子，吃得好是我对避难生活最清楚的记忆。后来还听说，由于在避难期间空闲时间多，还请了一位在美国留过学的教授给大家讲过西餐礼仪。有一天早餐后，罗斯先生来看望大家，看见我这个小孩，拍拍我的肩膀，还给我一块儿锡纸包的糖，大人告诉我，那叫巧克力。

白天不能出去，仅可以在一间房子里活动，大人们各有各的事情，我没有玩伴，其实也很难过的。但有一位父亲叫我喊“潘伯伯”（潘光旦先生）的架双拐的先生还眷顾我，和我玩“挑香火棍”的小游戏，我输了，他会在我脑门上“弹”一下；他输了，却不许我“弹”他，他答应我将来还我棒棒糖！——我记住了这位毕生从事社会学和心理学研究的、宅心仁厚、童心未泯的长者——虽然他答应还我的棒棒糖至今也没有兑现。避难期间母亲来探望过我们一次，给我们带来水果，换洗的衣服、我的课本和作业，还有父亲需要的书报。母亲还说过，她一路上都有“尾巴”，领事馆门前也有人在走动，还有一个人使她非常厌恶：看见妇女来了，竟当众撒尿。母亲愤恨地说：“什么国民党特务！简直就是流氓！”

有了课本和作业，我有事可做了，父亲有时也问我的功课，还教我背诵诗词，岳飞的《满江红》词曲就是那时学会的。

大约在7月18、19日，外面气氛有些松动，我就被送回家了，我的避难经历约不到一周。

五、后来的事情

1946年在美国驻昆明领事馆避难的各位有民主思想和要求的知识分子，选择了非个人主义道路，在1949年后，全部留在大陆，为发展和建设新中国效力。当年避难者之间都还建立了工作联系和个人友谊。

1950—1953年，父亲出任西南军政委员会文教部长，潘大逵是副部长，两人的友谊一直延续到晚年。

父亲和赵沨则在1954年，分别以中国古典歌舞团团长和副团长的身份出访北欧四国，还到了当时还未与中国建交的冰岛共和国；1955年两人又再次率团访问南美的智利、乌拉圭、巴西、阿根廷与中国还没有建立邦交关系的四国，而且积极准备进入美国，可惜由于当时的“匈牙利事件”，这次试图敲开美国大门的目标没有实现。

张奚若和父亲在1953年分别出任中国人民外交学会会长和中国人民对外文化协会会长；后来又分别在对外文化联络委员会任主任和副主任，工作上是上下级，私谊则是好友和兄弟。

父亲和费孝通后来一直在民盟中央任职，最早的一届民盟中央文教委员会中，父亲是主任，费孝通是副主任；两人还先后担任民盟中央的主席和全国人大常委会副委员长，两人的私谊，从来未因时事变迁和世态炎凉有所变更。

特别要说到的是，潘光旦和费孝通早年有师友之谊，因此费孝通一直对潘光旦持弟子礼，在潘光旦先生遭难，被勒令在水稻田劳动时，费先生一定侍奉在侧，而且为潘先生准备一个小凳子；潘先生在"文革"期间遭迫害，在医院得不到应有治疗，最后是在费先生的怀中去世！

父亲和冯素陶以及金若年都是在民盟中央工作多年的同事，始终保持友谊。

1957年，当时知识界的众多知识分子遭难，父亲正在尼泊尔访问，回国后，高潮已过，潘光旦、潘大逵、费孝通这样的老学者未能幸免，金若年这样比较年轻的同志也在劫。父亲为当时没有能力保护和关心这些老朋友而深为惋惜。

（此文发表于《炎黄春秋》杂志2011年第9期）

中国艺术团访问南美四国五十周年祭

1956年7月至12月，中国派出了88人的大型艺术团访问了南美的智利、乌拉圭、巴西、阿根廷四国，在当地引起了轰动。在访问演出结束，在取道苏黎世经布拉格回国途中，艺术团副秘书长李德椿等10位同志因为飞机失事牺牲。这件事已经过去50年，当事者已经所在不多了，而艺术团的真正目的——争取进入美国——当时并没有实现。谨为此文介绍当年的一些情况和怀念当事者，并名之为“祭”。

一、出访的背景和组团的缘起

新中国成立初期，在外交上实行的是“一边倒”的政策，在重大国际问题上和苏联保持一致。1953年3月，斯大林去世不到半年，中国、朝鲜和美国、韩国（当时叫“南朝鲜”）签订了朝鲜停战协定，“热战”结束，“冷战”开始。1954年4月，在讨论朝鲜和越南问题的日内瓦会议上，周恩来以中国总理的身份在国际舞台上亮相，1955年4月又在万隆举行的亚非会议上提高了中国的国际声誉。

在日内瓦会议后，周总理曾经在一定范围内提到对苏联外交活动的看法和对中国外交战略调整的思路，其大意是：苏联莫洛托夫式的外交活动死板、僵化，而且还有民族沙文主义的倾向，为此，中国应该谋求自己独立的外交战略和风格。1956年2月，苏共召开第二十次代表大会，在批判斯大林的同时，也承认了与西方国家和平共处的国际关系理念。另外，在内政和外交上，中苏关系已经有了明显的裂痕。此后，周总理开始调整中国的外交战略，其要点是独立地和世界各国打交道，并扩大与西欧、澳大利亚和新西兰、中东国家的交往，尽量对当时还没有和中国建交的国家开展工作，特别是寻找和美国接触的机会，争取建立和改善关系。对于行动步骤，则实行以人民外交、文化交流先行来打开渠道的策略。

1955 年 7 月，在法国进行访问演出的中国艺术团团长张致祥（时任文化部副部长）由巴黎文学社社长莫·索利亚和比利时文化交流中心经理儒斯曼作为中介，和当时在美国百老汇有点小名气的人人歌剧团的团长布林签订了一份“联合声明”。该声明规定，中国方面邀请人人歌剧团到中国演出美国的音乐剧《波吉与白丝》，而美国方面则承诺邀请中国的一个艺术团去美国演出。1955 年又是美国著名诗人惠特曼的诗集《草叶集》出版 100 周年，当时的世界和平理事会将其列为当年的纪念世界文化名人的重要活动，同年 8 月由父亲楚图南以中国人民对外文化协会会长的名义，代表中国纪念《草叶集》出版 100 周年纪念活动的筹备委员会向美国的 6 位著名文化人发出邀请，欢迎他们到中国参加 11 月在北京举行的纪念会并邀请他们在中国参观访问——中国首先向美国表示了友好和希望接触的愿望。

可是事情并不顺利，杜勒斯控制的美国国务院没有批准美国公民和演出团体来中国的申请，为此人人歌剧团的布林向中国方面表示“十分遗憾”。另外一位美国文化人 W. 弗兰克在其访问中国的申请被美国国务院拒绝后，更是投书至《纽约时报》，批评杜勒斯的“极权主义”，没有“远见和眼光”。

这些事情当然报告了周总理，周总理表示，美国人还是愿意和中国交往的，但是美国的国务院在杜勒斯控制下，力图封锁中国，一定要想办法突破，总会有机会，不要放弃，还要努力。

二、组团和访问南美的准备

1956 年 2 月，中国派出以在中国享有盛誉的包尔汉为团长的中国文化艺术团共 76 人赴埃及、苏丹、埃塞俄比亚、叙利亚、黎巴嫩这五国访问获得成功，同时也在筹备派出艺术团出访当时还没有和新中国建交的澳大利亚和新西兰，但是主要的民间外交出访活动是南美，最终目的是要“相机进入美国”。为此组建了中国艺术团，团长则由总理选定为楚图南。

现在看来，选择楚图南作为团长的理由是：当时他共产党员的身份没有公开，是中国知名的文化人，又是《草叶集》最早的中文翻译者。特别是在1946年7月，李公朴和闻一多在昆明遇害后，时任民主同盟云南支部主要负责人的楚图南曾经被美国驻昆明领事馆接待“避难”，同时被美国领事馆接待的张奚若、潘光旦、费孝通、赵沨等被美国认为是“民主的个人主义者”的代表，而且楚图南还代表民盟向美国驻昆明的领事罗斯先生就民盟的政治主张、对李闻案件的看法以及对美国在华政策等问题多次表示过意见，并在以后也和罗斯先生有过联系和交往，因为这些背景，进入美国的可能性会大一些。自从楚图南开始从事人民外交工作以来，和智利的著名诗人巴勃罗·聂鲁达，智利社会党领袖萨尔瓦多·阿连德，阿根廷的著名作家贝尔纳多·克尔顿，巴西的著名作家乔治·亚马多（西班牙译法为：若热·亚马多）等建立了良好的个人友谊，并通过他们在南美举行过介绍中国文化艺术的展览会，接待中国的来访者等，在这方面的工作已经有了相当的基础。另外，楚图南的身份是中国人民对外文化协会会长，又是新中国第一届政府（当时叫政务院）部长级成员，同时还是全国人民代表大会的代表、中国人民政治协商会议全国委员会的常务委员，有资格和到访国的参、众两院打交道。按当时的说法，楚图南的身份和地位“可高可低，可官可民”，非常适宜出访这些暂时还没有和中国建交的国家。在1955年，楚图南还率领艺术团到北欧的芬兰、丹麦、瑞典、挪威以及当时还没有和中国建交而且还有美国军事基地的冰岛演出访问，见到了冰岛总统，取得了在这些地区进行工作的经验。

楚图南挑选的主要助手、艺术团的副团长兼艺术指导是赵沨。赵沨后来任中央音乐学院的副院长，是音乐家，而且早在20世纪40年代，楚图南担任民盟云南省支部主要负责人时，赵沨是秘书长，1946年7月还有一起在美国领事馆避难的经历，是老朋友，更是老同志。艺术团的主要演员则是根据赵沨提议决定的，包括京剧界的李少春、张云溪、袁世海、张春华、杜近芳、云燕铭等名家，音乐界的刘淑芳、魏启贤（后来赶去的）等歌唱家和王铁锤等民乐演奏家，舞蹈家则有赵青、刘庆棠、安圣子等，都是当时中国中青年艺术家中德名才艺冠盖一时的佼佼者。

考虑到所出访的地区是美国的“后院”，多数国家与新中国没有建交，而且有些国家还和台湾的国民党当局保持着所谓的“外交关系”，为了适应在复杂条件下进行工作，在中央机关有关负责同志的安排下，李德椿同志担任艺术团的副秘书长，俞林等同志则和对外文协抽调的通晓英、法、西、葡等文字的工作人员和秘书等组成工作班子，负责艺术团的交通、安全、保卫、联络（特别是与当地华侨的联络）等日常工作。艺术团中还有《人民日报》和新华社的记者。后来又由有关方面安排当时在中央机关某部门工作的王力来担任艺术团的副团长兼秘书长，按当时的说法，王力是“笔杆子”，是来协助艺术团收集和总结资料的。

准备工作的重要内容是选定演出节目，周总理曾经指示：派最好的演员，演最好的节目。“派最好的演员”还比较容易落实，那时候“全国一盘棋”，要抽调哪些演员没有困难，演员所属单位无不支持，甚至认为是所在单位的光荣；演最好的节目，则很有讲究，京剧固然是中国的传统艺术，但是由于文化和历史背景的差异，京剧中一些精华“大戏”还难以被外国人接受，因此演出的剧目限定为反映中国人民生活情趣和美好感情的“折子戏”，而且还要唱、念、做、打都有，容易为外国观众所理解。此次选定的京剧节目有《三岔口》《雁荡山》《秋江》《拾玉镯》《小放牛》等；根据以往的经验，外国观众对中国的孙悟空这样的“猴戏”兴趣颇浓，因此准备由李少春主演其拿手戏《大闹天宫》；在民乐演奏上则安排了笛子独奏《放风筝》这样表现年轻人在春日里美好心情的节目，还有琵琶独奏中国古曲等节目；在声乐方面则安排了在外文和演唱方面都有很高造诣的刘淑芳担任主要角色，而且准备到南美后学习当地的民歌并演出。后来传遍中国的阿根廷民歌《小小的礼品》、智利民歌《红色的戈比叶》、根据西班牙名曲重新填词的古巴民歌《鸽子》都是当时在当地学习、演出并带回国的节目。

周总理对这个艺术团的工作极为重视，在天桥剧场审查了全部演出节目，并和全团同志谈话到深夜。周总理提出，人家怕你们去宣传“赤化”，因此要向人家介绍中国人民丰富而古老的艺术，多方面地表现中国人民勤劳、智慧、风趣的精神面貌，并建议将“猴戏”《大闹天宫》改为《花果山》；另外，还对京剧的舞台艺术布置提出了改进的意见：传统的京剧舞台正中是一张桌子，两侧各一把椅子，对中国的观众，当然会理解，但是像“拾玉镯”这样表现少女情怀的节目，可不可以在舞台上略加改动，使之更有生活的气息。周总理还说，演员和艺术团成员的服装，“要入乡随俗，不要男的都是中山装，女的都是旗袍”，让人家以为是“制服”。周总理还特别交代艺术团的领导：艺术团要接触各国的各社会阶层，从平民百姓到国家元首，都以礼相待，对一些在当地有影响的重要人物、文化名人、华侨领袖要重点拜访和交往，对各国的党派和社会团体、宗教界人士，只要愿意，都可以交往，甚至对国民党政权派驻的外交官，也要以个人身份私下、间接做些工作。周总理还和艺术团的领导就如何争取艺术团进入南美的签证，如何争取进入美国，如何对待美国在南美各国的使馆、美国在南美的公民等问题都有详细的指示和交代。艺术团出发前的7月27日，周总理在到和平宾馆出席一个活动后还专门为艺术团全体成员饯行，周总理鼓励大家，不论多困难，一定要争取出去，能够演出就是胜利；要通过演出，交流文化，结交朋友。周总理还端起酒杯，满怀深情地对大家说：“壮哉此行，预祝艺术团演出成功，等待你们凯旋！”

7月29日，中国艺术团88人离开北京，取道莫斯科、布拉格，经瑞士赴南美，第一站是智利的圣地亚哥。当时在周总理身边工作的罗青长同志后来对楚图南回忆道：周总理一直关心艺术团的行程，特别是从瑞士起飞开始赴南美的航程后，一直在关心艺术团的安全，直到深夜从外电获悉艺术团安全抵达后才休息。

三、克服阻力演出成功并引起轰动

艺术团进入南美并不是一帆风顺，首先在签证上就遇到了阻力，除了乌拉圭以外，智利、巴西、阿根廷政府最初都一度甚至二次拒绝给通过经纪人联系申请进行商业演出的艺术团入境签证，后来经过多方交涉，才终于获得签证。由于印度和当时的南斯拉夫使馆的帮助，艺术团的主要领导还获得了外交签证。艺术团到达南美之后的第一站——智利的圣地亚哥时，智利社会党领袖、参议员萨·阿连德到机场迎接，并亲自开车将老朋友楚图南送到市中心的旅馆。

艺术团到达南美的时候，正值对国际共产主义运动批判和反思之时，不少人对社会主义国家产生疑问和困惑，人们关心中国是什么样子？中国的命运如何？艺术团就是在这样的国际环境中进行访问和演出的。艺术团到南美的第一次活动是全团向在圣地亚哥市中心的智利民族解放运动的先驱（有智利"国父"之称）奥希金斯的铜像献花圈，表达了对智利人民和智利民族英雄的尊重。这样看来一项普通的活动，却在当地产生了巨大反响：这使国民党当局的"使馆"散布的艺术团是来进行"颠覆""输出革命"的谣言不攻自破；使很多对中国还不了解的朋友开始通过艺术团的活动重新认识中国。

8月20日，艺术团在智利开始访问南美的首次演出，此前向智利官方，特别是向智利总统卡洛斯·伊巴涅斯发出了邀请。伊巴涅斯总统表示将约见艺术团的领导，但是在预定的约见时间前一小时却派联络官来表示"因病"取消约见。楚图南随即派人携带名片随联络官去总统府表示慰问，总统府随即派出级别高一些的总统新闻官前来表示感谢，楚图南则将准备好的礼品请新闻官转交总统，以表示敬意（这位新闻官则成为楚图南终生的好朋友——曾到中国访问，并每年都在圣诞节给楚图南寄来贺卡和信件，从未中断，直到楚图南去世）。但是在首场演出开始之前，智利官方对何人将出席演出的开幕式始终闪烁其词，直到开演前15分钟，智利朋友才告知：总统将出席开幕式，接见艺术团的领导。几分钟后，国家剧院的所有灯光一齐亮起来，伊巴涅斯总统和夫人出现在贵宾的包厢中，一面观看演出一面和楚图南等交谈。演出结束后，总统和夫人又兴致勃勃地参加了国家剧院为庆祝首次演出成功举行的酒会，还下令广播和报道总统出席中国艺术团演出开幕式的消息。

首次演出的成功给了艺术团成员极大的鼓舞：南美各国人民渴望了解

中国，艺术团的节目能够为当地的群众理解。刘淑芳在到达后向当地艺术家学习演唱的当地民歌，则更是受到欢迎。从 8 月 20 日到 10 月 25 日，在南美四国的五个城市共演出 58 场，直接观众 140 000 多人；通过电视观看的则在 100 万人以上。除了智利总统夫妇观看并会见艺术团领导以外，乌拉圭的国务会议主席、执政的红党领袖，巴西总统的夫人，阿根廷的副总统，以及这四国的外交部长或教育部长、五个城市的市长都观看了演出。巴西总统库比契克曾经三次表示要看演出，但是终究没有来。在巴西的最后一场演出是由库比契克总统夫人主持的慈善义演，总统则送了花篮和表示祝贺和感谢的名片。当时阿根廷总统是庇隆军政府以后的阿兰布鲁，在政治上还不敢过多接近中国，但也曾经表示要观看演出，后来则称病作罢。

艺术团还走访了智利、乌拉圭、巴西三国的议会，访问了巴西下议院的议长和上议院的副议长（议长卧病），智利和乌拉圭的上院和下院的议长。艺术团还在巴西的下议院旁听，在巴西当时的首都里约热内卢的市议会，议长还宣布为欢迎中国艺术团，原来的会议暂停一小时。同时，艺术团还和当地的知识界、文化界进行了广泛的接触：去智利聂鲁达的海滨别墅看望这位中国人民的老朋友，聆听聂鲁达夫人演唱民歌；参加巴西作家亚马多的家宴，慰问亚马多年迈的母亲。这些活动，使艺术团的成员们开阔了视野，交了朋友。多年后，很多人都还怀念那些难忘的朋友和一幕幕交往的故事。

还有一些小故事也说明艺术团的成功：在巴西的最后一场由总统夫人主持的义演中，有一个节目是中国传统的杂技“抖空竹”，演员们出神入化的表演使观众如醉如痴，演出结束时，演员们还将表演用过的空竹送给在座的总统的两个女儿，还教她们抖了几下，结果，第二天巴西的大街小巷出现了许多塑料的空竹，这成为当时时髦的玩具。当时，还有一支苏联的足球队在南美进行比赛，由于在飞机航班上和住旅馆时经常相遇，又是“兄弟国家”的人，艺术团的团员们和足球队相见都很亲切。可是，这支球队走一路输一路，和中国艺术团处处演出成功，处处鲜花欢迎，处处欢歌笑语形成鲜明对比，使“老大哥”的足球队对艺术团的成功极为羡慕。

四、敲开美国大门的尝试

艺术团出访的一个重要的目的是寻找机会，争取进入美国。为此，出发前，艺术团就收集了许多资料，涉及美国的政府、议会机构的运作模式，楚图南还特别注意可能要打交道的各方面人员的情况，例如当时担任美国教育部部长的是一位女性，楚图南重点研究了她的经历，研究将来可能和她打交道的各种预案。另外，还研究了应对美国签证申请的种种对策。例如，对方要求按手印，当如何处理：按不按？按了要不要抗议？抗议是书面的还是口头的？等等。

艺术团到了南美后，采取了主动和美国人接触的姿态：所到之处，一律向美国使馆送票邀请看戏。对方的反应是：美国驻智利大使退回了所送的票，但附信表示了感谢；美国驻巴西大使打电话表示不能出席观看，但致谢意；美国驻乌拉圭大使的夫人和使馆官员来看了戏；美国驻阿根廷使馆有官员来看戏。这些情况使艺术团领导认识到：由杜勒斯控制的美国国务院虽然敌视中国，但是美国的外交官并非铁板一块，不少人其实还是愿意接近、了解中国的。

与之同时，周总理又领导了一场外交攻势：9 月 22 日，在华沙举行的中美大使级会谈上，中国方面提出了一项《关于促进中美两国人民来往和文化交流的声明》的草案，该草案提出："为了促进中美两国人民间的相互了解，为了恢复中美两国人民之间的传统友谊……（两国）将各自主动采取措施，清除目前阻碍两国人民自由来往和进行文化交流的障碍。"这样的建议是明白无误地力图通过外交手段扫清艺术团进入美国的障碍。但是，这样一个友好的建议，也被美国方面拒绝。其原因除了美国当时顽固地推行杜勒斯的"冷战"和敌视中国的政策以外，也由于当时发生了波兰的"波兹南事件"，并且"匈牙利事件"已经在酝酿之中，美国和以苏联为首的社会主义阵营对立日趋尖锐。10 月，发生匈牙利事件，苏联的坦克开进了布达佩斯，苏联面临西方的责难，而中国在当时又支持苏联在匈牙利采取武力行动，在这样的国际环境下，艺术团虽然经演出经纪人和印度、南斯拉夫等国使馆的努力，但是仍然没有获得去美国的签证，美国失去了和中国改善关系的一次重要机会。也是由于同样的原因，特别是10月下旬匈牙利事件后，一些国家掀起的反对苏联的浪潮，使艺术团去墨西哥和希腊演出的计划也没有实现。

艺术团在南美还通过各种途径设法和美国的新闻界接触。这里特别要提到的是：印度当时驻阿根廷的大使赖嘉文先生，曾经担任过驻华大使，和楚图南很熟悉，遇见从亚洲来的老朋友，颇有“他乡遇故知”的味道。赖嘉文不仅动用使馆设备为艺术团提供与中国通讯联络的方便，还以印度大使的名义出面为中国艺术团举行招待会，向在阿根廷的外交使团介绍中国艺术团，并且请来美联社、合众国际社、纽约时报、时代周刊、每日新闻等美国和其他西方媒体的记者，艺术团的领导和主要演员都出席了招待会，并尽可能地回答记者的提问。西方记者的态度是有礼貌、无恶意的，所提的问题不仅有艺术团行程和表演的问题，而且对中国的一般情况也有兴趣，所提的问题探询性居多。但是，尽管提问的记者和所提的问题不少，但是和当地的媒体相比，报道的并不多。这也反映出美国的媒体对中国所知有限和观望的态势。

艺术团还利用可能的机会和美国人接触，认识了一些同行或同住的美国知识界人士，其中有教授、舞蹈家、医生等，他们的态度要比记者更好，更愿意和中国交往。其中还有一位加利福尼亚大学的教授表示愿意为中国艺术团去美国演出牵线搭桥，不仅观看了艺术团的演出，而且出席了艺术团举行的招待会。艺术团在巴西圣保罗演出时，和艺术团同住一所旅馆的200个美国人中，有180人买票观看演出。中国和中国艺术的魅力，以及美国人希望了解新中国的心情可见一斑。

五、关怀心向祖国的侨胞

在艺术团所到的五个城市中，约有华侨3 200人，其中约有1 200人突破了国民党政权“大使馆”的恐吓和阻挠，观看了演出。艺术团还通过访问、会见、招待会和宴会等活动和二百多位有一定声誉和地位的华侨有更多的接触，通过这些活动使他们对长期隔绝的祖国有了了解。艺术团在各国所产生的巨大影响，使华侨同胞深受鼓舞，有的甚至自费在艺术团居住的旅馆订了房间，在艺术团所住房间附近轮班守护，防止有人捣乱。

对当地的一些重要侨领，楚图南和艺术团成员还多次登门拜访，例如布宜诺斯艾利斯的侨领李玉堂先生，早年曾经支持过孙中山先生的革命活动，后来在南美定居，又以乡长、家长的身份和地位资助到阿根廷的华侨青年求学、就业，甚至成家立业；他不仅自己兴办学校，还关心和支持当地的教育事业和公益事业，担任不少学校的校董等职务。他的学生不仅遍及侨界，甚至阿根廷政府中的一些高官、国会议员也是他的门生弟子。由于历史的原因，国民党当局驻阿根廷的"大使"也对李玉堂先生行弟子礼。对这样一位重要侨领，楚图南亲自率领部分艺术团成员多次登门拜访，在李先生的客厅里，中国式的灯具和家具，正中孙中山先生的画像，都使艺术团成员有一种回到家的感觉。李玉堂先生对艺术团的来访还给予过重要的帮助：当时阿根廷政府对中国的态度是极为冷淡的，虽然有官员观看演出，但招待会等各种活动都没有政府方面的人员参加，而且回避和艺术团领导接触。在这种情况下，李玉堂先生动用了他的影响力，促成当过他学生的阿根廷教育部长会见艺术团的主要领导，有机会让艺术团的领导向阿根廷政府的官员说明新中国的情况和愿意发展友好关系的愿望。李玉堂还把国民党当局驻阿根廷的"大使"请到家里，告诉他：新中国成立才7年，艺术团就到南美最豪华的科隆大戏院演出，使南美各国朝野轰动，在南美的中国人从来没有这么扬眉吐气过，并问他作为中国人，是应该高兴还是阻挠？该"大使"十分汗颜，向李玉堂先生表示，他看到国民党政权"气数将尽"，不想再当这个"大使"，打算终老海外算了。应该说这是当时相当一部分国民党驻外人员心情的写照（这件事，楚图南曾经交代过，为当事者的安全计，不要公开报道）。

六、返国途中飞机失事，十烈士殉难

10月底，艺术团结束了南美四国的访问演出后，因为当时国际环境的变化，特别是匈牙利事件带来的冲击，使去美国、墨西哥演出的计划搁浅，艺术团从南美飞回瑞士的伯尔尼，一方面进行初步的工作总结，也让演员们休整，同时争取去希腊演出的签证。这时，伯尔尼也在11月初发生了利用宗教节日反对苏联出兵匈牙利的示威活动，在这样的国际环境下，继续演出是不可能了，艺术团决定回国。回程所走的路线是，从瑞士的苏黎世飞捷克斯洛伐克的布拉格，再转莫斯科回国。由于艺术团人数多，所以分四批离开苏黎世。前三批是艺术团的主要领导和演员，在前三批人员到达布拉格后，最后一批是李德椿等十名工作人员，预定在11月24日从苏黎世起飞到布拉格。据当时在艺术团担任秘书工作并去机场接机的沈愈同志回忆，李德椿等十位同志没有在预定的时间回到布拉格机场，艺术团的领导知道这个消息后，立即由赵沨同志打电话询问中国驻瑞士使馆，得知飞机失事。这时，艺术团决定由赵沨去中国驻捷克斯洛伐克大使馆，请曹瑛大使向捷克斯洛伐克外交部询问。由于当时东欧的局势动荡，布拉格的形势虽然没有匈牙利和波兰严重，但是也特别需要注意安全，因此舞蹈演员而且有点“功夫”的刘庆棠，自告奋勇陪赵沨去使馆，赵沨和曹瑛大使交谈了很长时间。赵沨回来后和艺术团领导商量，决定暂时不向大家通报噩耗，以免让三个多月来朝夕相处、情同手足的演员同志过分哀恸。同时决定，第二天就由楚图南和王力率领大部分团员离开布拉格飞莫斯科，然后乘火车回国，留下赵沨、俞林和沈愈三位同志善后。在赵沨等三人到机场送行时，楚图南与长期担任其秘书的沈愈话别，楚图南紧握沈愈的手，非常真挚而严肃地说：“好好工作，注意健康！”飞机起飞后，赵沨才向沈愈说明飞机失事的情况。

据后来得到的消息：一架捷克斯洛伐克航空公司的班机于11月24日下午6点15分从苏黎世起飞，起飞后三分钟起火，随即坠落在瑞士边境靠近西德的地区。飞机上除了乘务员外，还有中国公民10人，捷克斯洛伐克的“班尼克”冰球队的十几名队员，还有从中国访问归国的一位玻利维亚生物学家。

飞机失事后，瑞士方面的善后安排是将遇难者遗体全部集中火化，然后平均分送骨灰。这样一种“死亡者人人平等”的安排遭到中国方面的拒绝，中国驻瑞士使馆坚持要找回十具中国公民的遗体，并分别装殓送回中国。为此，中国使馆派出了彭华、王乃成两位同志到事故现场辨认遗骸，同时也是为了找回艺术团的资料文件等物品。这是一件非常困难、艰巨而又令人极为伤感的工作，整整持续了三个昼夜。由于飞机在空中爆炸，遇难者遗体已经支离破碎，艺术团的工作人员邓子若的遗体是根据手上结婚戒指上其妻子的名字“陈淑坚”辨认出的，其随身携带的皮公事包上斑斑血迹和肌肉残骸依然可见；演员吴鸣申则是根据一条皮腰带上龙的徽记辨认出的；彭、王两位同志还不断打电话问及牺牲同志的衣着、特征等。

10位中国同志的遗体装棺运回布拉格后，11月30日在捷克斯洛伐克火葬场火化，曹瑛大使和使馆及驻捷机构的代表，捷克斯洛伐克外交部的副部长，文化部的一位司长，还有一些捷克斯洛伐克方面的代表出席了火葬仪式。随即，10位同志的骨灰空运回国，公祭后葬于八宝山革命公墓。陈毅同志书写墓碑，表达了对这10位同志永远的怀念。

七、还要交代几件事情

1956年正是中国筹备召开中共第八次代表大会的时候，国内一片热火朝天，艺术团的成员抱着为国争光的信念，克服了种种困难，圆满地完成了使命。当时艺术团是团结的，大家相处也是融洽的。不过偶尔，也有几个不和谐的音符：当时的王力工作还是努力的，也是恪尽职守的，仅是在智利会见当地公众领袖——智利红衣主教时，没有按艺术团约定的礼仪行握手礼，而是来了个“时髦”的吻手礼。为此，父亲楚图南对王力有过规劝，是出自对年轻人的善意。

后来在“文革”期间曾经活跃过一段时间的刘庆棠，父亲始终认为他当时还是努力、积极要求上进的青年。“文革”期间听到刘庆棠的一些表现，父亲只是说过一句：“唉，这个青年！”语气中更多的是惋惜之情。

1957年，京剧演员云燕铭被错划为右派，并被下放到哈尔滨，父亲始终认为云燕铭是热爱共产党和社会主义的，不是右派，但是父亲对此无能为力。前两年我出差到哈尔滨，通过文化部门找到这位已经80多岁的老艺术家，谈到当年赴北欧和南美的访问演出时，他依旧是对朋友们一往情深。

刘淑芳在约10年前有过一次纪念其舞台生涯的演出，在所演唱的节目中，保留了几首从南美学来的当地民歌，而且还深情地怀念那些难忘的岁月。

父亲早年的秘书沈愈同志一直和我们有很好的联系，如今他也是八十开外的人了，这篇文章的写出得到他的鼓励，并提供了很多原始的素材，没有沈愈同志的帮助，这篇文章是写不出来的。在此向沈愈同志表示感谢，并怀念那些曾经与父亲一起在周总理领导下为开拓人民外交事业而努力的耕耘者，包括在世的和逝者；也不论他们后来的命运如何——他们当年所付出的努力不应该被忘记！

可以告慰的是，中美关系的坚冰在15年后被打破，具体的指挥者还是周总理，所遵循的思路还是人民外交，还是文化（体育）交流！

附：赴南美中国艺术团因飞机失事牺牲者的名单：

李德椿、俞良、饶其丰、张槐根（中央机关工作人员）；

邓子若（中国人民保卫世界和平委员会工作人员）；

吴鸣申、张春来、刘又春（中国京剧院演员）；

蒋文林、王文华（中国京剧院舞台工作人员）。

2006年1月5日

（此文曾发表于《纵横》2006年第10期，并被《新民晚报》等报刊转载）

附录：新中国成立早期，按周总理指示父亲为和美国文化界联系所做部分工作：

周恩来还特别关照楚图南（时任中国人民对外文化协会会长）：要邀

请一些有影响的美国文化人访问中国，特别提到：要邀请卓别林（英国出生，长期在美国生活和工作，当时已经移居瑞士）、斯诺、赛珍珠等。先父随即以中国人民对外文化协会的名义对这些人发出了邀请信。卓别林接到信后给父亲回了信，表示了对中国十分友好的感情和对邀请的感谢，并以当时他的处境为由对近期不能访华表示歉意。斯诺则接受了邀请，但是直到1960年才在新中国成立后第一次以对外文协客人的身份重新踏上中国的土地。对邀请赛珍珠，当时曾有议论认为她是“亲蒋”的，表示异议。但是因为她多年在中国生活，曾经将《水浒传》翻译成英文，还写了许多以中国为背景的小说，并在1938年获得过诺贝尔文学奖，被西方人认为是“中国通”，因此应该做工作，希望她能看到中国的变化，并通过她影响其他人。为此先父知会过当时人民文学出版社的负责人，随后在该出版社编辑出版但仅在内部限量发行的《外国文学参考资料》中出了一本《赛珍珠专辑》，介绍了赛珍珠的生平，收录了重要作品《大地》的缩写本、其他作品的简介和按当时的观点对其人的评论。可惜的是，邀请信发出后没有得到回应。

比利时伊丽莎白王太后访华留影一瞥

1961 年 9—10 月，当时还没有和中国建交的比利时王国国王博杜安一世的祖母——伊丽莎白王太后到中国进行了近一个月的访问，并由比利时王室的摄影师留下了一组珍贵的照片，仅就所知，略记其详。

一、“可以和欧洲的王室打打交道”

1961 年秋，中国的经济状况因实行调整、巩固、充实、提高的“八字方针”已经开始走出低谷，国民经济已经有恢复的迹象，文化、体育活动也有所恢复。这一年的“十·一”又正值新中国成立 12 周年，大家都希望高高兴兴地过一个国庆节。

当时中国面临的国际形势还是很复杂的：“冷战”没有结束，美国对中国的封锁和禁运还在继续；“牢不可破的中苏友谊”出现裂痕，以社会主义阵营“老大”自居的赫鲁晓夫和中国共产党的领袖公开论战；与中国有外交关系的国家还仅是东欧、亚洲的社会主义国家，以及东南亚和北欧的一些国家，西欧的主要国家虽然和中国有各种来往，但是还没有建交。在那些年代，周恩来主持下的外交工作是“官民并举”，重心之一是亚非拉（当时叫“第一中间地带”），另外西欧和日本（当时叫“第二中间地带”）也是中国要开展工作的区域。楚图南从 1954 年起担任中国人民对外文化协会会长（简称：“对外文协”，1964 年，中国人民对外文化协会改名为中国人民对外文化友好协会——就是后来中国人民对外友好协会的前身，其简称“对外友协”则延续至今）。

1961 年，虽然经济状况开始逐步好转，对外文化交流开始恢复，但是国家的财力还十分有限，这一年被邀请到北京参加国庆活动的外国人也不多。当时外宾访问中国基本上都是中国方面邀请并负责全部费用，由于经济还仅是开始复苏，财力有限，文化口邀请来参加国庆活动的外宾（当时叫“国庆外宾”，要安排他们参加 9 月 30 日晚在人民大会堂的国宴、10 月 1 日上午天安门前的观礼和晚上的焰火晚会）不到一百人，比 1959 年的近千人少了很多。对于所邀请的外宾，周恩来总理提出：“可以和欧洲的王室打打交道。”

西欧和北欧的许多国家至今保留王室，作为其国家的象征，在所在国家的社会和人民群众中有相当的影响，而且各国王室之间的交往也比较活跃。因此中国和这些王室中的一个有了来往，则很可能和其他王室的关系也会有缓和和改善。但是在欧洲这么多的王室中选择首先和谁打交道呢？对外友协后来将目光锁定在比利时：比利时是欧洲比较古老的王国，而且与其相邻的另外两个国家——荷兰王国和卢森堡大公国在经济上和政治上结成联盟，在西欧有一定的影响；在二战以后，虽然也是北大西洋公约组织的成员，但是与世界上不同社会制度的国家都有较多来往和友好的关系；比利时历来国内的民主气氛比较浓烈，各种不同的思想、观点能够得到表述的机会：马克思和恩格斯所著的《共产党宣言》就是在比利时首都布鲁塞尔的一家咖啡馆中写的，而且马克思和恩格斯领导的第一国际（国际工人联合会）也曾将其总部设在布鲁塞尔；1954 年在日内瓦会议期间，周恩来总理和比利时外交大臣斯巴克有较多的接触，使比利时在对中国的认识上有进步，同时在近十年的人民外交工作中，邀请了许多比利时的知名人士访问中国，使他们对新中国有了相当的了解。正因为这些原因，对外友协决定邀请比利时的王室成员——伊丽莎白王太后——以比中友协代表团的名义访问中国。

二、伊丽莎白王太后其人其事

伊丽莎白王太后是比利时老国王阿尔贝一世（1909—1934 年在位）的

王后。阿尔贝一世曾经在1914年重申比利时“永久中立”；同年8月2日，又拒绝德国皇帝威廉二世提出的允许德国军队自由通过比利时的通牒；8月4日德军大批入侵比利时，阿尔贝一世这时担负起比利时军队总司令的职责，领导军队进行抵抗，直到第一次世界大战结束；战后他要求废除1839年欧洲各国关于比利时地位的一些条约，宣布比利时永久中立，并在战后领导比利时的重建。1934年阿尔贝一世去世，由他和伊丽莎白王后的儿子即位，是为利奥波德三世。

伊丽莎白在出嫁前是德国巴伐利亚的公主，嫁给阿尔贝国王后，一直支持国王抵抗德国的侵略，在战后又支持比利时的重建和文化复兴。1934年阿尔贝老国王去世，儿子继承王位后，伊丽莎白王太后又支持其反对纳粹德国的侵略扩张。二战期间，比利时被纳粹德国入侵，比利时王室始终站在抵抗法西斯的一边，并在军队抵抗失败后被软禁在布鲁塞尔郊区，后来又被盖世太保送到奥地利关押。二战胜利后，伊丽莎白的儿子利奥波德三世复位，王太后又恢复了活动。1951年，利奥波德三世退位，其子继承王位，是为博杜安一世。伊丽莎白是博杜安国王的祖母，按中国的习惯应该是“太王太后”，但按欧洲的习惯，还是尊称为“王太后”。

这位当年已经70多岁的老太太经历过两次世界大战，而且是处在风暴中心，因此她的经历颇为传奇，又因她历来关注文化，与各国文化人有广泛联系而备受尊敬。早在20世纪30年代，她就是爱因斯坦的挚友，爱因斯坦称她为巴伐利亚的“同乡”，每次到布鲁塞尔，必去拜访伊丽莎白；另外两人都爱好音乐，特别是小提琴，伊丽莎白自称，她的小提琴演奏水平不如爱因斯坦，只是“第二小提琴手”。20世纪50年代，布鲁塞尔举办了以伊丽莎白命名的音乐比赛，成为当时世界上著名的音乐赛会，我国许多著名的音乐家曾经参加过赛会并获奖，马思聪等还被邀请担任过赛会的评委，因此王太后和中国的一些文化人有过交往，并表示过对东方文化和中国的向往。正是因为这样，我父亲以对外文协会长的名义向这位在欧洲有声望和影响的比利时王太后发出了访问中国的邀请。

但是，欧洲王室的成员会到“无产阶级专政”的社会主义国家来吗？应该说，当时王太后访问中国的阻力还是大的：比利时以及西欧的主要国家都还没有和中国建交，对所谓“铁幕”或“竹幕”国家还有偏见；另外王太后毕竟年近八十，而且比利时和中国之间还没有航班，要取道莫斯科才能到北京，这样绕道的长途飞行，老太太吃得消吗？王室成员，包括其孙子——国王博杜安一世都不无担心。但是老太太接到中国方面的邀请十分高兴，她排除了各种阻挠，毅然决定要亲自来看看新生的东方文明古国。于是她先到了莫斯科，然后中国和苏联方面协商，由苏联方面安排一架图 – 104 喷气式飞机从莫斯科直飞北京。当时莫斯科到北京的航线上多由苏联制造的伊尔 – 14 型飞机执行任务，之间要经停鄂木斯克和伊尔库茨克，由于路途遥远，如果气候条件不好，还要在条件很差的苏联国内机场逗留。因此，由当时最先进的图 – 104 喷气客机从莫斯科直飞北京，通常只为中苏两国政府间首脑、元首做安排，为比利时王太后安排喷气客机已经是破例。

三、伊丽莎白王太后访问中国纪略

1961 年 9 月底的一天下午，伊丽莎白王太后乘坐的图 – 104 客机到达北京，当时能够起降这种飞机的仅是南苑机场。图 1 是王太后（前右二）到达北京时的照片，时任全国人大常委会副委员长和中国人民保卫世界和平委员会主席的郭沫若（前左一）和时任全国妇联主席的蔡畅（前右一）亲到机场迎接，蔡畅挽着这位早年她在法国留学时就听说过的老人步出机场，左后一则是东道主楚图南和时任全国妇

图 1　全国人大常委会副委员长郭沫若（左一）、全国妇女联合会主席蔡畅（右一）到机场迎接比利时王太后伊丽莎白

联副主席的李德全。

考虑到王太后年事已高，所以没有安排她去外地访问，在北京也没有安排她去参观当时的所谓开放单位，而是让她本人随心所欲地游览和参观，并根据她的意愿安排她和“几位老太太”“聊聊家常”，于是安排了宋庆龄和她会见。会见是在宋庆龄在北京的寓所里，两位虽然是初次相逢却一见如故，像多年好友一样谈笑风生，宋庆龄兴致勃勃地请王太后吸烟，而且自己也先点了一支，王室的摄影师记录下了这一珍贵的瞬间——除此，宋庆龄从来没有在公众场合和外交活动中吸烟（图 2）。

王太后在北京还见到了另外一位“烟友”何香凝，何老太太在家中以午后茶叙的方式招待王太后，而且还将自己的一幅画作送给王太后留作纪念，照片上，何老太太的手和王太后的手紧握在一起，至今还能够使人感受到温暖的友谊气息（图 3）。

王太后在北京访问的高潮是参加 1961 年的国庆活动，特别是 10 月 1 日晚，在天安门城楼上观看节日焰火晚会。休息时间，毛泽东会见了王太后，第二天新华社发了消息和照片，登在《人民日报》的头版上。作者

图 2 宋庆龄（左）与伊丽莎白女王太后（右）

图 3 何香凝（右）与伊丽莎白女王太后（左）

当时随父母和弟妹一起在天安门参加晚会，在离开天安门城楼时，在楼梯上意外遇到也准备离去的王太后，王太后友善而亲切地感谢父亲对她的邀请，而且特别感谢今天的活动安排，使她在中国度过了难忘的一天，尤其是今天——天安门前盛大的晚会。王太后还问候父亲的一家——夫人和孩子们。

王太后离开北京回国前，楚图南为其举行欢送宴会，图 4 是双方共祝中国和比利时友好不断发展的场面。

四、后续的故事

王太后回国以后，比利时和中国的民间友好往来明显增加：许多比利时人都追随王太后的脚步来看看中国，其中包括比利时王室成员阿拉男爵。1964 年中华人民共和国 15 周年国庆前夕，比利时方面派出了以阿梅德为团长的比中友协到中国参加纪念国庆节的活动，并在中国访问了四周。

后来，中国发生了文化大革命，中比两国民间的友好交往基本停滞，在此期间，伊丽莎白王太后以高龄辞世。

1971 年 10 月，在王太后访问中国 10 年后，中国和比利时终于建交。

1978 年 11 月 25 日到 12 月 3 日，“文革”后恢复工作的楚图南作为中国人民对外友好协会的副会长率领友好代表团访问比利时，在到达布鲁塞尔的第二天到伊丽莎白王太后的陵墓献花致意。当天晚上楚图南参加了比中友协主席阿梅德举行的欢迎宴会，在致辞中他高度赞扬了王太后在推动比中友好发展所做的贡献。

11 月 27 日中午，比利时国王博杜安一世和王后在王宫接见当时在比利时访问的中国政府交通部部长叶飞和对外友协副会长楚图南，以及中国驻比利时大使康茅召。国王特别提及他祖母 1961 年访问中国后留下的美好印象和在促进两国建交方面所起到的作用。他还说在他祖母去世前，曾经留下访问中国的照片，祖母曾经嘱咐他，要把记录她在中国访问的照片送给中国的朋友们。国王还对楚图南说，我在祖母留下的照片里，已经见过你了。

图 4 楚图南会长设宴欢送比利时王太后并与其举杯同祝中比友好不断发展

当晚，国王的卫队长到楚图南所住的宾馆递交了王太后访问中国时，由王室摄影师留下的五幅照片和底片（其中两幅都是在欢送宴会上与楚图南的照片）。这就是比利时王太后访问中国时所留下的老照片的来历。

“文革”中胡愈之等痛切晋言毛泽东前后

1986年1月24日，《人民日报》发表了一篇楚图南纪念胡愈之的文章，其中提到：“……在‘文革’的混乱时刻，愈之同志忧心忡忡地约同杨东莼和周世钊同志上书主席要求见面。毛主席派人接见了三位同志。整整两个半天，他们都很诚挚地也是很沉痛地，对当时全国带有关键性的重大问题作了痛切的晋言。愈之同志说的是发扬民主、广开言路，杨东莼同志说的是青年问题，周世钊同志说的是教育问题。据说这些问题都被详细记录下来，并上报了，但却无结果，并且得到相反的反应。”

这一段文字也使读者产生了一些问题：什么时候胡愈之等三人向毛主席派的什么人谈了哪些内容？这次“晋言”是如何引起的？其效果如何？

一、事情的由来

1972年夏季，离“九一三事件”不到一年。不少干部、知识分子都从“文革”初期的政治狂热转为冷静沉思。知识界的一些勤于思考的代表人物则站在历史的高度思考中国的命运和前途，虽然提出的问题不尽相同，但有一点是共同的，那就是：尽快结束“文革”以来的混乱局面。而结束这种混乱局面的希望则是向领导者申述意见。这种申述需要有机缘和合适的人选。

为后来晋言创造条件的关键人物是周世钊。周世钊，字惇元，1897年生于湖南省宁乡。1913年至1918年和毛泽东同班就读于湖南省立第一师范学校，新中国成立后曾一度担任湖南省副省长、全国人大代表及人大常委会委员。因早年与毛泽东有同窗之谊，深得毛泽东的信任。毛泽东称周世钊为“贤者与能者”，是“真能爱我又真能于我有益的人”。毛泽东1961年所作的名篇《七律·答友人》中的“友人”就是周世钊。

1972年7月5日，周世钊因王季范先生在北京病重而由长沙进京。王季范是毛泽东的姨表兄，王海蓉的祖父，也是周世钊的老师和挚友。7月11日，王季范先生在北京病故。7月13日举行追悼会，由郭沫若主持，出席的有周恩来、徐向前、华国锋等国家领导人，有胡愈之、季方、谢扶民、杨东莼、黎锦熙、张国基、熊瑾玎、李淑一等知识界代表。当时还没有正式恢复“民主人士”这一称谓，致悼词的周世钊的身份是全国人民代表大会代表。

虽然王季范与毛泽东有特殊的关系，但这总是“文革”以来第一次为一位非党的老知识分子举行如此隆重的追悼会，而且又有相当一批老知识分子在追悼会上露面，这给当时沉闷的政治局面带来一线希望。

周世钊在参加了王季范的追悼会后留居北京，频繁地看望一些老朋友，其中有胡愈之、杨东莼、楚图南、萨空了、李文宜等，大家在一起议论国事，很为国家的前途忧虑。1972年7月16日，周世钊在胡愈之的寓所与胡愈之、杨东莼、楚图南、萨空了等人谈了一晚，众人形成了要向毛泽东上书言事的共识，并委托周世钊通过王海蓉联系。

二、晋言的内容及酝酿

周世钊在通过王海蓉进行联系的同时，将与胡愈之等人议论过的内容形成文字。8月4日王海蓉电话询问周世钊：要他转呈毛泽东的信写好没有；8月5日周世钊写完信的初稿，并认真地进行了修改。周世钊去世后，子女清理其遗物时发现有1972年8月10日由周世钊一人署名的致毛泽东的信件（全文见周彦瑜、吴美潮编著《毛泽东与周世钊》一书）。信中概括了他与胡愈之等人多次议论的主要内容，信中提到的问题包括八个方面：

1. 有关林彪集团中罪行特别严重头目的处置；

2. 落实干部政策；

3. 解放知识分子；

4. 总结解放军“支左”的经验教训；

5. 青年教育问题，知识青年“上山下乡”的严重后果；

6. 恢复尖端科学研究，除恢复理工科大学，还要恢复文科大学；

7. 改变“青年工人、农民和学生除政治理论外没有多的书可读”的状况；

8. 受理群众申诉，健全法制。

应该说这些问题都是当时的重大问题，不仅范围广，而且提得相当尖锐。周世钊在与胡愈之等人议论这些问题时，还有一些值得记述的故事。

例如，讨论中曾提过国际形势和外交政策问题。当时中美关系的僵局虽已打开，中国在联合国的合法地位也已恢复，但是在国际交往中，常常是“以我划线”，以致失掉了许多老朋友。多年从事人民外交工作的楚图南对此特别痛心，在讨论中讲了很多意见。也正是在这个时候，传来了对外交部“大事不讨论，小事天天送。此调不改正，势必出修正”的批评。大家考虑到领导外交部的周总理在“文革”期间忍辱负重，处境已十分艰难，为不给某些人以为难周总理的口实，一致商定，上书中暂不提这一条。

在讨论教育和大学恢复招生问题时，提到年初以来，周培源在周总理授意下为理工科大学教育改革发表的一些意见，大家为之振奋，感到有了希望。但同时对在此前后毛泽东在“最新指示”中说的“大学还是要办的，我这里主要讲的是理工科大学还要办”，很不理解。一辈子从事文科教育的周世钊，在讨论中多次提及不仅要恢复理工科大学，也要恢复文科大学。在他给毛泽东的信中甚至提出：“文科大学中是否可指定几个有条件的设置历史研究所（或单独设立），招收大学毕业生中的文史学习比较有基础的人学。”这里是明确主张要恢复研究生的招考了。而且周世钊还提出：希望学有基础的青年“用适当长点的时间，研读古文史名著”。他说：“章学诚谓：六经皆史。实则子部、集部中的绝大多数又何尝不是历史的重要资料。”他进而感慨说：“古今多少文史书籍都是可读之书，也是做专门研究者必读之书。目前能胜任这种研究的教师已不多，再过几年更难物色。”

对当时文艺界的万马齐喑的局面，大家十分忧虑。胡愈之、楚图南、沈兹九等还回忆起新中国成立前一起在河北省平山县中共中央所在地时的情景。当时虽然物质条件较差，但精神及文化生活却很充实。在迎接1949年新年的聚餐会上，毛泽东轮流向在座的朋友们敬酒，并不时讲些故事和笑话；齐燕铭在联欢会上即席清唱昆曲《夜奔》，把一位英雄有国难报、有家难投的心情表现得淋漓尽致。又联想到齐燕铭此时还身陷囹圄，大家不免感叹。在座的杨东莼是当时已没有任何活动的中央文史馆馆长，这位多才多艺、与不同经历的知识分子有着深厚友谊的、摩尔根名著《古代社会》的中文译者，见如此情景，即席忘情地也清唱了一段《夜奔》，唱完后无限感慨地说了一句：“此调不弹久矣！”接着，大家提及中国的京剧及地方戏能给老百姓以历史知识的教育及伦理道德的教育，对当时文艺界的情形都表达了同样的忧虑。

在这些讨论中真正起核心作用的是胡愈之。胡愈之早年主编过《东方杂志》，后来又为《世界知识》的出版进行过组织工作，对国际政治问题有深湛的研究。1948年夏天胡愈之从香港到大连后，向中共旅大区负责人李一氓说过，毛泽东同志估计的胜利时间从现在起还要两年，在他看来，胜利时间不要两年。在李一氓问及理由时，胡愈之说除军事形势外，还有人心向背问题。李一氓认为他说得很有道理，便将他的意见报告了旅大区党委。后来要一氓专程护送胡愈之往河北省平山县中共中央所在地，并提醒他到平山县后一定要把上述看法告诉毛泽东同志和党中央。后来国内形势的发展果如胡愈之所料，这传为历史佳话。

胡愈之不仅学问渊博，阅历丰富，胆识过人，勇于任事，即使在同辈人中，人望亦极高，同志们、朋友们有事都愿找他商量请教。胡愈之认为向毛泽东上书言事，不能把问题提得太多，而且不能含有个人好恶及情绪的成分。因此，胡愈之认为上书言事的内容应归纳为三方面：广开言路、发扬民主，教育问题，青年问题。在取得共识后，商定由胡愈之、周世钊、杨东莼分别就上述问题进行准备，一旦有机会就向毛泽东主席或毛泽东指派的人晋言。而且胡愈之慧眼独具地认为中国当时最要紧的问题是广开言路、发扬民主。胡愈之认为可从民主革命时期毛泽东总结的三大法宝之一的统一战线说起，认为社会主义革命时期也有人心向背问题，也要通过发扬民主、广开言路取得大众的支持和理解。认为当时实际上的“黄钟毁弃，瓦釜雷鸣”的状况应该使之改变，具体办法是请求恢复由原来民主党派办的报纸，例如恢复《光明日报》，或另外办个刊物，使之可以容纳各种不同的意见；应该实行毛泽东主席早年提倡的群言堂。后来，在“四人帮”被粉碎后，胡愈之积极倡导群言堂，使《群言》杂志得以问世。但这些主张早在 1972 年就在酝酿了。这广开言路、发扬民主一条可以把周世钊在信中所提到的内容都概括在内了。

三、晋言的经过及余波

由于王海蓉的联络，毛泽东知道周世钊暂居北京，还知道周世钊有话想对他讲。1972 年 9 月 4 日，毛泽东托人送来清人梁绍壬的笔记体杂记《两般秋雨盦随笔》，并在该书的扉页上写到：供惇元兄消遣。

1972 年 10 月 2 日晚，王海蓉陪同周世钊赴中南海会见毛泽东。毛泽东对这位多年的老友、对故乡湖南还是关切的，毛泽东问周世钊：湖南的情况怎么样？周告知实情。于是毛泽东叫汪东兴入内，并对汪东兴说，他（指周世钊）是来反映问题的，你也听一听。在听完周世钊对湖南情况的讲述后，毛泽东嘱咐周世钊与华国锋一起回长沙，参加对湖南问题的处理，并叮咛周世钊要十分注意安全。

在谈到林彪问题时，毛泽东改了两首古诗斥责林彪。其中一首是杜甫的七律，咏怀古迹（青冢）的。毛泽东将原诗的八句只保留前四句：

群山万壑赴荆门，生长明妃尚有村。

一去紫台连朔漠，独留青冢向黄昏。

毛泽东将第二句中的“明妃”二字改为“林彪”。

周世钊向毛泽东递交了他在8月5日写好的信件，反映了他对当时形势的一些看法，并转达了胡愈之等同志希望见面晋言的要求。毛泽东当即表示：“可以，给这些‘民主人士’一点民主嘛！”并指定汪东兴去听取这些“民主人士”的意见。

汪东兴在次日，即10月3日下午及10月5日下午，用了整整两个下午的时间听取胡愈之、周世钊、杨东莼的晋言，其间华国锋也来听了一个半天，晋言的全部内容由当时中共中央统战部的负责人李金德记录。

胡愈之在晋言中痛切地陈述了发扬民主、广开言路、搞群言堂的必要，要求在可能的条件下恢复民主党派的活动，即使是恢复其部分代表人物的活动也好。并表示如有可能，他愿意出来筹划办一份报纸或是杂志，认为这对疏导舆论，团结知识分子都有积极作用。

周世钊谈的是教育问题。周世钊认为不仅理工科大学应恢复招生，文科大学也应有条件地恢复，还谈到当时的中小学教育从内容到方法都存在不少问题：一些流传几百年上千年，既有史料价值又有文学价值的古文没有了，科学知识的传授减弱了，教师中问题颇多。周世钊在致毛泽东的信及与汪东兴等人的谈话中，要求恢复共青团、少先队。在头天晚上，在毛泽东处，由于更多的是聆听毛泽东的讲话以及讨论湖南问题，很多话言犹未尽，此时周世钊恳切陈词：教育问题影响到国家的前途，当前教育问题如果解决得不好，可能影响两代人（一说是几代人）。

杨东莼接过周世钊的话题，谈到青年问题，说到目前青少年在学校里得不到良好的教育，中学结束后又大批“上山下乡”，在这种形势下家长不放心，有的青年以各种名目留在城市或倒流回城市，又都成了影响稳定的社会问题。杨东莼说到，青年是国家的未来，但目前青年人普遍地对前途感到迷惑，在生活、就业、婚姻问题上都没有得到满意的解决，又没有得到良好的教育和引导，实在堪忧。

谈话结束时，汪东兴表示，他是受命来听取意见，对各位的意见，他将如实上报。

古人曰：“道义相砥，过失相规，畏友也。”（明·苏浚：《鸡鸣偶记》）

胡愈之、周世钊、杨东莼等人（等人者，参与其事者，不只胡、周、杨三人，对此事持相同或相近看法者更不乏其人）真正是以这种畏友的心情，怀着对毛泽东主席的尊敬，衷心希望能改变当时的时事及政治环境。在当时的政治环境中，说出这些话，直接给毛泽东提这么严肃而尖锐的意见，是要有勇气的，也还需要讲究方法和策略。胡愈之等人的上书言事表现了中国知识分子以天下为己任的胆略。但是，非常可惜，这些意见没有得到回音。直到四年后“文革”终于结束，周世钊在1972年秋离开北京返回湖南长沙。一年半后，1974年春再次到北京时，曾希望再度晋见毛泽东，此后也曾致书，但毛泽东未再回信，也未再安排见面。不久，周世钊返回湖南。周世钊于1976年4月初在湖南病重。毛泽东曾指派两名北京医院的大夫专程到湖南为周世钊诊治。但两位大夫未赶上为周世钊诊病，4月20日周世钊在湖南长沙辞世，享年80岁。

杨东莼于1975年继续被选为第四届全国人大代表，并继续担任当时实际上没有任何实际工作的中央文史馆馆长，1979年9月逝世。

胡愈之在1977年民盟恢复活动后继续担任民盟的领导工作，并于1983年祖国中兴的日子里当选为第六届全国人大常委会副委员长。在胡愈之的倡导下，1985年民盟中央主办的杂志在北京创刊，并根据胡愈之的建议，杂志定名为《群言》。这位为救国多次出良策、见义轻风浪的出版和文化事业的先驱于1986年1月逝世。晋言的另一位参与者，胡愈之的革命伴侣沈兹九一直协助胡愈之工作，在“文革”结束后为统一战线的恢复和重建做了大量工作，于1989年12月逝世。

虽未直接参加晋言，但始终参与此事的楚图南直到1978年才由于胡耀邦的过问，和夏衍、曹瑛等一批老同志一起，分配了工作，重新回到人民外交的工作岗位上。1986年被选为第六届全国人大常委会副委员长。1994年4月逝世。逝世前五天，老人对守护在身边的子女说过，胡愈之等人在“文革”期间的晋言是重要事件。他除了对子女讲述其中的重要情节外，还叫子女在他的日记本上记下：晋言的当事人：胡愈之、周世钊、杨东莼，听取晋言的领导同志：汪东兴、华国锋（半天），记录李金德；晋言的内容：胡：发扬民主、广开言路；周：教育；杨：青年。这就是楚图南最后的日记。

四、后　记

晋言一事已过近四分之一个世纪。中国虽已经发生了天翻地覆的伟大变化，但是当年知识界几位老人痛陈的关于发扬民主、广开言路，教育问题，青年问题，应该说仍是领导者应该注意的重要问题。本文的初稿曾在两家报刊受到冷遇，使笔者认识到，无论是作为领导者、被领导者，还是起着上情下达、下情上达的舆论界，对于发扬民主、广开言路的重视还没有达到应有的程度。作为当事者的后代，基于上述认识，记下我们间接了解的史实，记下先辈的诤言，并以此寄托我们对先辈们不逝的怀念。

（此文原载《炎黄春秋》1996年第2期，署名为周彦瑜、楚泽涵、吴美潮，此文为周士钊女儿周彦瑜及女婿吴美潮写出初稿，由楚泽涵重新写成，本书辑录时略做删减。）

第二篇　缅怀父亲、母亲、前辈师友

紫丁香送爸爸远航

又翻开了你的译作《草叶集》的华章，
一年一度的春光哟，你带给我三件东西：
每年开放的紫丁香，那颗在西天陨落了的星星，
和我对我所敬爱的人的怀念。
这首《当紫丁香最近在庭院中开放的时候》写得真酣畅！
庭院中那棵紫丁香如今又开得那样安详，
淡紫色小花浸润着你留给世界的愿望：
平等、互爱、和平、进步[①]
清幽、朴素、馨香，正如你的高洁、宽厚、慈祥。
一阵风过，摇曳的紫丁香在送你远航。
当你和先逝的妈妈回归旷野的时候，
摘下庭院中一束你喜爱的紫丁香，
它将带去后辈对你的怀念，
在你远去的地方，
紫丁香，星星哟，我心深处的歌将由青鸟吟唱。

（此文是 1994 年 4 月 11 日父亲去世后所作，即我们将出发把父母的骨灰撒回洞庭湖和滇池前夕，发表在 1994 年 4 月 24 日的《人民日报》）

① 楚图南生前题词。

历尽人间无量劫，依然默默自耕耘

一

父亲生于1899年8月，即旧历己亥年七月，是19世纪最末一年生人。父亲出生在云南省边远的山寨——文山县城一条很短的街上，门前有一条约两米宽的石板路，路两侧有一条阴沟，上覆以石条，当地人十分形象地称之为“三步两座桥”。这个地名一直沿用至今。

父亲的祖上据说是随明朝沐英入滇定居在建水一带的客籍，在云南的红土地上繁衍生息。后来为逃避清军镇压回民杜文秀起义的战乱，迁往开化府（文山县旧称）。祖上原来是大家族，但各房子孙贫富各异，我们祖父这一支则属清贫一流。曾祖早逝，祖父在戊戌变法后同情康梁，曾追随蔡锷在滇南某县任职，后来信服孙中山的学说，与友人在昆明创办《云南旬报》，常年在外。父亲6岁时祖母病逝。父亲的一个妹妹因家境困难养活不起，送给了城外山区的一户苗族人家收养。直到20世纪60年代，父亲才找到失散40多年的妹妹。由于家境贫寒，父亲只能依赖亲戚，在别人家中帮佣，放过猪，放过牛，帮人舂米，稍大后从文山城南南盘河挑水进城售卖，同时在私塾陪读，辛亥革命后又进文山新办小学就读。父亲14岁时，收养父亲的亲戚已无力照顾父亲了，只得给父亲两个银毫子，打发父亲去省城昆明找祖父。父亲跟着从文山出发的马帮到蒙自，沿滇越铁路辗转到了昆明。先是在一家店铺中当学徒，翌年考入昆明私立联合中学。当时学校规定凡考试前三名者，免下学年学费。父亲为维持学业，除了要在店铺打零工维持日常生活外，更加发奋用功，年年大考争第一，得以免学费直至中学毕业。1919年毕业后，北京高等师范学校（北京师范大学前身）在昆明举行预考。父亲因师范学校不仅免学费，还可向云南省教育厅申请官费，遂报名应考，并被录取，接到通知到北京复试。正当父亲为没有进京的路费而发愁时，得到云南一位耆旧的资助。当时北京高师在云南每年录取的新生也就是三至五名，这位老人听说一位穷学生被录取而无路费进京时，曾表示“三迤子弟得以进京师求学，是桑梓之幸”，便慷慨解囊捐赠了60块大洋作为进京路费及置办衣物之需。这位老先生，可惜我们忘记了他的姓名，他在当时确实做了一件好事。父亲于是与一位姓杨的同学结伴，经越南（当时称为安南）的海防，乘船经广州至上海，然后乘火车北上。火车行到天津时，旅费用光了，被迫暂留在一处叫“泰安栈”的小客栈里。同行的杨某，因家道殷实，也许是出于“竞争意识”的考虑，并未给父亲任何援助，径自一人去了北京。滞留在天津的父亲十分焦虑，这一点被客栈老板看出，老板姓王，也是贫苦出身，自言其祖上在患难时曾得助于云南人士，因此以借的名义掏出五块大洋资助父亲进京。父亲到北京后，借寓宣武门外的云南会馆。其时虽复试时间已过，但还是给了晚到的预考录取生一次机会。只是父亲原拟报考的西语系招生已满，唯有改报尚有名额的史地系了。此时父亲的压力是十分沉重的：若复试落榜，则无路费返乡；留在北京，一个外地青年无亲无友更为困难。但父亲极为冷静而从容地准备复试：每日早起把过去的教科书目录翻检一遍，然后认真回忆这些章节的内容及要点，并将这些要点连贯起来，加以记忆。这样，父亲凭中学时扎实的基础及功力，顺利地通过复试，被录取为北京高等师范学校史地系的新生，搬进和平门外的学校宿舍中，开始了新的求学之旅。

父亲的童年、少年时代是在艰难困苦的生活重压下度过的，但这锻炼了父亲的勤奋、进取的精神，以及“每逢大事有静气”的应变能力。虽然家乡的贫困，经济、社会生活的不平等，给父亲留下深刻的烙印，但家乡的山水风光，淳厚、朴实的民风一直温暖着父亲的游子之心，他在80岁时曾写过两首诗，作为对家乡的怀念：

滇山云影映湖光，万里乡心入梦长。

遥忆南天春不老，繁花遍野四时香。

这一首记的是昆明。还有一首是：

千峰万壑远连天，峡谷林深啼杜鹃。

回荡鸟语声声唤，皓首征人犹未还。

这一首记的是他从14岁离开后再也没有回去过的、始终使他魂牵梦萦的文山故乡。

二

父亲1919年秋季进入北京高师时，正值五四运动的后期，各种政治、学术观点的争论很活跃、激烈。父亲很快为北京活跃的气氛所感染，开始了新的学习、思考和探索。但是首先碰到的仍是生活费用问题。父亲被录取后，即向云南省教育厅申请官费，但北京至昆明路途遥远，邮电通信很慢，快入冬时才接到云南省教育厅汇来的首期官费，好像是从预考录取算起，先按半年发给，有50个大洋。父亲除了还清天津“泰安栈”的借款，补交了每个月三块钱的伙食费，还有余钱可用于置办过冬的衣物和购买书刊、文具。他在和平门至前门一带整整转了一个星期天，左看右问，最后只花了一块多钱，买了一双棉鞋、一个枕头，抱回学校宿舍——他不得不为日后生活精打细算。

有一次，学校附近的书店到了一批外文书，其中有一本是英文版的房龙著的《世界地理》。据父亲说，这本书既有地理知识，又涉及历史、文化，看这本书同时还可以学习英语。可惜当时的积蓄已不够支付这本书款了，于是每天都去书店看看，唯恐这本书卖完了。随着存书的逐渐减少，父亲的焦急日深。所幸书架上的最后一本，一直摆着没有售出。等父亲收到又一个月的官费后，立即兴冲冲地赶往书店，买回了这本最后的存书，回到宿舍一看才明白，原来这本书有几页漏印了，是一张张空白页。父亲只好借来别人的书，用工整的英文将漏印的抄补上。这本书为父亲所珍惜，一直在我们家中保存着。这本书的前言是“两座大山的对话”，在我们幼年时，父亲就很真挚地对我们讲阿尔卑斯山和喜马拉雅山那生动的但寓意十分深刻的对话。到我们都做了父母，又见父亲拉着幼孙辈的手，神往地对他们讲“两座大山的对话”，慢慢才明白，父亲是教育后辈：人生是短暂的，与大自然相比，甚至还有些渺小，因而要珍惜时间；同时看事情要有“大山对话”那样的高度，以历史的高度观察现实问题。

父亲说，当时有一句顺口溜：“穷师大，富北大，洋清华。”意思是北京高师的学生多为家境贫寒。这些穷学生自发地办起了“工学会”，开始是课外学习互助性组织，后来又成立了贩卖部，利用课余时间销售书刊、杂志、文具等物。年终结账时每个学生还可以分到少量盈余，补贴平时零用。父亲参加了这个“工学会”，这样既有机会免费看到一些进步书刊，也接触到了更多的青年同伴。就从这个时候起，父亲和一些伙伴开始读到李大钊、陈独秀、胡适的文章，读到过《新青年》《语丝》一类杂志，并开始接触李大钊，当时父亲称呼他为李先生、守常先生、守常师，并在李大钊的指导下办过一种八开的铅印小报《劳动文化》。由于负责组稿，也结识了蔡和森、施存统（后改名为施复亮）、许兴凯等人，也从李大钊处得到了一些共产国际代表带来的宣传马克思主义和十月革命的小册子。父亲从这时起，开始了更深一层次的学习和探索。

对从亚热带边疆来到北京的人，冬天是难熬的。父亲不习惯北方的风沙和寒冷，高师四年寒假的大部分时间都是在比宿舍暖和的图书馆里度过的。暑假则邀几位同学在西山大觉寺等处赁室暂住，一方面远足交友，一方面读书练习写作。从 1920 年 12 月至 1923 年 3 月，父亲在求学期间，在高师校办的《史地丛刊》《教育新刊》等刊物上发表的文章，仅现在收集到的就有十余篇，其内容涉及美学、心理学、教育学、民族学，还有关于知识分子和劳工群众结合、学习与社会实践相结合的论述等。在这一时期，父亲尽可能地多看书，同时练习写作，藉以表达自己的观念，并深入地思考问题。父亲写道：“民国九年暑假，同学中回家的很多，唯我以路远不能归，移住西山。西山虽高，爬上山顶，望不见家乡，于是拿笔写些在家时所见所闻的事情……借此机会，又可以将云南土人的状况约略介绍，引起同志的注意。”父亲在记述了云南边疆十几种少数民族的分布、衣、食、住、谋生方式、语言文字、婚丧习俗、节令、宗教等十分广泛的内容后，对当时歧视少数民族，动不动讲“华夷之分”，动不动讲“攘夷狄，尊中国”进行了抨击，并为他们鸣不平说：“中国的文化，或许有一部分是袭取这些土人的，或许受了这些土人的影响。”进而提出：“人类的新教育，人类的新文化，这是劳动阶级不能放弃的使命。……新时代有胆量有魄力的青年创造啊，请大无畏地团结起来，突破黑暗，建造我们的新思想。”

三

1923年秋，父亲在北京高师毕业后，按当时对官费生的规定，返回云南。旅途中他又去海源阁和天一阁等我国的著名藏书楼参观，并购置了一些书刊带回云南。父亲当时十分欣赏司马迁，佩服他不畏厄运的抗争，忠实于自己的观念，坚守自己事业的精神。他结合司马迁的经历和自己的体会，总结为四句话：“读万卷书，走万里路，交好朋友，做大事情。”以此自勉，并鼓励青年学生。他先在昆明的省立一中、昆华女中、私立成德中学任教，后又到了北方，并受李大钊嘱派，到东北，先后在哈尔滨、吉林、长春的一些中学里广泛接触青年学生，和学生们一起读书、讨论，探讨民族生存、社会进步的道路。

父亲对青年有热情，自己又肯读书，勇于接受新思想，因此无论到哪里，进步的青年学生都愿意接近他，一些教师也视他为知己。至今还有不少当年父亲的学生回忆起当年在父亲教育和影响下，奋而投身救亡、献身革命的往事。1930年东北发生特大学潮，父亲的几名学生是带头砸伊春市教育局的为首分子，因而被捕。由于在被捕学生的信件、日记中记述有父亲的行踪和言论，父亲在哈尔滨以“共党要犯”的罪名被捕，械押到吉林，在军法会审面前，父亲机智地保守了机密，使敌人没有任何证据。因此以“宣传与三民主义不相容的主义”为罪名，被判有期徒刑9年11个月。后来才知道，吉林的当局原拟判父亲死刑，后因审讯中无罪证，也由于关内外的一些同志、朋友和同情者的援救，才改判为二等徒刑（10年以下）的“满贯”。直到伪满溥仪登基，遇赦出狱。

在四年多的监狱生活中，父亲没有忘记学习和探索。他每天给同案的青年学生讲课，辅导他们学英文，凭记忆给他们讲历史，讲先秦诸子，讲司马迁和《史记》。同时父亲还通过朋友，从外面送进一些英文书刊，自己看后推荐给难友们。父亲用难友们抽的一种“黄狮子”牌的劣质烟的纸盒，拆开压平并订成本子，用来译文章，写作杂文，并托朋友带出去送交发表。在监狱的几年，父亲系统地研究了日本著名学者河上肇的政治经济学著作，从而补上了原来所知不多的马克思主义经济学的知识，并且翻译了德国哲学家尼采的语录体式的名著《查拉斯图如是说》以及自传体的《看哪，这人》。

父亲在题记和译序中写道：“我是在扪着铁的严肃，在死的战栗，也是在死的大宁静中，译下了这东西。”对于这两本书的出版，父亲写道：“这令我有着将被折断了一只钢箭，终于又投射出来了那样的欢喜。”“在钢箭的箭端，也还愿意绑扎着投射给这时代的一封短短的消息……我们兄弟们哟，在最遥远的海上没被探过险的国土！我吩咐你们向着那里扬帆前进！”

后来，父亲对我们谈起过他对尼采的理解，尤其是“文革”期间，一些别有用心的人利用青年的无知对他发难，父亲起而作答：当时介绍尼采，是因为尼采反对现实。父亲在牢狱铁门的“铁的严肃”及可能判处“死刑”的“战栗和大宁静中”当然极为仇视他所处的环境。此外尼采向往未来，有理想，有热情。尽管不同读者对这种思想可以有自己的理解。父亲在《看哪，这人》的译序中曾这样说：“经过战栗和斗争，度过更遥远的未来，光明的未来，那伟大的‘日月’……我就是以这种精神，这种意味，尝味了尼采，他也帮助了我在死和黑暗的严肃与无助中，度过了一段绝望和幻灭的生活。”

父亲在将近五年铁窗生涯里完成了不少翻译著述，而且在逆境中保持了对未来的乐观、积极的态度，保持了自己的信念和进取精神，锻炼了意志。父亲后来曾对我们讲过：“在困难的环境中，最能看出一个人的品质。”

四

出狱后，父亲立即离开了东北，先是到了河南，在开封的北仓女中任教，后又到了上海暨南大学任教。在此期间父亲完成了《地理学发达史》的翻译，译完了俄国著名诗人涅克拉索夫的长诗《在俄罗斯谁能快乐而自由》，并开始翻译整理过去在狱中翻译过的美国诗人惠特曼的诗作。

1937年底，日寇占领上海，父亲携妻小离开上海经香港及越南回到昆明，开始了他一生中的又一个重要时期。

在外多年的父亲，回到家乡的红土地，感慨是很多的。岁月的流逝，国家经历了巨大变化，半个中国已沦陷在日寇铁蹄下，望着故乡面貌依旧的滇山云岭，怀念着被日寇蹂躏的白山黑水，面临外抗强敌、内反独裁的时代责任，看着依然蒙昧落后的乡村和家中贫病的妻小，父亲的心情是沉重的。

父亲任教云南大学，并先后在昆华师范学校、云大附中等校做兼职教师。但父亲的主要精力仍然是从事抗日救亡、争取民主、反对独裁的社会活动。当时父亲和他的同志们重任在肩：为团结抗敌，既要说服本省人克服对外省人的排斥心理，又要说服外省知识分子摈弃对本地人的轻视；既要争取像张冲这样出身于绿林，后投身于军旅，在台儿庄率滇军浴血奋战的血性汉子，又要团结像闻一多这样留学海外，曾醉心于美学的学者文人；既要帮助一大批热血沸腾的青年学生，又要团结一些家道殷实的实业界人士；既要利用龙云和蒋介石的矛盾，争取他对民主运动的理解和支持，又要利用关系和杜聿明这样的蒋介石嫡系周旋；既要谈天下大事，又要做学问。那时父亲正值壮年，他以诗人的热情、学者的睿智和战士的赤诚，全身心地投入火热的斗争，为开创昆明大后方的抗日救亡局面贡献了自己的力量。

在紧张的抗日救亡、教育组织青年学生从事各种活动之余，父亲不辍笔耕，除了整理出版德锉生等的名著《地理学发达史》外，还翻译出版了惠特曼的诗作《大路之歌》，又出版了杂文集《刁斗集》。父亲在“刁斗题记”中写道：“选辑回滇以后所做杂文，命之曰‘刁斗’，这与其说是要抗拒前方的敌人，毋宁说是要警惕后方的黑夜”“我愿听着刁斗冷肃的声音，知道我是生长在斗争着的时代”“但我知道大地并没有熟睡，中国也在重重艰苦的斗争中活着。”这些都是他当时心情的写照。

在父亲另一部杂文集《旅尘余记》中，记述了“沉默而忧郁的函谷古道”，鹰雕如云“在古城头上的俯冲，松花江巨流……和江上的红大的落日”。这无疑是一个战士对过去战场的回忆。后来有人在评论父亲的著述时说：“他是动乱时代中一个特具典型的知识分子，他具有一种悲剧精神，在他的言论中常常启示着一种强有力的象征。他所介绍的诗人，所谈论的人物，无不具有一种高贵的气质，给人一种精神上莫大的感染。”

父亲对朋友是坦诚而直率的。抗战后期，闻一多先生已是与父亲无话不说的朋友，每逢他从西南联大下课来我们家小坐，当时颇顽皮的我，或揪他的胡子，或将其手杖藏匿，不愿让“一多伯伯”离去。父亲曾回忆起一次与闻一多讨论对新月派的评价问题。当时闻一多历经清华大学迁徙到昆明的千里路程，沿途所见的人民的苦难深深刺痛了他，他开始和“高等华人决裂”，开始“长太息以掩涕兮，哀民生之多艰”，对新月派的唯美主义也开始怀疑，但还不情愿与之决裂，因此与父亲讨论过这些问题。面对父亲的近于尖刻的评论，闻一多首先是感到父亲的真诚和坦率，同时也悦服于父亲的说理。他说，在此以前还没听到过这样中肯和尖锐的批评。

在李公朴和闻一多惨死在国民党反动派的无声手枪下后不久，父亲被迫离开了昆明，又到了上海，经沈钧儒介绍，任教于上海法学院。

当时父亲从事民盟的工作。由于看到了国民党反动派要独裁的本质，父亲向往到“山那边”——解放区去。当时这条路途还是充满风险的。为了准备这次远行，父亲除了与在上海及香港的中共的同志们联系外，还尽量深居简出，挤出时间从事《希腊神话和传说》的翻译，一方面可从预支的稿费中筹足旅费，另一方面是准备在有某些不测时为母亲及孩子们留一些生活和求学的费用。1948年底，父亲在一名青年陪伴下，离开上海，取道天津，从陆路经沧州进入中共中央所在地——河北平山县。父亲走后，母亲用父亲留下的稿费，冒着风险买了一台美国造的短波收音机，经常在深夜收听新华广播电台的广播，父亲离家于1948年冬日，我们通过广播在等待，在寻找那春天的声音！

五

1949年5月上海解放，6月，早先进入解放区的大哥泽清（已改名楚庄）到上海接母亲和我们弟妹到北平。这是我们全家的第一次团聚。此后父亲投入新政协和建国的筹备工作，新中国成立后又受命到西南负责文教方面的工作。直到1953年大行政区撤销，父亲又调回北京，先是担任扫除文盲的领导工作，后来又担任对外文化交流方面的领导工作。

在父亲毕生花费精力和时间最多的民间外交工作中，他更是发挥了他在知识结构上的长处。他可以和欧洲的朋友讨论希腊神话和尼采，和苏联朋友讨论涅克拉索夫的诗歌，和美洲朋友讨论惠特曼的《草叶集》，和日本朋友研究中国的书法和儒学。他和聂鲁达、亚马多、李约瑟、土岐善磨、茅诚司、井上靖等一批20世纪的著名文化人成了朋友。他向世界人民，尤其是世界各国的文化界介绍中国这个古老而又崭新的国家所发生的变化，为扩大中国和世界的文化交流而不遗余力地勤奋工作。

在此期间，父亲对他过去从事的研究和写作仍是一往情深的。刚从西南调回北京时，他购买了一批有关回民起义的文献资料图书，准备就边疆少数民族与汉族关系做些研究。50年代末，他还想根据过去收集的资料和新中国成立后出版的书籍，继续他早年从事过的司马迁和《史记》的研究。他出访过许多国家，而且留下每天的日记，这里不是活动的流水账，而是中外人民友好交往的记录，也处处写下了他的心声，父亲很想把它加以整理，可惜因为工作忙碌，这些心愿都未实现。

晚年，他不再担任任何职务，可以从容地看一点书，想一些问题了。他很想研究一下如何从中国的儒家思想中找出一些能为现代社会精神文明建设起积极作用的东西；他关注国际形势发展，曾想研究一下苏联解体给中国带来的教训；他也曾想写些有关拉丁美洲民族解放运动以及某些代表人物的专论，并收集了一些资料。可惜，终究父亲年事已高，精力不及，又体恤子女各有职守。不忍委托子女代劳，这些设想都没能实现。应该说，这是很遗憾的。

六

父亲的业余爱好是书法和旧体诗词。抗战期间，住在昆明市郊，工作之余，父亲用看过的报纸临摹碑帖，练得最多的是前人所拓的汉代“礼器碑”。其实父亲喜爱并临习汉魏碑帖的经历可上溯到他的青少年时代。

新中国成立以后，父亲虽闲暇时间不多，但一有空闲就会写字，除临碑帖外，有时还抄写唐诗，即便出国访问，也不忘带一本1935年商务印书馆出版的《十八家诗抄》。60年代以后，又多了一本《鲁迅诗稿》及一本《毛主席诗词三十七首》，都是文物出版社出的线装本。父亲酷爱旧体诗，偶尔也写下几首，但一般不示于人。

1976年金秋十月，“四人帮”垮台后，父亲在对外文委留守处的庆祝会上朗诵了他的诗作：

一声霹雳，清除“四害”。
举国欢腾，万姓称快。

据我们所知，这是父亲首次对公众发表他的诗作。这以后父亲的诗作多了起来。用他自己的话说，以前他写字多是抄录前人章句，现在他想到，他所经历的时代比前人丰富得多，体会也深刻得多，因此今后要写自己的东西。以后每有诗作，他先写在线装竖格本上，然后反复修改。

我们的母亲在1979年去世后，写作诗词也成了父亲寄托感情的一种方式。这时已80高龄的父亲，诗作和书法创作十分活跃。在他笔下有年轻时搏击的记录，有对历史的严肃的思考，有对未来的憧憬，也有对家乡的怀念，有对同志、朋友的真挚情意。从父亲的旧体诗词中我们犹感到他在早年杂文中所表现的对理想境界锲而不舍的追求，愤世嫉俗的情绪，一种自己奋力而又激励别人进取的力量。父亲在90岁前后所作的一首秋词是晚年心境的一种很好的写照：

秋圃秋光映夕阳，满园花果正飘香。
暮年夸父犹追日，皓首丹心勉自强。

父亲对于著述从来是严谨的，他过去的文集、诗著，从不请人题字，也不找人作序。父亲认为作品的好坏是考验作者自己的功力，而不宜请人题字作序以为帮衬。但是晚年的父亲却接受了一些难以推辞的“工作”，如为一些书题名、作序，为一些纪念馆、文化遗址题词、题句。这是人家题目，父亲交卷。对这一类任务，父亲总是十分认真的。

湖北省为黄侃先生纪念馆索题，父亲允诺后，先是找来一些评述黄侃的文章阅读，还特别仔细地阅读过我们的舅舅杨伯峻纪念黄侃、回忆早年师从黄侃治学的文章，然后认真思考，题写了：

博闻强记，风规自异，
特立独步，卓尔不群。

这16个字，概括了父亲对一代学人黄侃先生的理解和评价。

1985年，父亲看到旅法华裔美术家熊秉明（父亲故友熊庆来先生的儿子）的雕塑作品“老牛”，这件作品上，用现代派的手法处理得如同老松树的粗砺树皮一样的体型。父亲为其题写了如下一首诗：

刀雕斧凿牛形成，百孔千疮悟此生。
历尽人间无量劫，依然默默自耕耘。

这实际上是父亲的自况，他的一生经历了20世纪血与火的沧桑变化，他经历中的颠沛流离和种种坎坷，也算是“历尽人间无量劫”，但父亲始终是“依然默默自耕耘”，淡泊名利，不断地思考，不断地激励自己，勉励后人，要造福人类，要为社会进步不断地搏击进取！

父亲的品德是后代最可宝贵的财富，仅以这种认识，我们记下父亲作为大时代中一个知识分子的经历和命运的片断，以此作为对先辈不逝的怀念！

［此文作者为楚泽涵、楚泽湘、楚泽洋。曾发表在《炎黄春秋》增刊《炎黄文化研究》增刊第二期（1995年6月）上，曾被《新华文摘》1995年第10期转载］

父母教我们写字

从我有记忆的抗战期间起，全家就住在昆明郊区，父亲在云南大学任教。课余及社会活动之余，父亲用旧报纸练习写字，临摹碑帖，练得最多的是前人所拓的汉碑《礼器碑》。其实父亲临习碑帖的爱好，还可以上溯到他的青少年求学时期。

当我们过了两岁半，父亲和母亲又多了一件工作：将用过的废名片一裁为二，写上方块字，教我们认字。我们都记得，所教的第一个字是“人”。父亲和母亲一直教我们：“人字，左一撇，右一捺，要摆得端正。”开始是每天只教一个字，第二天教新字，还要复习旧字。对我们的这种启蒙教育，又延续到“文革”期间诞生的孙辈的教育上。

新中国成立后，父亲忙于工作，虽闲暇时间不多，但每周总还要抽点时间练练字，有时临碑帖，有时抄写几句唐诗、鲁迅的诗作或毛泽东的诗词。当我们上学后，父亲和母亲还指导我们写毛笔字，告诉我们怎么握笔，怎么摆纸，怎么研墨，怎么下笔，并为我们物色当时文物出版社出版的有丰子恺先生题签的柳体或欧体的字帖。当时有人说过：“学字先学颜，学诗先学陶。”父亲认为，小孩子习字，还是从柳体、欧体学起为好，颜字要用羊毫笔写，不易掌握，因此还是从柳体、欧体练起，先打好骨架基础。

“文革”后期，父亲又重新拿起毛笔，买来一些廉价的连史纸、高丽纸，温习一度荒疏的笔课。所写的内容，除毛泽东诗词外，也还有一些唐诗及明、清的诗词、题句。这在当时沉郁的空气中，是一种解脱、一种陶冶、一种沉思、一种积蓄。

1976年金秋十月，“大快人心之日”以后，父亲感到，他所经历的时代比前人丰富得多，体会也深刻得多。此后，他的书法作品更多的是写他自己的诗作，在他的笔下，有百战劫后的雄关，有威严肃穆的塞上堡垵，有对青史威严的思考，有对家乡山川铭心的怀念，有对同志、朋友真挚的友情，有对未来理想境界的不懈追求。在中国进入新的历史时期以后，父亲虽然工作繁忙，但一有时间，总是练习写字。我们都还记得，若今天下午父亲没有工作或活动了，他总是午睡后起来，自己裁纸、自己研墨，然后用木制或铜制镇纸，将纸压平，写好一张张字幅，并将其逐次摆放在沙发上，甚至是摆放在他自己的卧床上，一面看、一面想，有时也听听我们的看法。父亲说过，有时间了，写写字，借此机会活动活动，是最好的休息。我们要帮他裁纸、研墨，希望减轻他的劳作，他总是婉言谢绝。一方面不想耽误我们的工作学习，另一方面他也坚持力所能及的劳作。直到90岁以后，每天下午写几幅字，确实有些累了，经过大家劝说，他才同意写完字以后，晾干了，由警卫秘书孟铁锁同志替他用印。同时他也教小孟如何印名章，如何用闲章，如何挑选印泥……这以后，用父亲的话说，小孟成了“盖印专业户”了。

写完字后，父亲有时趁我们工作学习之暇，对我们讲他书法作品的内容以及他写这幅字的体会和心情，并逐一自评，哪几个字写得不好，原因是什么，是墨洇了，还是纸未放正，其认真的精神，并不亚于我们对某项科研成果的验收鉴定。

父亲曾对我们说过，把字写好，笔画摆端正，让别人看得懂，也是对别人关心的一种表现。因此，父亲的书法作品，以及父母亲给我们写过的信等，无一不是笔画端正，从不潦草。

父母亲从教我们写“人”字起，同时教育我们做人要端正，做事不潦草。我长大以后，父亲专门为我题写了几句话：

沉着稳练，冷静全面。
乐观进取，身强心健。

作为对改正我缺点的鞭策和做人做事的勉励。

父亲已逝去五年多，今年逢父亲百年诞辰，母亲 95 岁诞辰纪念，我谨以认真按父母亲的教诲“做人要端正，做事不潦草”为对父母怀念的一瓣心香。

在父亲诞辰百周年之际，朝华出版社编辑出版了纪念父亲的文集。我在此谨向为此书出版、编辑做过工作的同志和朋友、向撰写纪念父亲的文章的前辈和领导同志们致以深深的感谢。

（此文原载麻星甫编《一生心事问梅花：纪念楚图南诞辰 100 周年》，朝华出版社，1999 年）

“云子”的故事

“云子”为围棋中的上品，以产于云南永川（今腾冲）而得名，其制作配方及工艺早已失传。如今市面上的云子是现代人根据“老云子”的化学成分及部分古籍的记载，重新研制成功的，严格地说，只能算是“仿云子”，真正的“老云子”已近绝迹了。

但父亲多年来一直保存着一副“老云子”。这是1952年，当时任职于西南军政委员会文教部的父亲在去贵州花溪休假时，从旧货市场上买来的。据父亲推测，这副云子的主人大概是解放初期，由于家境变化而将家中的珍藏不得已出售的。这副云子有两个雕成南瓜形的楠木盒子（与现市面上草编盒子或大理石盒装的云子不同），并配有一个可折叠的线刻精致的木制棋盘。大约是取五行中“木”“土”相荣的寓意。黑白两色的棋子，夏日捏在手中是清凉、润泽的，冬日则手感温润。但跌落到地面即破碎，断面呈玻璃光泽，有贝壳状断口。黑子放在迎光的方向，呈半透明，但盒内有十数颗黑子明显是不透明的，而且手感粗糙，估计是原主人因黑子破损或失落一些后，用黑色石头磨制成的。白子则乳白泛淡黄色，表面上偶见细微黑点。据见过这副云子的行家们说，这是一副真正的“老云子”，今已不多见。

父亲调回北京并在东四四条胡同5号定居后，这副云子一直放在居室内的小几上。因为工作忙，父亲难得有下棋的雅兴。但有一位老朋友来访时，父亲总要和他谈围棋，有时还要“手谈”一番。这位长辈叫蔡超尘，是20年代末父亲在山东济南省立高中任教时的学生，其实年龄与父亲相差六七岁，但他一直称父亲为“老师”，称我母亲为“师母”，直到80多岁高龄仍旧如此。父亲则视他为多年相知的老朋友。和我们这个时代的许多知识分子一样，蔡超尘叔叔（我们对他的称呼）解放前颠沛流离，抗战期间在云南任教，参加一些进步活动，是民盟早期的成员之一，但并不“激进”，新中国成立后也曾屡经磨难，但亦未见其颓唐。蔡叔叔矮矮胖胖，脸圆圆的，一副慈眉善目的长者福相，几十年一口浓重的山东高密口音不改，正如他几十年耿介不阿一样。每次来访，到了父亲的房间，就像见到兄长一样，边下棋，边诉说他自己的经历以及对一些问题的想法，父亲则是边劝慰他，边帮他想些办法。蔡叔叔后来对我说过，他一生中只有“楚老师”才是可以无话不说的师长。蔡叔叔是我国最早有段位的棋手之一，但他对段位等级、输赢胜负看得很淡，有时参加棋界的活动，只是以棋会友。后来参加过主要为一些老干部组织的棋赛等活动，组织者暗示他要“照顾”某些“老干部”，而且有些比赛是在“老干部”家里进行，为人耿介的蔡叔叔认为有悖弈理，从此就很少参加这类活动了。但与父亲下棋，于棋艺不精的父亲总是输不说，有时还要“悔棋”，但蔡叔叔对“老师”悔棋并不介意，反而对父亲讲解落子的得失，讨论几种可能应对的方法，父亲总是耐心地听，时而试着来几手。在旁观的我看来，他们更像是研究学问，切磋心得。

蔡叔叔晚年生活颇多艰辛，父亲总是设法打听他的消息，嘱咐民盟的工作人员在生活上关照一下这位老同志，还指派我或弟弟泽洋去看望他。蔡叔叔早几年以 80 多岁的高龄先于父亲去世。在知道蔡叔叔晚年心境不好后，父亲就再也不下棋了！

父亲的另一位“棋友”是我的弟弟楚泽洋。泽洋就读于一〇一中学，时逢三年自然灾害时期，周末回家，作为体力消耗不大的活动，是陪父亲下围棋。泽洋在学校里棋下得不错，可在父亲面前就输多胜少了。父亲一面和泽洋下棋，一面对泽洋讲解他对弈理、对围棋的理解。按父亲的理解，围棋是蕴藏许多玄机奥妙的一种智慧，是对人思维的一种训练，首先要讲究大的格局，要有眼光，放得开，看得远。但眼、官子要算度精确，也就是说做每一件事都要认真细心。泽洋下棋很认真，很投入，有时公然向父亲宣战：“今天我要赢你！”这时父亲总是面带微笑地和泽洋“手谈”，并对泽洋的认真和执着表示赞许。一次我曾在“父子交战”之机拍下一张照片，以此作为父亲对子女寓教于乐的纪念。

20世纪60年代初，由于陈毅同志的倡导和促成，父亲以对外文协会长的身份向日本围棋界发出访华邀请。日本方面很重视这一邀请，组成了以日本围棋界九段棋手赖越宪作先生为团长的代表团，这是新中国成立后日本方面派出的第一个围棋界代表团。父亲曾接待过这些日本的棋界高手，并由国家体委的李梦华同志组织了当时中国围棋界的高手与日本棋手举行比赛，父亲因其他活动未能亲临比赛的现场，但对比赛的进行是十分关心的。当首场比赛的报告送到父亲手中时，父亲看到第一场日本的赖越宪作九段仅以一子胜中方的高手时，父亲曾对我说过，赖越宪作九段很不简单，他身为日本代表团的团长，输了棋，会使日本棋界失了体面，但若赢中国太多，也是对主人的不够礼貌，因此算度精确，仅以一子为胜。此后父亲在和日本围棋代表团会见时，谈到了围棋在中国发展的历史、围棋在训练人的智慧方面的作用，谈到他对围棋的理解。事后我在《体育报》上看到赖越宪作九段记述其访华经历的文章，其中特别谈到了与父亲的会见，他称父亲是一位“有长者风度的敦厚学者”。我想这是以父亲对围棋代表的文化的理解为基础的。随着中日围棋界的交流日益发展，中国出了像陈祖德这样一批在品德和才学上都有造诣的棋手，父亲是为之高兴的，并不时去观看当时在新侨饭店及美术馆举行的中日两国棋手的比赛。

此后父亲逐渐把这方面的工作移交给其他同志。据我所知，他除1973年随廖承志率领的中日友好代表团访日时，为陈祖德与吴清源的友好对局助阵以外，再没有看过中日的对局了。但我相信父亲对中日围棋界交往所倾注的心血当不会为真正理解围棋的人所忘记。

另一位中国围棋界的名耄——过旭初老先生也是父亲的朋友。过老先生与父亲年纪相仿，只比父亲小三四岁，经历过北洋军阀、国民党政府时代，交往过许多人。新中国成立后也曾和许多领导同志有过交往。过老先生对棋理的理解，以及对中国传统文化的认识是很深的，并在中国老一辈的棋手中有相当人望，在文化人中也有众多的朋友。父亲与过老先生相处，处处显示出对过老先生的尊重。一次我曾陪父亲到宣武门外过老先生住处去看望他，当过老先生听到敲门声前来开门，看到门口站着比他年长的父亲爬了四层楼来看他时，过老先生十分激动，侃侃地和父亲讲起他历年弈棋的往事，由围棋谈到石头，谈到国人喜欢石头、寄托于石头的种种故事，此后逢年过节，过老先生必来看望父亲，而且时有诗词互赠。最近我才听说过老临终前曾嘱咐子女：楚老是他的好友，以后每年必定要去看望一下老朋友。过老先生 1992 年冬天过世时，父亲已住进医院，闻讯后告诉我，立即赶到过老家里，慰问过老的亲属，吊唁去世的过老。两位老者以棋会友，知心一至如此者，今已不多见矣。

父亲最后一次进医院前，有一次望着放在他座椅对面小几上的那副云子的木盒，若有所思地对我说："这棋盒盖子下面，大概有不少的故事！"事后想起来，这是在说几代知识分子的命运。的确，黑白两色的棋子清凉、温润、坚贞体现了知识分子的是非观念，体现了一些人的追求、智慧、企望和寄托。我谨以此文记下父亲对围棋的理解，并借此怀念那些因棋而与父亲有交往的前辈们，特别是蔡超尘和过旭初两位老先生，前辈们在棋艺文化面前童心未泯的友谊，真诚而无邪的理解，当为后人所永远怀念。

1994 年 7 月 31 日

（此文原载麻星甫编《一生心事问梅花：纪念楚图南诞辰 100 周年》，朝华出版社，1999 年）

父亲和剑

我从小就听父亲说过一些有关宝剑的故事，印象最深的几段是：春秋时吴国太子季札要出使诸侯。临行前去看望他的朋友徐君，徐君很想得到季札的宝剑，但季札要出使他国，未便相赠。待季札出访归来时，徐君已死，季札到徐君墓上致吊，并将宝剑挂在墓地的一棵树上。他对不理解他这种行为的人说，他早就知道徐君喜欢他的剑，因此“心中早已许之，岂能以其死而背我心”。父亲认为从《史记》的这段故事里，可以看到宝剑在当时士人生活中的重要位置，世传“吴钩”看来是出访的游子不可少的防身利器，也是一种使命的象征。另外这段故事也讲了朋友间的友谊的珍贵，季札处理好了使命和友谊的关系，是一段很感人的故事。

其次是专诸刺王僚的故事，专诸用的是“鱼肠剑”。父亲说这段故事除讲明专诸的献身精神外，也说明了当时制剑工艺之高，利剑竟能藏在烹制的鱼腹中。工匠之巧，令人叹服。

其他还有干将、莫邪的故事，父亲说，这些故事都说明，古代人对制剑是很虔诚的，而且为了制一把好剑，工匠们都随时准备献身，这是一种精神，一种文化。

1957 年父亲访问尼泊尔归来，对尼泊尔的刀剑博物馆有很深的印象。说到当地有一种宝剑平时柔软得可以像腰带一样缠在裤腰上，一遇敌人可以从腰身上解下，立即作为武器使用。在尼泊尔，刀剑是一种抗御外族入侵的武器，也是一种防御野兽、砍树伐木的工具。因此成年男子都以有一把好刀好剑为荣，延续至今，还以刀剑为模型做成领带卡之类装饰品，作为赠给朋友的礼物（我至今保存一枚这样的领带卡，这是父亲在我 1988 年应邀到美国做访问学者时，希望我能自强争光的赠品）。

20世纪50年代，父亲在逛古董店肆时，也曾购置过一把木匣的宝剑，据说是道教的供奉之物，父亲将其当作一件室内装饰品放在一个大瓷瓶内。到“文革”期间，这件约有百余年历史的无刃宝剑被作为“凶器”抄没，至今下落不明。据说那柄剑是道教中很有代表性的一种信物，而且红木柄、红木匣十分古朴、浑厚，故深得父亲喜爱。

到70年代的后期，我妹妹楚泽湘喜爱太极剑，认为有利于保健强身。特别是母亲去世后，妹妹经常劝父亲也练练，作为老年保健的一种活动。因此父亲有时用一根手杖，有时用一根木棍，跟着泽湘学习太极剑的招式。此后他结合自己的身体特点和以往自己创造的体操动作，自己编了一套舞剑的体操，其实也并非太极剑法，只是晨间的一种体育活动动作。天气暖和时在庭院内活动十几分钟，天冷或有风时就在室内活动。因为动作幅度不大，也不很剧烈，由此晨间舞剑成了父亲晚年每日坚持的晨课。遇到孙子辈的孩子早晨上学，父亲有时还拉着他们的手，给他们讲南北朝祖逖“闻鸡起舞”的故事，让他们知道，要珍惜光阴，要从小立志，要锻炼身体。即使出差或夏天在海滨度假，父亲有时也在庭院中用手杖或木棍当“剑”舞。木棍、手杖当然不如剑好看，甚至还显得有些笨拙，令人发笑。但是可惜，我们再也看不到这种场景了。

这期间，泽湘为父亲添置过几柄宝剑，一是为观赏，二是为锻炼。常用的一柄剑是无剑匣的，自己缝制一个布套，用线绳拴好，至今还挂在卧室的墙上。可惜物在人亡，父亲再也不能用剑锻炼了。父亲的一位老友，在围棋界很有声望的过旭初老先生曾送给父亲一柄很好的龙泉剑，父亲视之为朋友的高谊，有时拿出来摩挲一番，对孩子们讲讲中国古剑的掌故。谈兴所至，何谓龙泉，剑上为何嵌有七星，图案如何形成，乃至讲到在巴基斯坦访问时看到过的名为“大马士革钢”制的剑器上的皱纹，都使孩子们眼界、心境大为开阔。

剑对父亲来说，是一种精神，一种文化，他在世时用过的剑还在卧室墙上挂着，他对剑的理解则深深地铭记在后辈儿孙的心里。

（此文原载麻星甫编《一生心事问梅花：纪念楚图南诞辰100周年》，
朝华出版社，1999年）

一盒印章的故事

20 世纪 50 年代中期至 60 年代前期，也许是多年从事文化工作的关系，父亲有一种业余爱好——逛古董店和书画店。当时工余之暇，父亲有时和母亲一起，到琉璃厂的荣宝斋、中国书店等店铺，东四的隆福寺及“修绠堂”，或鼓楼附近的几家经营古玩、字画的商店去走走，而且和这些店铺的一些老营业员交朋友。例如在荣宝斋的一位杨老先生就是父亲的朋友。他们向父亲介绍北京古玩业的发展历史，介绍一些他们店铺珍藏的文物。父亲从他们那里也获得一些知识和信息。例如 60 年代初，市场上出现一批明清人作装饰品的玉佩，价钱并不昂贵，父亲告诉了也很喜欢古董文物、当时任中国国际贸易促进会会长的冀朝鼎伯伯。后来听说这批玉佩由国家收购，转到国外市场，为国家争取当时极为珍贵的外汇去了。在这些店铺，父亲偶尔也购置几件物品或字画。这些物品并不一定是名家所作或珍稀物品，有的是由于精巧，有的是由于别致，有的是因为价廉。例如当时有一种方盒形的香炉，并非名家作品，但相当精巧，父亲大概买过四五个，除留下一个外，其余都送了相知的朋友，我记得，其中一个由我母亲出面，送给日本朋友中岛健藏先生的夫人中岛京子女士了。

1962 年冬，父亲有一次从琉璃厂以当时不算便宜的价钱买回一盒印章。这盒印章用一个长方形的黄绫盒子盛着，里面共有 24 枚黑寿山石印章（后来也有人认为是用桐油煮过的冻石章），每枚印章均约一寸见方，高亦大约一寸，每枚印章都有造型古朴的印纽，当时认为这是清宫廷流失在外的物品。但说实话，这 24 枚印章不算讲究，石料不是田黄、干黄一类名贵的石料，刻印的也非名家，铭文也属一般。真正吸引爸爸的是这一盒印章虽藏在宫廷，但却浸润着当时民间织耕的生活气息。24 枚图章是按二十四节气编组的，按当时拓下的印谱，这 24 枚印章的铭文是这样的（括号内为节气的名称）：

借无纺织（立春） 何有衣裳（雨水）
安拢绣阁（惊蛰） 设立机房（春分）
谁成布帛（清明） 赖种麻桑（谷雨）
堪遮身体（立夏） 亦御寒凉（小满）
五色鲜妍（芒种） 绵缕长（夏至）
整来工巧（小暑） 是闺房（大暑）
有条在手（立秋） 终难紊（处暑）
圆转经车（白露） 理自忙（秋分）
袅袅城邑柳（寒露） 青青陌上桑（霜降）
提篮去采叶（立冬） 捡翠正倾筐（小雪）
桑妇采蚕养（大雪） 盘中吐白丝（冬至）
乾隆丙寅年（小寒） 书于爱墨斋（大寒）

父亲还在印谱本上记录下我从小学课本上记下来的二十四节气的歌诀：

春雨惊春清谷天，夏满芒夏暑相连。
秋处露秋寒霜降，冬雪雪冬小大寒。

父亲把这首二十四节气歌诀作为常识，让弟妹们背熟。因此，我们家至第三代到现在都不会忘记二十四节气的顺序，同时也从先辈处体会到祖辈农桑稼穑之难。这是由这盒印章引出来的一点小故事。

这盒印章在父亲的书橱里珍藏了约两年，1964 年元旦后不久，父亲认为这盒印章是清宫中流失出来的，应该送还故宫博物院保存才是，因此给当时主管文物工作的王冶秋叔叔写了封信，并将这盒印章随信送到了文物局王冶秋同志那里。在父亲的许多方印章中，我对这盒印章较熟悉，也很喜欢，但也很理解父亲的行为。印章就这样送出去了。

直至80年代中期，一次故宫博物院打电话来，说他们清理藏品时发现了这盒印章，并请父亲前去观看，我才随父亲一起去故宫，由当时故宫博物院的杨伯达副院长和陈列部的罗小华同志及收藏部一位女同志陪同观看了这盒印章，并对他们讲述了这盒印章的有关故事。他们证实这盒印章确是从清宫中流失出去的，印章制成在乾隆年间，距今约三百年了。

我母亲已于1979年故去，父亲也于不久前过世。我和弟妹们将遵父亲在世时对我们的嘱托，将他们的骨灰合在一起，投撒在母亲和父亲的故乡——洞庭湖和滇池。这犹如当年的印章回归故宫一样，父亲和母亲也携手回归旷野大湖。我谨以这段故事记录父亲生活情趣中的一个侧面，作为对父母的怀念，也纪念那些曾在北京各古玩字画店和爸爸妈妈有过交往的老先生们，并祝福他们的后代。

1994年5月1日

（此文原载麻星甫编《一生心事问梅花：纪念楚图南诞辰100周年》，朝华出版社，1999年）

我家的故事

一、挨　打

抗战期间，我们全家住在昆明。1944 年 4 月，父亲楚图南和母亲彭淑端带着刚满五岁的我和不满两岁的妹妹泽湘，从昆明远郊的碧鸡关搬到近郊一处叫棕树营的小村子。住房是租的，房东是个寡妇，带着比我大些的儿女。我们全家四口住在“宽不容膝”的楼上，楼下是房东的住房，其后半部靠近上楼的木梯的地方，是房东的灶间，灶间外面则是牲口棚。房东每天清早在灶间烙一种叫“麦粑粑”的粗麦面饼，上午由儿女们背到城里卖，是为全家的重要生活来源。那种“麦粑粑”是把生发面饼放在平锅上，锅下面用松树的针叶（当地遍植马尾松，老百姓把松树的落叶叫“松毛”）烧烤。麦饼不放油，也没有糖，但烤出的饼，尤其是刚出锅的饼，麦香和着松香，真是馋人，使人暂时忘记住房附近“牛屎马尿”的臭味。

乡下人白天下田，卖“麦粑粑”，劳作颇辛苦。晚上若不“跑警报”，又没有要事，往往一家人或几家人凑在一起，点上松毛艾叶熏蚊子，大人就着火亮，玩一种叫“叶子牌”的纸牌。这种牌玩起来上瘾，大人们往往玩到深夜。有时我也凑去看热闹，但总是被妈妈拉回来，说小孩子不要玩那些玩意儿。

这年夏天的一个下午，一位年轻人来看爸爸，他们谈得高兴，后来客人留下几张稿纸就要走，爸爸则关照我带妹妹好好玩，然后就送客人出村，一路走一路聊去了，回来很晚。那天妈妈正好不在，小桌子上几张稿纸放着，我来主意了：用剪子把稿纸剪成叶子牌大小的纸条，用爸爸改学生作业的红蓝铅笔在纸条上涂画上我记得的叶子牌的图案，然后在我的小床上，教起我的妹妹，你出一张、我出一张，嘴里还振振有词，模仿起大人玩叶子牌来了。后来玩累了，“叶子牌”丢在床上。爸爸妈妈回来了，全家人吃完晚饭，我和妹妹该睡觉了，爸爸则要忍着蚊子咬，点着蜡烛开始夜课。这时爸爸想起了放在桌子上的稿纸，遍觅不得，问我看见没有。我见爸爸着急，支支吾吾不敢说。后来妈妈在小床上发现剪成碎纸条的破碎稿纸，递给爸爸问：“是不是这个？”爸爸一看，二话不说，一把抓过我来，按在小桌子上，接着巴掌落在屁股上、腿上，好一顿暴打。我从小野惯了，挨打是常事，打完就完了，而且爸爸下手好像凶，落下来并不重。这一次，不一样了，是真挨揍。平时总护着我的妈妈，这回不仅不护，而且还抄起一把量布的竹尺，帮助爸爸打起来。接着先是妹妹吓哭了，接着我也号啕大哭起来，但哭声没有减轻挨打，反而挨揍更加厉害，后来我哭累了，大人大概也打累了，我抽着气，一会就迷糊睡着了，蒙眬间看见妈妈拿着那一叠“纸牌”似乎在想什么办法，爸爸则望着小桌子上的蜡烛发呆。

第二天，听见鸡叫我醒来时，爸爸妈妈还坐在小桌子旁，就着蜡烛的亮光，拿着一张张剪碎的纸条，抹了糨糊往一张大纸上贴。我起来后，爸爸先是瞪了我一眼，然后习惯地笑了笑。我这才发现，父母一夜不眠，眼熬红了。

后来我才知道，妈妈当晚向房东要了一把做“麦粑粑”的面粉，熬了一勺糨糊，和爸爸一起把被我剪碎了的纸条，一张张摊平，对好前后左右，用糨糊贴在一张大纸上，恢复了那几页稿纸的原状，又怕原作者看不清楚，还由妈妈誊写了一遍。

过了几天，那位年轻人又来了。爸爸妈妈奉还他拼贴还原的稿纸和妈妈的誊写件，一面还向他连说：“对不起！”原来这位青年是爸爸的学生，交来的稿纸是请爸爸修改的他的习作（爸爸当时在云南大学和昆华师范学校教学生的“国文习作”课）。后来他听说我为他的稿子挨了打，连忙说，稿子可以再写一回，还一再为我报屈，说：“为这点小事挨打，冤枉，不值！”妈妈后来告诉我，此人叫刘澍德，解放后成了云南的知名作家。

我挨这顿打，还是“值”：从此，我开始“记事”了。

二、“文革”记事

1968年10月，“文革”已进行了两年多。爸爸被诬陷是“反动文人”（因翻译过尼采的著作），“追随‘二月逆流’”“叛徒”（因1930年在东北从事地下工作被捕判刑），“黑线人物”（因解放后经文艺界某领导人提议，再版了解放前的译作《草叶集选》；更重要的是，担任对外文协会会长据说是由“资产阶级司令部”某主要人物提名）的大标语、大字报铺天而来。这年国庆，爸爸被剥夺了上天安门的资格。

这年10月下旬的一个星期天下午，我要回学校了。北京石油学院的军宣队已宣布下周开始要“清理阶级队伍”，要给我颜色看了。爸爸下周也要集中到机关参加“学习班”。这时我爱人正值产后，孩子刚满月。看来下周爸爸和我都回不来了，何时才能再见面，能不能见面都很难说，大家的心情是压抑的。这时爸爸拉着我的手，叫我并排坐在椅子上，给我背诵了一首唐诗，是杜牧的《乌江亭》：

胜败兵家未可期，包羞忍辱是男儿。
江东子弟多才俊，卷土重来未可知。

爸爸还对我讲了他听章士钊讲的一段故事：1946年毛主席到重庆谈判时，章士钊去看毛主席。章对毛主席说，重庆形势险恶，劝毛主席“走为上”，毛主席当时的回答就是这首唐诗。

爸爸还说起1947年11月，民盟被国民党宣布为非法后，他曾去看望沈衡老（钧儒）。沈衡老告诉爸爸：“到香港去，重新建立机构，还要斗争。”爸爸劝沈衡老：“年纪大了，要斗争，也要保重。”沈衡老的答复是四个字：“后死为胜！”爸爸还对我说，前些日子，陈总（爸爸对陈毅同志的习惯尊称）对他说过的一句话：“看戏要看到底！”

妈妈对可能再也回不了家的我的送行方式则是很实际的：给我准备了一双高帮的翻毛皮鞋和一条洗干净烫平整的裤子。妈妈告诉我，“罚站”（妈妈没说“挨斗”一类字眼）时穿有后跟的鞋子，可以多坚持站一会（是否她 1927 年在国民党反动派监牢里的斗争经验，待考），还说凡“开会”（对我来说，肯定会无好会），要穿干净整齐，不要萎靡不振。我从这些话里理解了父母对我的信任和关爱。

1968 年 10 月 27 日，爸爸被关进“牛棚”隔离审查。年近七十的爸爸被关在机关五楼的一间房子里，晚上就睡在水泥地板上。不厚的稻草和被褥挡不住冬日的寒气，原本有的腰背疼痛加剧了，夜里不能躺着翻身，要先坐起来侧身，然后再躺下去，但这么一折腾，就很难再入睡了……直到 1969 年 2 月下旬，春节前夕，爸爸才获准回家，从“住校”改为“走读”。

我是在儿子满月后第二天（1968 年 10 月 22 日），作为“现行反革命”被“揪”出来，“身经百斗”后，1969 年“五一”才被允许回家，儿子已经会爬了，眼看又一条好汉要站起来了……

以后的日子也还艰难，我们家虽未“五裂”，但确已“四分”：先是研究生毕业的爱人被分到锦西石油五厂，跟班劳动；儿子交一位老保姆带走；这年 10 月，以林彪“一号命令”为背景，爸爸（年已 70）和妈妈先后去了河南明港的“五七干校”；大哥在石家庄挨批，孩子们或到边疆或插队；我随学校搬迁到山东胜利油田，继续“监督劳动”；北京大学数学系毕业的妹妹泽湘分配到南京大学，后来去江苏泰州农场劳动；清华大学工程物理系毕业的弟弟泽洋被分配到河北承德最偏僻的一个县，在一个公社里管结婚登记！

在河南明港的“干校”里，爸爸妈妈被分配在一间原来劳改农场的停尸房里。为了取暖，64 岁的妈妈要推独轮车走几里地去拉煤（所幸沿途有机关的同志们暗中保护，在妈妈力竭或要翻车时，总有人施以援手），还要做成煤球。次年春季，阴雨连绵，住房到厕所的路上泥泞路滑，尤其怕爸爸滑倒跌跤。为行走方便，妈妈在路上垫上石头、碎砖。但这些砖石往往被附近居民家的孩子拿走（据说是垒鸡窝），于是妈妈发扬“愚公移山”精神，铺石垫路不止，爸爸妈妈总算没有跌跤。

1970 年 7 月，在周总理过问下，爸爸、妈妈被准许回北京治病。我爱人随即回北京探亲。从锦西回到北京后，孩子被接回家，爸爸让她尽快动身去山东看我：我和家人已经快一年不见了。盛夏 8 月，爱人到山东后，第一件事是，拿出一个装药片的棕色小瓶子，倒出一小勺像咸菜一样的东西，我一看，明白了：这叫“鸡枞”，云南出产的一种野生菌，用油炸过，味极鲜美。平时家乡有人来北京带一点，我们都舍不得吃，大部分留给爸爸。这次爸爸让她带点给我尝尝，还告诉她，天热，用凉水泡过的毛巾把瓶子包好……

1976 年 10 月上旬，“四人帮”垮台后，我从山东回到北京探亲。在此前，弟弟、妹妹和我爱人都回了北京，家里又添了一个孙子和两个外孙女。我一回家，我们家就又团聚了。当晚，爸爸妈妈换了干净的衣服坐在灯下，让我好好替他们照一张相。第二天一早，看见爸爸在好久没用过的笺谱（印有浅色图案的上等宣纸）上写下的两行字：

莫道长年亦多难，
太平望到眼底来。

“戏看到底了！”“后死”的胜利了！人民胜利了！真不容易！

三、爷爷、奶奶和孙子

从 1956 年到爸爸 1994 年去世，近四十年间，我们一直住在北京东城的一所小四合院里。在这里先后有四个孙子长期和爷爷奶奶一起生活，还有两个外孙女也在这里短期住过。

最早和爷爷奶奶生活在一起的孙辈是大哥楚庄 1953 年出生的长子、爸爸的长孙楚建。早年满腔热血投奔解放区的大哥楚庄 1957 年在石家庄蒙冤，此后处境困难。楚建满 10 岁后不久，爸爸就让他到北京居住。从此我就成了“大叔叔”，弟弟泽洋成了“小叔叔”，妹妹泽湘成了姑姑。其实“小叔叔”比他大不了 10 岁，他和叔叔、姑姑是一起长大的。但他没有叔叔姑姑们幸运：在正常上学的年纪赶上“文革”。奶奶操心他不要在外面闯祸，叔叔则带他去游泳，还给他介绍大学里的情况。爷爷则在忙碌和紧张之余，不忘提醒他两件事：一是自学，二是学会在复杂环境中生存。楚建后来到过云南边疆水利建设兵团，经过努力，上了大学，后来又攻下了法学硕士学位，成为我们国家在新长征队伍的中坚力量。

我的儿子楚进出生在1968年9月。在他刚满月的第二天，我在任教6年的北京石油学院被作为“现行反革命”“揪”出，开始了长达7年的“监督劳动改造”。研究生毕业的爱人则被分配到锦西的石油五厂跟班劳动。年过70的爷爷也在幼孙满月后不久被关进“牛棚”，出了“牛棚”又和64岁的奶奶一起到了河南明港的“五七干校”。刚出生不久的楚进只好交给了在北京的一位保姆。到1970年夏天爷爷奶奶回到北京时，已经快两岁了。这时，他才被接回家，和爷爷奶奶一起生活。爷爷奶奶则在孩子的父母都不能照顾他时，不顾高龄，又毅然承担起抚养教育幼孙的责任。首先是奶奶规定了幼孙生活的原则：“若要小儿安，常带三分饥和寒。”孙子的日常衣服是用旧沙发套改的，新衣服也是那种颜色深、质地厚的布料，既“经脏”又耐磨。伙食则是当时老百姓能置办的普通饭菜。爷爷奶奶更关心的是幼孙的早期的教育。孩子过了两岁半，爷爷奶奶开始教他“认字”：在将过去的废名片一裁为二的正方纸片上，有奶奶用毛笔恭楷写上字，每天教一个字，第二天教一个新字，同时温习以前教过的字。至于今天要学什么字，则听他的要求：今天刮风了，他要求奶奶教他“风”字；看见小树发芽了，他会要学“叶”字。从认识字后，他每上街就要大声念出他认识的字，这就出现了某些尴尬：在鞋店门口曾出过念错字的笑话，他会指着告示牌问：什么是“男牛”？什么是“女牛”？

爷爷似乎更注重在玩的过程中启发幼孙的耐心和勤奋。对于爱吃零食的孩子，爷爷在给幼孙糖果或饼干一类食物时，一定要先完成几项“作业”：先要“蹦高”，跳起来用手够挂在电灯下面的一个气球（爷爷说，这样有利于孩子长高）；然后要复习生字，要尽快地在生字卡片中找出爷爷指定的某个字；稍大后，还要背“九九表”，有时还要唱一段《国际歌》。在完成“作业”过程中，给幼孙插入一段故事或者做一回游戏，作业结束，孙子或得到糖果点心，或和爷爷共享一杯酸奶。

类似的作业或游戏我们也对孩子实行过，但都没有爷爷和孙子合作的效果。究其原因，爷爷奶奶说，要培养孩子的耐心就要比孩子有更多的耐心。诚哉此言！同样的教科书，不同的教师的教学效果迥异，教出来的学生更是千差万别。为师者岂不应深思！

楚进后来从普通的街道小学毕业，凭自己努力最后考进清华大学，或许是从小“蹦高”，已长成一米八以上的个子，如今已走向世界了。

我弟弟泽洋的儿子楚庆出生于1977年，是孙辈中最年幼的。他开始上学时，父母的工作、活动异常繁忙，对孩子功课的关心难免有力不能及的时候。为此爷爷对这个幼孙的功课给了更多的关心，除了检查作业外，还经常督促他背一些古诗和古文，还给他讲一些有关诗文作者的故事。就是到1993年8月，在长期重病后最后一次在家居住时，爷爷还要楚庆再默写《岳阳楼记》，默写完后，还要查字典，写上作者范仲淹的生卒年月。最后在幼孙的作业上写下了这样一段话：

> 很好！很好！有志气，有能力！望继续努力，切实用功，不愧为楚家的好孩子！
>
> 1993年8月19日　爷爷　楚图南

这是爷爷最后一次批改孙辈的作业。

我的二儿子楚晖是和爷爷接触较多的一个，他住在爷爷的书房里。四合院中的四间北房，最东边一间是爷爷的卧室，最西边一间是书房，在放满5个书架的10平方米的小屋里，还有一张床和一张课桌，这是楚晖的“地盘”。这时奶奶已经在1979年去世，爷爷晚年经常和他做伴的就是楚晖了。这个孙子不爱学习，贪玩，有时还要和爷爷淘气调皮，但爷爷对他并不苛求，希望他成材，但尊重他的兴趣和选择，尤其不赞成要求他一定要考多少分，要上什么学校。在爷爷看来，教会孩子做人、懂得待人接物的道理是最基本的教育。爷爷在家居住时，每天晚上最后一件事是，到西边楚晖的房间看看，看孙子睡了没有，或许还要帮他盖好被子。若孩子还没有回来，爷爷则一定把床头的小灯打开，爷爷说这样孩子回来走路进房间要方便些。

爷爷是孩子们心中一盏永远的灯。这就是我们的家：我的父母，我们家的孩子们！愿天下的孩子们都能得到长辈的关爱，健康成长！

2001 年 4 月完稿于父亲逝世七周年、母亲逝世 22 年祭日前

（此文发表于《群言》杂志 2001 年第 6 期）

荣枯历尽又严霜，篱边秋菊傲严霜

——父亲诗词作品整理后记

父亲在世时喜爱书法和旧体诗词。抗战期间，我们全家住在昆明郊区，父亲在云南大学任教。课余及社会活动之余，父亲总是用看过的报纸练习写字，当时是临碑帖，练得较多的是前人所拓的汉代“礼器碑”，其实父亲临习碑帖的爱好还可上溯到他的青少年时代。

新中国成立后，父亲忙于文教和外事方面的工作，虽然闲暇时间不多，但每周总还要抽点时间练练字，不光是临碑帖，有时抄写几句唐诗、鲁迅的诗作或毛主席的诗词。即便出国访问，书包里除了有关的文件材料外，一定还有一本 1935 年商务印书馆出版的《十八家诗抄》。20 世纪 60 年代以后，又多了两本：一是《鲁迅诗稿》，一是《毛主席诗词三十七首》，都是文物出版社出的线装本，既看得清楚，又轻便。在国外或到外地工作时，父亲偶尔也写下几首诗，但一般不示于人。

“文革”的后期，在无休止的审查之余，父亲又重新拿起毛笔，买来一些廉价的连史纸、高丽纸之类，温习一度荒疏的笔课，所写的内容，除了毛主席诗词外，也有一些唐诗及明清人的诗词、题句。这在当时沉郁的空气中是一种解脱，一种陶冶，一种沉思，一种积蓄。

1976 年金秋 10 月，粉碎“四人帮”之后，父亲在当时对外文委留守处的庆祝会上，当众朗诵他的诗作：

一声霹雳，清除四害。
举国欢腾，万姓称快。

据我们后来所知，这是他首次对公众朗诵他的诗作。此后，父亲的诗作多了起来，用他自己的话说，以前他写字多是抄录前人章句，现在他想到他所经历的时代比前人丰富得多，体会也深刻得多，因此今后要多写自己的东西。以后每有诗作，他先写在线装竖格本上，然后反复修改，有时还征求我们的意见，和我们商量一些词句的用法，一方面是修改诗作，另一方面也对我们进行文史、诗词方面的教育。

已是80岁的父亲，这一期间的诗作、书法创作十分活跃，在他的笔下有百战劫后的雄关，有威严肃穆的塞上堡垛，有对青史威严的回忆，有对未来理想境界的不懈追求，有对家乡青山绿水和父老乡亲铭心的怀念，也有对同志、朋友真挚的友情和感怀。

从现在编辑、辑录、整理的父亲的240余首旧体诗词中，我们感受到他有一种对理想境界锲而不舍的追求，一种对世界上不合理现象愤疾的精神，一种自己奋力而又激励别人进取的力量。

除了诗作以外，父亲还写过不少题词，如为一些纪念馆、文物旧址题句，这些都往往是应命而作，是人家出题目，父亲交卷。对这些“任务”，父亲总是尽心尽力，力图用不多的词句，准确而形象地描绘出他对某些人物、文化遗址的理解、评价。如80年代末，湖北省索题黄侃（季刚）先生纪念馆。父亲允诺后，先是找来一些评述黄侃的文章阅读，特别仔细地阅读了我们的舅舅杨伯峻纪念黄侃、回忆早年师从黄侃先生治学的文章，然后认真思考，题写了：

博闻强记，风规自异。
特立独步，卓尔不群。

这16个字，是他对黄侃先生的理解和评价；同时他还给我们讲了一些黄侃治学的故事，并嘱咐道，黄侃可惜没有为后人留下著作，若看到后人整理的黄侃著述，一定要买一本，他还想看看（在父亲病重时，我们曾购到武汉大学出版的黄侃先生亲属黄焯整理的《量守庐群书笺识》，原想等父亲病体康复后，供他阅读，可惜父亲未能康复，再也读不到这本书了）。这些都体现了父亲对人的评论，对学问的认真、谨慎、探索的态度。

父亲还有几篇作品是辑录前人的旧句，都是要使这些前人诗词章句能有一种激励现代人的新意。记得是80年代中期，日本驻华大使吉田健三先生任满返国，送来册页索题。父亲想了很久，在册页上题写了唐朝王维《送秘书晁监还日本国》[①] 中的两句：

向国惟看日，归帆但信风。

这两句诗表现了对中日两国人民自古以来的友好关系的颂赞，并希望这种关系得到发展。据说看到题句的人都十分感佩。

20世纪80年代后期，父亲曾自己整理、编辑了自己的诗作，命题为《刍草集》，并写了“自序”，引用蔡邕祭故人以生刍一束的故事。《诗经》有句：“生刍一束，其人如玉。”据我们所知，在中国众多古代文人中，父亲是比较欣赏蔡邕的。我们小的时候，父亲还曾教我们背诵一首陆放翁的诗句：

斜阳古柳赵家庄，负鼓盲翁正做场。
死后是非谁管得，满村听说蔡中郎。

父亲欣赏蔡邕，大概是由于蔡邕生于乱世，但能保持自己的操守，历经磨难而不更改自己的信念，追求自己的完善，淡泊名利。这也许是父亲命集为“刍草”的一种考虑吧。

谨以此文作为对父亲的怀念，并以此表述父亲对他所热爱的但并不完善的世界，对历经磨难的祖国，对任务艰巨的党和勤劳善良的人民的怀念。作为子女，我们感谢哺育了我们父亲的祖国、人民和党！也感谢那些

① 王维：《送秘书晁监还日本国》原句为：“积水不可极，安知沧海东。九州何处远，万里若乘空。向国惟看日，归帆但信风。鳌身映天黑，鱼眼射波红。乡树扶桑外，主人孤岛中。别离方异域，音信若为通。”

和父亲一起工作过的同志和朋友。

（此文原是1995年人民文学出版社出版的《刍草集》的后记，

此次收录时文字略有改动）

从我家的故事说到中日文化交流

2013年是中华人民共和国和日本签订友好条约35周年，又值有关方面举办的中日友好交流论坛在中国举行，主持者希望我撰文记述父母从事中日文化交流的往事。我想了想，从1929年我母亲彭淑端东渡日本留学算起，已经80多年了，联系到父母亲出生的年代，约一个世纪的尘世沧桑：血雨腥风后漫夜中的探索，雨后天青的樱花烂漫，间或还有沙尘骤雨。这种种往事给后人留下种种思索……就从我所知道的我家早年和日本的恩恩怨怨说起。

一

我母亲彭淑端（当时的名字叫彭端淑）于1927年冬因为在武汉参与工人运动被捕判刑，1929年春被营救出狱，为了躲避反动当局的迫害，母亲和她最小的妹妹（彭运煌）到日本求学，先是在东京的东亚日语补习学校学了一年日语，1930年春考取了在东京的帝国女医专，希望学到医学知识将来回国为社会服务。另外母亲到日本还有一个目的：大革命失败后，母亲的二妹和三妹被共产党组织选送到苏联学习，当时在日本和在苏联的两个妹妹通信要比在白色恐怖下的国内方便。到东京后，为了尽快熟悉日语，母亲和小姨租房住在日本人家里，整天和房东老太太及邻居打交道。很快，日本人熟悉了这两个来自中国的、学习努力、起居简朴、热情大方、生活作风严肃的姐妹，而且成了她们的异国朋友。母亲对当时的日本人也留有很好的印象：所有的人都识字，即使是马路边小摊贩、卖菜的老妇，也要每天读报，如《读卖新闻》等，看过的报纸则有时用来做购物的包装；全社会重视教育，尊重教师，能够进帝国女医专的中国女性则更受到附近居民的尊敬。日本的教育严格认真，母亲在日本求学期间学到的一些规则和习惯，后来在我们家里几乎延续了两代人。例如，家里有人生病，即使不住医院，也要按医院的规矩定时量体温和脉搏，而且一定要按医院护理病人的规则写成病历记录。母亲说过，做医生是要有济世活人的胸襟，而治病救人则需要从每一个环节都认真严格细致开始。让人感到亲切的是，很多日本人看重中国传到日本的文化，例如围棋，不仅有许多爱好者，而且许多大报的右上角（报眼）上还经常登载名家的对局选，而且每天只登一着，一盘棋可以连载几个月。

当时多数日本人对中国人还是友好的，在学习上母亲得到日本同学的帮助，借阅笔记，一起准备考试，在假期和同学们去鹄海度假，也得到日本同学的很多指点和关照。日本著名的早稻田大学的同学们还教母亲唱该校的校歌，母亲到晚年还给孩子们唱过要连续唱七个“瓦斯达”的这首歌。

但是好景不长，1931年日本军国主义分子在中国东北发动了“九一八”事变，母亲和同学们再也不能忍受日本军国主义分子对中国的无端挑衅，于是全体愤然回国。当时很多日本同学和老师都为这些中国学生中断学业而惋惜，但也为她们的爱国热情所感动。母亲回国还有一个原因：在苏联学习期满的两个妹妹已经回到国内，从事共产党委托的秘密工作，母亲担心她们的安全，也急于回去就近照料。这样，母亲就在1931年底回到国内。当时和她们相处得很熟悉的房东老太太在送别时，总认为这两个善良的中国女子还会回来，一再邀请她们再来居住，而且还嘱咐母亲：中国的名药“六神丸”是日本人心目中的“神药”，请她们下次来时，一定带一点。可惜，因后来的战乱，母亲再也没有机会去日本，也没能给曾经关心和照顾她们的房东老太太带去“六神丸”，成为母亲的憾事。尽管如此，母亲在20世纪20年代末期离开了战乱和白色恐怖笼罩下的中国，来到相对文明和发达的日本，度过了近两年的青春韶华时光，成为终生的一段美好的回忆。

二

1937年7月7日，日本军队进攻卢沟桥，全面抗战爆发了！当年8月13日，日本开始进攻上海，父亲楚图南和母亲当时在上海教书。11月，上海沦陷。12月13日，即在南京沦陷的当天，父亲和母亲带着我哥哥（楚泽清，现名楚庄）等通过上海租界乘船经中国香港、越南（当时叫安南）的海防，然后由陆路辗转回到父亲的故乡云南，并定居在昆明，这时已经是12月27日。

1938年9月28日，日本飞机首次空袭昆明。1939年5月，我出生在已经进入战时的昆明。1940年9月26日，日本飞机再次大规模轰炸昆明，父母亲以及哥哥和一个保姆（我们家的人称她为"周嫂"）抱着刚满周岁的我跑向城外，在一片靠近田埂的小山坡下依靠山坡上的树荫躲避，并排坐在一起的还有几位从内地疏散到昆明的学生。开始大家还彼此交谈互相安慰，看护我的周嫂还趁机在田埂边的水沟里清洗了我的尿布衣服，并且将衣物晾晒在附近已经成熟的稻禾上。

不一会儿，听到城里的轰炸声逐渐从强烈而减弱，这时日本飞机来了，他们知道昆明的防空能力薄弱，飞得很低，以致躲避的人连飞机上的各种标志甚至飞行员的帽子都看得清楚。这时，在山坡下躲避的人都不再说话，只是紧紧相拥。瞬时间，炸弹在稻田落下，强烈震动溅起的土块开始落在人们身上……空袭过去后，大家才发现不远处的稻田有炸弹落下的痕迹，我的衣物尿布则被炸得踪迹全无。而最令人伤心的是坐在母亲附近的几位女学生趴在地上都不说话了，同伴摇动她们，也没有反应，慢慢从嘴角流出血来。有医疗知识的母亲知道，这多半是俯在地上过紧，强烈的震荡导致内脏受伤，已经没有机会抢救了。

刚才还在一起说话的女孩子，转眼就没有了，母亲和周嫂轮流抱着我离去，而且不住地抹眼泪……回到我们租住的小东门附近的住所，则景象更使人吃惊：炸弹碎片砸穿房顶的瓦片，落在地上，家里的器具则是遍地狼藉。

根据父母亲后来的分析，日本飞机主要是轰炸昆明的城垣和附近可能有的供电等设施，可能炸弹没有丢完，城门已经被毁，在返回的路途中发现与地面景物颜色有差别的衣物，以为附近必有人，因此丢下了所剩的炸弹。

母亲在这天的日记中写道："1940 年 9 月 26 日，日本飞机轰炸昆明，小东满城门炸毁，炸弹近在咫尺，全家幸免于难。"留给我的就是在我成年后多次讲过的这段经历。父亲则将落在家中的弹片收集起来，保存在家，而且说，要让孩子们永远记住国仇家恨！将来天下太平了要用这些弹片打一把好刀，作为家用，作为纪念（这些弹片一直随我家搬迁直到在北京定居，1958 年"大炼钢铁"时被征集走了）。

我记事以后，童年最难忘的经历是躲避日军空袭的"跑警报"，防空的警报标志升起时，所有的人放下手中的一切，拉着家小向野外跑去，或者到郊外比较隐蔽的地方，或者到远处乡村熟悉的朋友家里，一路上男女老幼，跌跌撞撞；如果是日军夜袭，丢下照明弹，还会引起种种惊慌和忙乱。我就是在这样的环境中长大的，我从小学会唱的第一首歌是："大刀，向鬼子们的头上砍去！"学会第一句骂人的话是："日本鬼子！"我哥哥在 1941 年还不满 13 岁就离家去投考在四川灌县的空军幼年学校。——这就是我们这一辈人的童年！

2005 年秋，我回到云南，到腾冲参加纪念滇西抗战策划者李根源先生的活动。我了解到，滇西的同胞们在 1939 年修通了滇缅公路，使盟国支援中国抗战的物资能够不断运到中国内地；1942 年 5 月，日军入侵到中国和缅甸交界处的畹町，随即又侵占了芒市、龙陵、腾冲，怒江以西的国土部分沦丧，中国军队炸毁了怒江上的惠通桥，将日寇阻挡在怒江以西，并与之对峙了两年八个月，1944 年 5 月，在国际反法西斯战争出现转机时，中国集中 20 万军队，在美国盟军的配合下，浴血奋战 8 个月，一共消灭了 21 000 多名日本侵略军。在驱逐敌寇的战斗中，中国军队也伤亡了 64 000 多人；在整个战争期间，日本侵略军还使用了细菌炸弹等武器，杀害了 10 多万和平居民。日军的种种非人的暴行，在当地百姓中种下了仇恨。在当地的抗战纪念馆里，陈列着昭示日军罪行的种种物证，甚至还有日本慰安妇的衣物、手包和日用品。在腾冲有一座占地80亩的国殇墓园，安葬了近万名殉国将士的忠骨。出于中华民族的宽厚，战死的日军的遗骸也被收敛安葬在附近，并由李根源先生题写碑名："倭冢。"

当地流传这样一段故事：近年，有某些日本右翼人士，提出要去腾冲"扫墓"，腾冲老百姓回答：来谢罪可以，扫墓则不必！日本右翼人士又说：我们可以去投资。腾冲人回答：我们腾冲人走遍世界，哪里都有贸易来往，有的是侨汇，不稀罕你那几个臭钱！

如今的腾冲已经是在日被寇破坏的残垣上建立的现代化城市，环境优美，街道宽阔，远处有成为祖国西南脊梁的绵延起伏的高黎贡山，有在峡谷中急流的怒江；这里有万年的火山热海，千年的驿道边关，百年的翡翠名城。雄浑的大自然孕育了有博大襟怀和深厚文化底蕴的民族，诞生了瑰丽的城市和乡村。这就是我的故乡，这就是我们中华民族的骨气。中国人虽然宽容，但是绝对不会忘记耻辱。

三

1949年中华人民共和国成立，历史翻开了新的一章。1954年5月，父亲被推举为中国人民对外文化协会（后来改称中国人民对外友好协会）的会长，开始了他后半生从事的人民外交工作。在他与外国友人交往的40年历程中，接触最多的是日本友人；在他22次的出国友好访问活动中，5次是到日本，是去过次数最多的国家。在几十年里他接触过日本各种人物：有社会党、共产党、自由党、民主党（后来合并为自民党）、公民党的参、众两院国会议员（黑田寿男）、政界领袖（久原房之助、松村谦三）和社会活动家（西园寺公一、宫琦世民），有部落解放同盟的"贩夫走卒"，有佛教高僧（大谷莹润），有学界的泰斗（南原繁、茅诚司），有文学家（井上靖、土岐善磨），有画家（丸木位里夫妇、平山郁夫），有音乐家（关鉴子、团伊玖磨），有演员（松山树子、乙羽信子、河原崎长十郎、花柳德兵卫），有旧军人（远藤三郎、藤田茂），有实业界人士（藤山爱一郎、稻山嘉宽、冈齐嘉平太），更有一直从事世界和平运动和日中友好交流的著名人士（北村德太郎、松本治一郎、中岛健藏）……

在父亲去世后我们清理他的遗物中，数量最多的是日本人的名片，竟有数千张之多，整整装满了一书包。

回想起父亲和日本朋友的交往，父亲所做的事情，可以概括为两句话：讲文化，交朋友。

1961 年 11 月，父亲应日本最早建立的从事日中友好活动的团体——日中文化交流协会和日中友协的邀请到日本访问。在东京时，曾经到日本研究唐诗和杜甫的文学家土岐善磨家做客。主人奉茶以待，父亲就从鲁迅论茶名句“清香而味甘，微香而小苦”说起，继而谈到“君子之交，其淡若水”，交谈中又说到过去在为学生讲授杜甫的《茅屋为秋风所破歌》的感受，和知识分子在这个时代的使命。不觉中，一个下午过去了，两人的交谈完全是在切磋学问、交谈心得。临行前土岐先生还当场取出纸笔，执意要父亲为他写下鲁迅论茶的名句。1973 年，父亲首访日本 12 年后，再次随中国人民友好代表团访日，也再次应邀到土岐善磨家做客，一进主人家的客室，挂在墙上的竟是 12 年前父亲为其题写的鲁迅论茶的十个字。土岐善磨成了父亲终生的朋友，他所翻译的日文本《杜甫诗集》，他用日文朗诵和吟唱的杜甫诗的唱片，都无例外地送父亲一份。土岐先生以高龄辞世后，父亲将其所有赠书等转交给成都的杜甫纪念馆。

父亲的另一位老友是 1955 年在亚洲国家会议上认识的松本治一郎，这位白胡须的老者比父亲年长，是第一任日中友协会长，父亲多次在中国接待过他，而且还知道他是多年从事为下层劳动群众争取权益的“日本部落解放同盟”的创始人。父亲到东京访问时曾经随他去看望他在“部落盟”的朋友们：多是清道夫、殡葬业之类的普通劳动者，相当多的人被人看不起，可是身为日本社会党国会议员的松本先生和他们相处却像长辈和老朋友一样随意而亲切。父亲也和他谈到自己早年在贫困中求学，和普通劳动者共度时艰的往事，两人成了知己。父亲几次到东京，松本治一郎总是赶在早茶前到宾馆看望父亲，而且必定带来家制的几种小点心，对父亲说，这是他自己从小就喜欢的点心，相信父亲也会喜爱，他请父亲品尝，而且说：“你要不吃完，我会恨你一辈子！”说完，开心大笑。完全是兄长对兄弟的温情。这些故事，父亲直到晚年还多次给孩子们讲过，父亲认为，这是中日友好交流的往事，也是个人友谊的佳话。

父亲的另外一位好友是中岛健藏先生。中岛健藏早年反对日本侵华战争，受到当局迫害，后来一直从事日本和中国的文化交流工作，1956 年，当时日本还没有和新中国建立外交关系，但是中岛健藏联络日本民间人士成立了“日中文化交流协会”，并在 1957 年到中国和父亲领导的中国人民对外文化协会签署了《中日两国人民民间文化交流的共同声明》，并在此后组织了最早的日本书法界、围棋界、演艺界的著名人士访问中国。特别是在 1960 年，中岛健藏和日本社会各界联合反对岸信介政府和美国签订敌视中国的《美日安全保障条约》，并通过各种声势浩大的抗议及宣传，最后终于将岸信介赶下了台。中岛健藏在 20 世纪 60 年代，每年都到中国，而且甚至一年来几次，为日中友好不遗余力。中岛先生琴瑟和谐，夫人中岛京子每次都陪同来华，这时母亲必然亲自陪同接待，两位年龄接近，早年又都在东京求学的异国姐妹，相处亲切，成了好友。即使在文化大革命期间，中岛京子也在每年岁末给母亲寄来贺年卡片，表示了关心和友谊。由于多年积劳成疾，中岛先生于 1979 年在东京去世。中岛京子女士迁离物价高昂的东京，回到故乡福冈。但是只要父亲再去日本，中岛京子必然从福冈到东京，看望父亲这位多年的朋友。

1981 年 11 月，父亲写下了这样一首诗：

扶桑再度任流连，山水相迎倍有缘。
难忘故人化鹤去，长空遥望总泫然。

父亲写道：“将重访日本，怀念松村谦三、松本治一郎、土岐善磨、末川博、中岛健藏、仓石武四郎、河原崎长十郎等诸耆旧。”——像父亲怀念老朋友一样，作为晚辈，我也在这里对从事日中友好的先贤表示敬意！

还要提到的是我母亲的一段往事：1959 年秋，国庆节前夕，日本女作家野上弥生子应邀访问中国，这位老太太早年在日本接待过中国早期的革命家黄兴等人，而且与很多辛亥革命时期的老人都有多年的友谊。与之同行的是其儿媳三枝子。野上到北京后，提出不住宾馆，愿意住老百姓的民居。接待单位考虑再三，并考虑到父亲当时不在北京，于是将我们住的四合院的后院腾出，作为野上弥生子和三枝子的住所。我母亲作为主人接待这两位客人：设家宴招待她们以及黄兴的公子黄乃；带她们参观中国的民居，四合院中挂满硕果的两棵海棠树给她们留下深刻的印象；关注她们的起居，还和她们闲聊当年在东京求学的往事。这些给日本老太太留下了难忘的回忆。她们回去后第二年，已经多年没有作品问世的野上弥生子写了一本书《我的中国旅行》，并亲笔签名给我母亲寄了一本（日文名是《私つ中国之旅》）。书中记载了她们在北京的感受，还画出了我们家四合院的平面图，记述了那两棵海棠树……后来三枝子每年都给母亲寄贺年片。大约是 1965 年的某天，母亲接到三枝子的来信，报告了她婆婆去世的消息。当晚，母亲就寝前，在她的寝室里点燃了一根线香……

1980 年前后，日本第二任驻中国大使吉田健三先生离任回国前夕，送来一本册页，希望中国各方面的人士题字留念。父亲为他写下的是唐诗，王维《送秘书晁监还日本》中的两句："向国惟看日，归帆但信风。"——父亲表达了这样的心情：希望中日友好航船向着光明的朝阳前进，希望友好的风帆顺风！①

四

时光已经进入 21 世纪，20 世纪中为中日友好在荆棘草莽中奋力开辟的前辈们多已不在世了，继续为中日友好努力的责任落到我们这一辈人身上。我作为一个多年从事自然科学和技术科学的工作者，第一次参加到中日文化交流的活动中来，必然会有一些思考，仅做以下表述：

① 父亲后来为这段诗句的注释是："日本阿倍仲麻吕于唐玄宗开元五年（公元 717 年）来到长安，仕唐，任秘书监，改名晁衡。王维有送秘书监还日本诗。"
又，王维诗：《送秘书晁监还日本》全文："积水不可极，安知沧海东。九州何处远，万里若乘空。向国惟看日，归帆但信风。鳌身映天黑，鱼眼射波红。乡树扶桑外，主人孤岛中。别离方异域，音信若为通。"

中国是全世界人口最多的国家，也是亚洲幅员最大的国家；日本是世界上经济发达的国家，也是亚洲最富裕的国家。两国又是“一衣带水，一苇可航”的近邻。千余年的历史证明：两个国家和两国的老百姓和平相处，对两国和两国的老百姓有好处，对亚洲乃至全世界都有好处。如果两国交恶，则首先倒霉的是两国的老百姓，如果两国的冲突扩大，发生战争，则对亚洲乃至全世界都没有好处。因此，中国和日本应该友好相处，这是大道理。

在中国和日本交往的历史中，有一段日本侵略中国，乃至其他亚洲国家的历史，这给中国和其他亚洲国家以及这些国家的老百姓带来了灾难；也让日本的众多老百姓蒙受了灾难和屈辱。除了日本人应该正确认识和反省这段历史以外，中国和其他亚洲国家，乃至全世界的舆论也有责任帮助日本人正确认识和对待这段历史。我们这一代人从孩提时代，就受过日本侵略带来的灾难，因此从小就痛恨日本军国主义者，喊得最多的是“打倒小日本！”到现在，能够坐在一起，平心静气地讨论问题，为两国的友好发展进行交流，实属不易。现在，有一些日本政客提出：“祭奠为国的战殁者，无可非议。”我想说的是：如果这些“战殁者”曾经到邻居家偷盗，甚至杀人放火，你的“祭奠”是否应该有所收敛？！在我看来，你祭奠家人——“战殁者”的小道理应该服从中日两个国家友好发展的大道理。这是对政治家的起码要求。至于有个别日本人，至今不愿意承认日本侵略邻国的事实，冥顽不化。对此，我想说一个小故事：至少到20世纪末，世界上还有一个叫作“扁地球学会”的组织，在世界各地还有几百个会员，而且每年还要集会。对这些在大量科学知识面前依然冥顽不化的“扁地球学会”的会员们（其实，他们所坚持的观念与他们的社会地位和实际利益无关，在这些方面，“扁地球学会”的会员们要比日本的军国主义的追随者们要可敬得多），只要不让他们进入各种严肃的科学团体，也不妨让他们存在，以作为对严肃的科学工作者的警醒和激励。对日本社会上的坚持军国主义的右翼势力，其人数和能量或者不小于“扁地球学会”。对此，健康的社会力量应该清醒，应该警惕！

历史的经验证明，中日两国民间的交往往往是推动两国历史进步的主导力量。例如，在二战后，中国和日本的民间都曾经有力地抵制过日本军国主义的复活，抵制过敌视新中国的日本岸信介政府。1961 年 11 月，父亲第一次访问日本，就曾经在日比谷公堂，和日本朋友一起高唱“东京—北京”，一起高呼“恢复中日邦交”，一起反对《美日安保条约》……正是由于日本和中国民间的长期交往和合作，才促成了 1972 年 9 月的“中日邦交正常化”。在此期间，中国的民间人士和日本的进步舆论以及社会上的健康力量一起，对岸信介和佐藤荣作两届政府进行过有力的批判。除了中国的民间对日本社会的健康力量有所支持以外，日本的民间也对中国的社会进步提出过建议和批评。据我所知，1975 年 9 月，父亲率领对外友协代表团访问日本，参加祝贺日本中国友好协会成立 25 周年纪念活动时，一些著名的日本学者就对中国当时在全国范围内的“批林批孔”运动表示了异议。他们认为，批林彪，是中国的内部事务，日本人可以不表示异议，但是他们看不出中国称为野心家的林彪和中国古代的学者孔子之间有什么联系，不明白为什么批评林彪要联系到孔子？如果说到要批评孔子，他们认为：孔子是中国古代的重要思想家，孔子的学说和思想对东方民族的价值观、世界观，乃至人们的行为和道德规范都有重要影响，孔子是使所有东方人在世界上受到尊重的人物，作为日本的学者，有理由表示异议。这些作为父亲老朋友的著名日本学者，非常恳切地对父亲说：他们作为中国多年的朋友，不愿意公开地批评中国的政治运动，但是希望中国在对待“批孔”问题上一定要慎重！应该说这是日本朋友的肺腑之言（而当时的日本首相——三木武夫，则不可能提出这样的意见）。父亲当然理解他们的批评，而且相信总有一天中国会重新认识这些问题。请不要忘记这些对中国的发展和进步怀有寄托的朋友，他们是：日本立命馆大学的校长末川博，日本学士院的南原繁，日本著名物理学家茅诚司。

中国和日本都是世界上东方文化的代表国，日本人也大都认为，日本的文化受到中国古代文化的深刻影响。在此我想说明，不论是中国，还是日本，在文化源流上都重视“修身、齐家、治国、平天下”的社会责任感；都有对传统的继承和尊重；但是也都有讳言己非的心态，对本民族心目中的偶像，有一种痴迷和留恋。因此，日本人在对历史的反思的深刻程度上与德国人有差距。另外，中国所承继的东方文化和日本的传统文化也有区别。在我看来，中国文化重视儒家的“仁”，所以中国人讲究中庸、和谐和宽容；日本人则重“义”，因此日本人做事执着，坚韧，甚至轻生。这些差异形成了中国和日本在发展上的不同，是应该研究，应该思考，应该讨论，应该交流的。

现在已经进入21世纪了，中国和日本，乃至世界都发生了巨大的变化：日本不再具备对外侵略的各种条件，随着社会和经济的发展，也不再完全是遭到厌恶的“小日本”（2006年3月，我在印尼的布敦岛进行科学考察，当地群众告诉我，在印尼最不受欢迎的就是日本人；另外与中国留学美国的学生回国后，说美国好话者居多的情况相反，留学日本的中国学生回国后，说日本好话者极少）；中国也不再是“东亚病夫”。两国都在发展，都在进步，两国都有值得对方学习的地方，也都有应该批评和改进的不足之处。为了中国和日本这两个在亚洲和世界有巨大影响的东方国家的发展和进步，最好的办法就是彼此交流，互相往来。

我愿意继承父辈的遗志，和日本人讲文化，交朋友！

楚图南翻译外国文学作品纪事

父亲楚图南1919年在昆明中学毕业，初试考取北京高等师范学校（北京师范大学前身）官费生，由于昆明到北京路途遥远，旅费筹集困难，秋季赶到北京复试时，原准备投考的外文系名额已满，于是进了史地系。但是父亲对学习外文以认识世界的热心却毕生不辍，并影响到他的一生，包括他长期从事的对外文化交流工作。

一

父亲最早的翻译作品是德国尼采的《查拉斯图拉如是说》和《看哪，这人》。

20世纪20年代后期，父亲在东北从事共产党所委托的工作，由于在学潮中有学生被军阀政府逮捕，在被捕学生的信件中查到父亲活动的记录，父亲因此以“共党要犯”获罪，1930年12月，被军阀政府以“宣传与三民主义不相容之主义及不利于国民革命之主张”的罪名，判处9年11个月的重刑。为了不虚度牢狱中的岁月，在当时许可的条件下，由父亲朋友——陈翔鹤、董秋斯、董秋芳等前辈，从狱外为父亲送来了一些英文书籍，其中就有美国“邦尼与里夫特公司”（Bani and Liveright Int）出版的《世界佳作现代文库》（*The Modern Library of World's Best Books*）的64开袖珍本中的两本，即《查拉斯图拉如是说》和《看哪，这人》。

父亲在1931年5月和1932年9月完成了这两本书的译稿。但是直到1947年3月，这两本书才在由白寿彝先生主持的文通书局出版，这是在中国较早的尼采著作的完整的译本；《查拉斯图拉如是说》这样一个既能够反映原作者思维，又符合中国文化人理解习惯的译名也从此定型应用并延续至今（以前有过《苏禄支语录》《查拉图士特拉是这样说的》等译法）。父亲作为一个争取民族解放和社会进步的战士，希望将西方的哲学思想作为反对当时旧中国黑暗社会的投枪。

尼采写道：

> 上帝死了！
>
> 人之所以伟大乃是他是一个桥梁，而不是一个目标。
>
> 人之所以可爱乃是他是一种过渡和一种毁灭。
>
> 我爱一切如同大雨点，一一从低垂在人头上的黑云降下来的人，他们预告着电火的来临，并且毁灭如同先驱者。

按父亲的理解，这是对当时执政者推行压制思考和进步、维护旧传统和旧伦理中最落后、最腐朽的教义的挑战。

没有料到的是，在文化大革命期间，父亲因翻译尼采的著作获罪：1969 年父亲所在的国务院对外文化联络委员会被军管后，被迫“靠边站”，并由军管组“审查历史”。

奉命占领上层建筑的军管组甚至连尼采的名字都是首次听说，其负责人朱 xx 在和父亲的谈话中，将尼采的名字说成“采尼”。对这样的“审查”，父亲选择了沉默。在回忆这件事时，父亲说，他想起了当年冯雪峰对他讲起的一件在上饶集中营的往事：有个国民党的教官在“讲课”时，把乌克兰的首都基辅说成“辅基”，该教官则因此被难友们讥笑为“辅基教官”。从国民党反共的“辅基教官”到文化大革命的“采尼军管组长”，其间距离是多么远，又多么近！

二

1935 年，父亲出狱后到了上海，改名楚方鹏，由郑振铎先生介绍，在上海暨南大学史地系任教。为扩大学生的视野，丰富教学内容，父亲翻译了《地理学发达史》。父亲认同马克思的论断："经济是一切历史建筑和社会建筑的基础。"引证了《地理学发达史》中的许多资料，写成《人文地理的发达及其流派》和《中国历史地理学发凡》(刊于1935年6月和12月《地学季刊》)。这是父亲用马克思的学说理解和说明历史地理学的尝试，1937年完成译作，并交由中华书局出版。1938年，上海抗战后，父亲回到昆明，看到该书出版时，已经是1940年。新中国成立后，曾经问过该书的译稿和原书纸型的下落，所得答复是：毁于日机的轰炸和兵焚。

1935—1937年期间，父亲的另一翻译作品是由英文译本转译的俄国诗人涅克拉索夫的长诗《在俄罗斯谁能快乐而自由》，所用的是1917年牛津出版社出版的J.M.Soskice译自俄文的英文译本，英文书名是《在俄罗斯谁能快乐而自由》。俄文原来的书名是《在俄国谁生活得好》。父亲采用了英文的译名，还有一重意思是，是按当时的认识，社会主义国家——苏联的公民，应该生活得快乐而自由。其间有父亲一生经历中的一段故事：父亲在1934年从东北出狱后，共产党组织审查过其在狱中的表现后决定派其到苏联去学习，而且还可以带两名学生同行，由于父亲要安排家事，预定的行程比他推荐的学生晚了一个航船班次(从上海乘苏联货船经海参崴，再去莫斯科)。父亲送走两位学生后，负责联系赴苏联的第三国际工作人员被捕，父亲失去了有可能会改变其历史的机会。父亲怀着惋惜的心情，怀着对"快乐而自由"的国家的向往——而这样的环境则是沙皇俄国所没有的。父亲翻译此书时，是希望了解俄国的过去，了解俄国的文化，了解十月革命的背景，并希望祖国也有一天会成为快乐而自由的乐土。父亲在此书出版的题记中说到，对这部长诗的翻译，是"献给这时代正在为着自己的生存，为着未来希望和光明这么残酷而英勇斗争的战士"。此书于1936年由商务印书馆出版，原稿和纸型都毁于日本飞机的轰炸和兵焚。

此书于1955年由父亲的朋友冯雪峰(时任人民文学出版社社长)提议再版，并亲自与父亲签订了出版合同。因此，此书的中文译本能够延续至今。

从20世纪50年代陆续传出对苏联真实情况的描述，到1991年，曾经不可一世的苏联解体。这里留下了许多思考，父亲晚年为此收集了许多资料，也提出了许多自己的思考，希望研究苏联解体给中国的教训。但是毕竟工程浩大，又体恤子女们的时间、精力和工作，因此没有结果。

三

惠特曼是父亲喜爱的诗人，惠特曼的诗内容广泛，体裁活泼新颖，洋溢着年轻人乐观和积极进取的精神：

我轻松愉快地走上大路，

我健康，我自由，整个世界展开在我的面前……

走呀！带着力量、自由、大地、暴风雨、健康、勇敢、快乐、自尊、好奇。

早在20世纪30年代，父亲就陆续在报刊上发表过所翻译的惠特曼的诗作。抗战期间在昆明，父亲将以前翻译过的惠特曼的诗作以其代表作《大路之歌》为题结集出版。上面所引的就是我们从小就熟悉的《大路之歌》中的几句。

父亲还特别欣赏惠特曼纪念林肯的组诗。父亲认为，林肯毕生致力于民族平等和社会进步的精神没有过时，而惠特曼将林肯描述为温和、平易、正直和果敢的普通人的形象，将林肯比拟为带着朋友和后辈航行的勤劳而诚垦的船长，都值得称道；对他的遇难逝世，表达了平民百姓发自内心的哀痛和真挚而亲切朴素的怀念。这是悼亡题材诗歌创作的高峰。这些作品的发表，也是向当时国民党政府中的法西斯分子鼓吹的“领袖至上”投枪。

在抗战期间的昆明，面临“外抗顽敌，内反暴政”的环境，父亲陆续收集到并翻译的俄国、德国和匈牙利一些诗作，这些诗的原作者，或有因为争取进步和民主而被迫流亡和被监禁的经历，因此诗作中有明显地对黑暗势力抗争的痕迹。父亲将其命名为《枫叶集》，由李公朴主持的北门书屋出版，并在题记中写道："这是要说明霜雪在生命上，所刻下的鲜艳的痕迹。"

1946年7月，李公朴和闻一多在昆明先后遇刺，父亲被迫离开昆明，到了上海，在一时工作和生活无着的困境中，许广平先生找到父亲并告知：宋庆龄主持的中国福利会，准备用从国外募捐得来的资金，援助一些生活和工作困难的朋友，办法是通过晨光出版公司，以预支稿费的办法提供资金帮助。于是父亲将以前翻译过的所有惠特曼的作品整理，交付晨光出版公司，所得的稿费则帮助我们全家度过了在上海生活最困难的年月。1955年，新中国为响应世界和平理事会的关于纪念世界文化名人惠特曼的号召，由周扬同志提议，将父亲的旧译改名《草叶集选》，作为纪念草叶集和惠特曼的特印本，由人民文学出版社出版。后来，父亲任职所在的对外文化联络委员会的一位同志李野光，找到了完整的《草叶集》的英文原著，并补译了《草叶集选》中缺失的部分，由人民文学出版社出版，这是中国最完整的《草叶集》的中文译本，20世纪末还在中国台湾和香港特别行政区刊行了繁体字版。

周扬和我父母在1935年在上海时就是同志和朋友。1936年，周扬（当时叫周起应）、李生萱（笔名叫艾思奇，1925年前后是父亲在昆明时的学生）和何干之（历史学家）离开上海去延安前夕，父亲特别在董竹君女士开设的锦江酒家为他们三人饯行。

惠特曼生于19世纪末，历史已经进入21世纪了，最早为中国人介绍惠特曼的各位先辈也渐行渐远，惠特曼离我们远吗？请听他的呼唤：

走啊！跟在伟大的同伴之后，作他们的一员吧！

……

向着最美好的一切前进——向着伟大的目标前进。

四

《希腊的神话和传说》是父亲成书最晚的翻译作品。

源于爱琴海文明的希腊神话是西方文化的主要源流之一，所涉及的内容包括天上、人间、地狱，涉及典故包括历史、地理及风雨雷电、地震、洪水等自然现象，所塑造的形象有神、鬼、人、兽，还有半人半鬼、半人半神、半人半兽，内容十分庞杂。传统的《荷马史诗》《变形记》等还留有民间艺人口头文学的痕迹，容纳不了希腊神话故事的全部内容。1936 年，郑振铎在上海编选了一部两卷本的《希腊神话》，但是他对这个版本并不满意，认为涵盖不了希腊神话故事丰富的内容，也没有形成描述希腊神话故事的完整体系。在介绍父亲到暨南大学任教时，他向熟悉西方史地、又长于英文翻译的父亲提议，找一个好的关于希腊神话的本子，翻译出来，由他负责出版——这里，还有他对朋友工作和生活关照的含义。父亲对老朋友的意见是重视的，可是一直没有兑现，一是因为没有看到合适的外文版本，二是因为翻译希腊神话工作量巨大，抗战期间没有时间和精力完成这样规模的工程。

1946 年，李公朴和闻一多遇刺后，父亲到了上海，由沈钧儒先生介绍在上海法学院任教，同时积极探索渠道和筹备经费，准备去解放区。

此时，父亲当年在东北同监狱、同案和父亲情同兄弟的难友郑效洵，找到了一种范本：由德国人斯威布编撰的、基本上涵盖了希腊神话故事全貌的《神祇与英雄》，而且有插图的非常精美的英文译本，于是父亲开始了希腊神话的翻译工作。

当时父亲要从事教学工作，还要和在上海的中共办事处（在马思南路的周公馆）及民盟的朋友联系，还要做去香港参加民盟的准备工作和进解放区的具体准备工作。我记得，父亲当时在上海住所，经常是在破晓前，借助烛光，奋笔疾书，终于在 1948 年初完成了卷帙浩繁的翻译工作，并定名为《希腊的神话和传说》，交给由父亲的朋友刘执之和贺尚华主持的“上海书报杂志联合发行所”（该机构不仅将上海的各种出版物送往解放区，还在上海部分朋友中发行赠送解放区的书刊）。父亲预支到的稿费除了做去解放区的路费外，其余的留给母亲，作为留在上海的母亲和子女的生活费用。

1949 年 6 月，《希腊的神话和传说》出版，上海已经解放，父亲看到新书，已是在新中国成立前的北平。此时郑效洵先生也在北平，参加筹备人民文学出版社的工作，他找到父亲，告曰：现在中国的欧美外交人员和驻华机构准备撤离，这些人所保存的图书有些要出售，他看见一套很好的英文版希腊神话初版本，有十几卷，插图和印刷都十分精美，是难得的好书，因为原来所有者要回英国，因此愿意以原价的一成出让（所有者特别说明是出让而非出售），据父亲回忆要价大约是一百多、不到两百个银元，当时父亲已经准备随军南下，接管西南的文教工作，当时，于私于公都拿不出这不到两百银元的"高价"。因此这套书后来不知下落，父亲终生以为憾事，父亲以此告诫我们：机会和能力往往不是同时的，要学会珍惜。

1959年，《希腊的神话和传说》由时任人民文学出版社副总编辑的郑效洵推动，出了修订再版本，同时按照希腊人名的规范译法，将所有的"人名"（包括神、鬼、兽等）都做了改动。例如太阳神，原来的译名是"亚波罗"，新版改为"阿波罗"，特洛伊战争中希腊人的统帅，原译"亚加米农"，新译作"阿加门农"。另外，父亲认为新译本中人物对话虽然比较严格地符合英译本的原意，但是父亲在原来译本中所表现的语言符合人物身份。

新版的希腊神话出版后，父亲推荐给子女作为假期读物（当时我们都在北京上学），并对我们讲对书中故事的评论，其中讲得最多的是，把天火"盗"给人类的普罗米修斯——其结局是被天神锁在高加索的山崖上，白天遭鹰鹫啄食肝脏，夜晚伤口愈合，次日又被啄食。父亲说，第一个向人类阐明真知、指点光明的人，往往遭厄运，这是悲剧，但是人类就是在这些献身者的身后进步的！

父亲欣赏的另一位英雄是半人半马的喀戎（Chiron），这是一位未完全修成人身的智者，是希腊众多英雄的老师，其结局是被自己学生的毒箭误伤，赖于神明庇佑而不死，却终生要忍受剧痛，在经历了这些厄运后，喀戎选择的结局是到高加索替换普罗米修斯承受灾难，拯救盗火者。父亲认为，各国和各时代的英雄固然值得尊敬，但是更值得尊敬的是英雄人物的老师。例如，在《精忠岳传》中，最值得称道的是岳飞的老师周侗——在艰难时世中不以财势取人，将在寒微中的岳飞作为民族复兴的希望倾力相助的师长才是更加可敬可佩!

半个世纪以来,《希腊的神话和传说》已经多次再版和重印,这些离现实生活很远的神话故事或许还有现实意义:太阳神的儿子,滥用其父的职权,驾太阳车旅行天际,结果车离轨道,地上失去太阳光,“除了黑暗,就是大火”。

父亲是20世纪早期接受马克思学说,并为民族解放和社会进步奋斗毕生的战士,其译作是其勤奋学习,认真思考的记录。仅就所知,尽人子之责,为之记。

2012年11月

(此文发表于《新文学史料》2013年第3期)

楚图南和尼采著作的翻译

一、父亲翻译尼采作品的背景

父亲楚图南在1932年9月先后翻译了尼采著作《看哪，这人》和《查拉斯图拉如是说》。当时父亲被东北的军阀政府以“宣传与三民主义不相容之主义及不利于国民革命之主张”的罪名，在1930年12月被判处9年11个月的重刑（二等有期徒刑满贯）后被关押在吉林监狱中。

20世纪20年代后期，父亲在东北从事共产党所委托的工作，由于在当时发生的学潮中有学生被军阀政府逮捕，在被搜查的进步学生的信件中有对父亲活动的记录，父亲因此以“共党要犯”获罪，被投入牢狱。为了不虚度牢狱中的岁月，在当时许可的条件下，由父亲朋友——陈翔鹤、董秋斯、董秋芳等前辈，从狱外为父亲送来了一些英文书籍，其中就有美国“邦尼与里夫特公司”（Bani and Liveright Int）出版的《世界佳作现代文库》（*The Modern Library of World's Best Books*）的64开袖珍本中的两种，即《查拉斯图拉如是说》和《看哪，这人》。

父亲在1931年5月和1932年9月完成了这两本书的译稿。但是直到1947年3月，这两本书才在由白寿彝先生主持的文通书局出版，这是在中国较早的尼采著作的完整的译本。《查拉斯图拉如是说》这样一个既能够反映原作者思想，又符合中国文化人理解习惯的译名也从此定型应用并延续至今（以前有过《苏禄支语录》《查拉图士特拉是这样说的》等译法）。父亲说过，尼采著作的英文译本比较容易瞒过军阀政府的狱政当局，而被允许带进牢房；而且通过翻译英文书籍，可以巩固和提高英文的阅读能力。这就是父亲翻译尼采著作的背景——在监狱中、在军阀政府的重刑酷压下，父亲正是在这样的环境中加深了对尼采作品和精神的理解，而且没有功利的动机（如果不算提高英文的阅读和笔译能力，以及鼓励同案的难友的话）。父亲在《看哪，这人》的译序中写到，当时的环境是“在死和黑暗的严肃与无助中”，父亲向往的是“经过战栗和斗争，渡到遥远的未来，光明的未来”。对这两本书的出版，父亲曾经写道：“这令我有着将被折断的钢箭，终于又投射出来那样的欢喜”——父亲作为一个战士，希望为实现新社会的诞生而战斗，父亲希望将西方的某些哲学思想作为反对当时旧中国黑暗社会的投枪。

二、父亲研究尼采作品的初衷和体会

父亲曾经对我说起过翻译尼采作品的初衷：早在五四运动以后，在北京高等师范学校求学时期，父亲接触到很多西方哲学思想，父亲认为德意志民族是勤于思考的民族，出过康德、黑格尔、马克思等大思想家，而且其著作已经有人介绍到中国。考虑到尼采是西方哲学的代表人物之一，其哲学思想、思维方法乃至语言文字会对西方人的世界观、价值观产生影响，甚至会影响到中国的文化界，例如，鲁迅等人早年就研究过尼采，还翻译和介绍过尼采的一些作品，在鲁迅后来的某些作品中或许也有某些与尼采作品风格类似的章节和段落。但是当时还没有任何一种尼采著作完整的译本，因此父亲希望有机会能够看到尼采自述其经历的《看哪，这人》和最能够反映其思维的《查拉斯图拉如是说》完整译本。这些想法也曾经和陈翔鹤、董秋斯等同在东北任教的朋友和同志说起过。后来，父亲因为东北 1929—1930 年的“学潮”案件被军阀政府关进了监狱。虽然父亲是政治犯，但他当时没有暴露共产党员的真实身份，更没有暴露组织，因此在监狱中仍然是以教育工作者和文化人的面貌出现，仍然坚持在艰难的条件下学习和教育同案的学生。而在外面的朋友将尼采著作的英文全译本送进来，使父亲有机会能够更准确地接近尼采。在敌人监狱这样特定的环境中，尼采的某些观点和警句容易引起父亲的理解和共鸣，例如：

> 上帝死了！
>
> 人之所以伟大乃是他是一个桥梁，而不是一个目标。
>
> 人之所以可爱乃是他是一种过渡和一种毁灭。
>
> 我爱一切如同大雨点，一一从低垂在人头上的黑云降下来的人，他们预告着电火的来临，并且毁灭如同先驱者。

父亲后来说过，在当时和同案的难友们"身居囹圄，时刻都面临着死亡和恐怖的威胁。在这种特定的环境下，尼采作品中那种反对社会现实，冲击一切罗网的呐喊，那种向往未来，向往'超人'世界的渴求，给我以联想。尼采仇恨现实，憎恨'狼群'社会的思想，自然也引起我的一些共鸣"。1927年4月国共合作破裂并发生政变以后，父亲和同时代的进步青年当时所面对的现实是不折不扣的黑暗和残暴，父亲对尼采反对现实的理解，正是基于这样的特殊背景。而尼采提出的"上帝死了"，按父亲的理解，则是对当时执政者推行压制思考和进步、维护旧传统和旧伦理中最落后、最腐朽的教义的挑战。

一直到1946年夏季，父亲的同志和朋友李公朴、闻一多在昆明被暗杀，父亲被迫离开昆明到了上海，父亲翻译的两部尼采的著作，才在1947年3月，由于白寿彝先生的安排，由在贵阳的文通书局出版。

三、文化大革命期间父亲因翻译尼采著作获罪

1949年以后，父亲在过去年代的译作，如《草叶集选》《在俄罗斯谁能快乐而自由》《希腊的神话与传说》都陆续再版。但是父亲认为，随着新的社会制度的建立，尼采的著作中的某些积极的内容已经成为过去，而某些消极的内容则可能会产生一些负面的影响，而且认为即使要再版，也要对当时翻译尼采作品的历史背景做些说明，对尼采的哲学思想做一些评论，而这在当时是没有条件的：在时间上，父亲一直担任文化教育和人

民外交方面的工作，没有时间再进行对尼采哲学进行分析和评价的研究，更没有时间对尼采的著作进行文字上的修改和校定（其他几部译作则是请有关同志协助校定的；尼采著作在文字上更晦涩，修改和校定的难度都很大，而且也难找到合适的人选），另外根据党组织的安排，父亲的共产党员身份还没有公开，有些历史上的事实还不可能向社会公开，因此一直到1986年以前，父亲翻译的两种尼采著作一直没有机会再版。

没有料到的是，在文化大革命期间，父亲因翻译尼采的著作获罪。事情的起因是1969年父亲所在的国务院对外文化联络委员会被军管后，被迫“靠边站”，并由军管小组组织的专案组“审查历史”。

当时专案组给父亲罗织的罪名首先是因为当年曾经在吉林监狱坐牢而在伪满州国“皇帝”登基时遇特赦出狱而被定为“叛徒”，后来由于实在没有父亲暴露身份和组织的证据，又企图将父亲定为“自首变节分子”，证据就是翻译了“反共、反社会主义的”的尼采的哲学著作。

对这样莫名其妙的罪名，父亲理所当然地进行了申辩：在狱中从未放弃过革命的信念，出狱时没有履行过任何手续，出狱后则一直坚持革命工作，积极寻找共产党组织；而翻译尼采的作品，至多是学术思想上的问题。但是，按当时的环境，任何申辩都是无用的，继之而来的是将被审查者“斗倒批臭”的“革命大批判”。父亲当时也曾经想从学术思想上反思尼采的哲学，检查自己在对尼采的理解方面是否有错误的地方，于是很真诚地希望听取批判者的意见。而批判者，则是对尼采知之甚少，有的根本没有听说过尼采的名字，更不要说什么什么人“如是说”这样的名字古怪的“反动书刊”。而当时的风气又是“检讨不是认错”。向这些人申辩和检查学术思想无异于缘木求鱼，于是父亲选择了沉默和等待。继之，又被批判为“装死躺下”。后来，军管小组撤离；再后来，文化大革命结束，中国大陆终于迎来了“拨乱反正”，曾几何时加给父亲莫须有罪名都取消了。

四、父亲对尼采和尼采著作的认识

1986年10月，湖南人民出版社曾经将父亲的译作《查拉斯图拉如是说》再版，为此，父亲写过一个“再版前言”，除了介绍当年翻译和出版尼采著作的环境和背景以外，还提到对尼采和尼采著作的评价，谨抄录如下：

在开放、改革为主要特征的新时期（注意：在文字上，是开放在前——笔者注），重新介绍、评价尼采的作品和思想，以活跃学术空气，促进学术研究，扩展学习视野，是不无裨益的。尼采是唯心主义的哲学家，在西方思想界中产生过很大影响。他看到资本主义在竞争中与人的理性相对立的现实，认为应该否定受理性主义、基督教和人道主义的影响而日趋没落的西方文明；他寄希望于未来，崇尚“超人”哲学，提倡主观战斗精神和对生活的肯定态度；在艺术上，他认为艺术是权力意志的一种表现形式，艺术家是高度扩张自我、表现自我的人。他的这些思想和观点，是唯心主义的，是西方资本主义发展到一定阶段的产物，也必然会在尼采以后的西方资本主义社会产生影响，甚至被人从不同的立场和不同的角度加以解释和发挥，理解和歪曲，鼓吹和利用。对尼采作过高的评价当然不妥。但是把他当作法西斯的先驱者，也似值得斟酌。

2006 年 5 月

说明：笔者长期从事地球物理学科的教学和研究，对哲学和尼采所知有限，谨就所知，特为之记。

彭家往事（一）

外祖父和外祖母

——兼记徐锡麟遇难前后

我妈妈彭淑端姐妹四个，我妈是老大，三个妹妹是彭慧（涟清）、彭玲（颖天）、彭运煌。

一、外祖父彭麟书

外祖父彭毓麒（1875—1912），以字麟书行，生于光绪元年（1875年），为清代湘军将领彭玉麟的后裔，祖上镇压太平天国运动有军功，父辈在长沙居住。彭麟书承袭彭门遗教：遵从传统文化，恪守清白家风，立报国之志，以军旅为生。彭麟书与其父在光绪年间同时参加科考，同榜中武举人，一时传为湖湘佳话。彭麟书中举后以道员记名，甲午战后，湖南组建新军，彭麟书实授长沙驻军标统。光绪二十四年（1898年）被保送到在南京的江南陆师学堂学习军事。

中日甲午战争失败后，清廷上下都认识到使用传统大刀长矛和弓箭的军队无法抵御洋枪洋炮，因此开始师法船坚炮利的外洋军事，各地陆续办起了水师学堂和陆师学堂，力图通过学会使用洋枪洋炮和学习西方的军事技术，以强兵拯救国弱。

南京的江南陆师学堂是当时的维新派人士、担任过两江总督和湖广总督的张之洞在光绪二十二年（1896年）奏请朝廷批准，光绪二十四年（1898年）另一位维新派人士刘坤一在两江总督的任上成立的，是一所以当时德国军事教育为范本的军事学校。实际主持教务的是一个叫骆博凯（Robert Lobbeke）的原普鲁士上尉军事工程军官，他曾经应张之洞的聘请，考察过从南京到吴淞口的长江江防要塞，后来担任了江南陆师学堂的教习。学生多是两江和湖广一带由地方大员推荐的现役军官。学堂设有步科、炮科、马科（骑兵）、工科等科目，每期学员约150人，两年期间，除了要学德文外，还要学理化（物理及化学）、算学（几何、代数）以及地形、绘图、测量、筑垒、枪械等课程，并按普鲁士的军队操典对学生进行严格的体能训练。两年毕业后，还要学习一年的炮兵技战术。彭麟书在两年学习期满后，由学堂保荐和清廷资送部分学业优异的学员到德国军队中见习，彭被选中，约一年后回国。

彭麟书学成回国后，考虑到富国强兵应该从集众练兵开始，因此表示希望从事军事教育，被分配到在安庆的安徽巡警学堂任教习，外祖父对这样的职务是满意而且认真对待的。按说，其家族起于湘军，应首选回到湘军中。然而外祖父认为湘军虽然骁勇，但是军纪涣散，士兵和军官的文化程度低，倒是安徽比湖南更接近新事物，另外安徽人更重视读书教化，淮军的军纪和团体意识都不劣于湘军。此外，由于多年受到西学的影响，彭麟书对清廷的腐败有一定的认识，对官场和官僚的恶习则深恶痛绝，因此阅读一些进步书籍，并和一些反清的革命志士颇有交往，其中与同是留学德国的徐锡麟来往甚密。据说徐锡麟到安庆的巡警学堂任总教习，部分是由彭麟书对这位留德同学的引介。

光绪三十三年（1907年），徐锡麟等联合部分光复会志士，在安庆密谋刺杀安徽巡抚恩铭，起事推翻清朝地方政府，彭麟书曾经参与部分密谋：鼓动部分学生与徐锡麟交往，并负责利用和恩铭及其眷属的私交观察恩铭及其家人的动向。是年7月6日（阴历五月二十八日），在巡警学堂毕业典礼的仪式上，徐锡麟等率领部分学生举事，刺杀恩铭等清政府大员。不料在仪式进行中，另外一个革命党人按原定计划投向恩铭的炸弹失效，情急下，徐锡麟拔出手枪向恩铭连开七枪，并带领百余名学生占领军械所，与来围剿起义学生的清军激战四小时后，终因寡不敌众，举义学生军死伤多人后，徐锡麟及部分学生兵败被执。

是日，彭麟书妻（我们的外祖母）杨树馨，曾以属下眷属（彭玉麟早年也当过安徽巡抚，恩铭对其后人颇多眷顾）身份去巡抚衙门内室以慰问为名打听恩铭是否死亡的消息，得知恩铭已死，亲眼看见抚台太太（据说是晚清庆亲王嫡女）气急败坏，要求对徐锡麟活殉剖心！次日，徐锡麟在巡抚衙门前慷慨就义，

据外祖母回忆，外祖父作为巡警学堂教习，曾与其他同僚和学生亲临刑场观刑，亲耳听见徐锡麟临刑答问，从容演说，大意是，徐某是浙江人，到安徽来不为做官，不图发财，刺杀恩铭是为国、为公；如今恩铭已死，何惜此身！

外祖父亲眼看见徐锡麟是先被刽子手斩首（此为清廷对谋反叛逆者的官刑）。此后，恩铭的亲兵将一口冷水喷在遗体胸部，随即用刀剖开胸膛，剜出心脏，装在白盘中，祭于恩铭棺材前（此为恩铭巡抚衙门的私刑）。同难者还有多名学生。起事日，正值夏日，学生均着白色校服，遇难者中弹时，白衣马上一片殷红，学堂内血衣到处可见。次日，多名学生就义，又是白衣一片殷红！——近年，著名汉文字学家杨树达（外祖母的亲弟弟）的后人曾经在纪念文章中提到彭麟书对其家人讲过此事。

留学德国归国后的彭麟书（约 1901 年）

这些故事，我妈妈多次对我们讲过，至今，我们回忆起这些故事时，内心还是忍不住对革命先烈的缅怀和激动！

事过而境未迁，徐锡麟就义后，安徽巡抚衙门似乎觉察到了彭麟书和徐锡麟等革命党人来往的种种蛛丝马迹，随即要对彭麟书进行通缉，得到消息后，彭麟书携家眷星夜潜逃回湖南长沙原籍（一说是恩铭的太太不忍加害清室勋戚后裔及念及与外祖母的私谊，向其透露了消息）。

回到长沙后，彭麟书受安庆事变

刺激过深，回想到昔日交往并音容宛在的莘莘学子，转瞬间变成殷红白衣！同期，彭麟书一母同胞的三个妹妹在洞庭湖乘船时遇风浪溺水而亡！连遭打击，彭麟书从此精神失常：不时产生事变时的幻影、幻象，甚至睡梦中亦见白衣殷红！间或还有幻听和呓语。虽然有外祖母悉心照料，并沿用了各种真诚的和骗人的治疗方法，但毕竟是心病难医，彭麟书殁于安庆事变后五年（民国元年，即 1912 年）阴历年前夕，时年 39 岁！

彭麟书为家中独子，有妹妹三人早逝，遗下寡妻及孤女四人。

彭麟书生活简朴，公余以读书、写字自娱，特别是"不茹烟酒"——据说是彭玉麟家训。母亲曾经给我讲过这样的故事：当年曾国藩在攻下太平天国首邑天京之后，曾经宴请湘军将领，席间，彭玉麟谢绝曾国藩及诸同僚敬酒，滴酒不沾，曾国藩问其何故？彭玉麟答曰，投身军旅之日，其母嘱其以国事及袍泽为重，尤不可饮酒误事。今日"虽有大将之命，不可开慈母之戒"，以一身不茹烟酒自许，请准以茶代，曾国藩然其请。我们成年以后，母亲常以此故事，告诫我们，不要有烟酒等不良嗜好。

彭麟书为人厚道，有亲友来访，无论身份地位，按郑板桥家书所教，煮菜粥一锅，每人一大碗，图亲友相聚的热闹，又不靡费。彭麟书回湖南以后，没有了公事羁绊，尤钟爱四个女儿，因此民国元年（1912 年）去世时，刚满 7 岁的我的母亲，已对父亲的言传身教印象很深。到母亲最后一次离开湖南，自知今后难回原籍时，专门去外祖父坟上扫祭，并很详细地记录到外祖父墓地的行走路径、周围景物及可询问的乡里父老，显然是希望后人能够不忘记可敬的先人。

二、外祖母杨树馨

外祖母杨树馨的父亲杨孝秩（字翰仙），湖南长沙人士，世代为旧式读书人，重名节礼教，一生刻意功名，却屡试不中，以教馆为业。受多子多福的观念影响，与妻孔氏，生育子女 10 人，夭折 4 人，存活子女各 3 人，长女即外祖母杨树馨，次女即外祖母的亲妹妹（名字待考），适湘潭周大椿（字季良，我母亲称为姨丈）；长子杨树榖（文献作杨树谷，为现代著名文史学家杨伯峻之父），次子即现今被称为著名语言文字学家的杨树达（1885—1956），我母亲称其为二舅，是对我母亲早年影响颇大的长辈。

外祖母家最出名的是其二弟杨树达（1885—1956），字遇夫，早年就学于长沙时务学堂，与蔡锷等同学，辛亥革命后留学日本京都帝国大学，毕业后回国，历任北京高等师范学校、清华大学、湖南大学等校教授。毕生从事古汉语语法、训诂学及文字学的教学和研究工作。他在文字学研究上思路广阔，多有创见，著有《汉书补注补正》《词诠》《马氏文通刊误》《中国修辞学》《积微居小学金石论丛》《积微居金文论》等，曾为当时国民政府中央研究院院士，新中国成立后被选为中国科学院学部委员。

外祖母早年嫁彭麟书后育有四女，按当时社会习俗："不孝以无后为大"，经常以没有子嗣对不起彭家为忧，更兼彭麟书无兄弟而心情压抑。相反，倒是彭麟书颇为开通。湘俗：父母去世后，家中每个男丁要为先人铺一条褥子，女儿则要每人送一床被子。每当杨树馨为彭家无男丁感伤时，彭麟书就对杨树馨说："我家女儿多，将来可以多盖几铺被窝，几好咧。"彭麟书还以琴瑟和谐、诸女年幼可爱为词，多次谢绝亲友劝其纳妾的建议。我家还流传这样一个彭麟书自撰的小故事：湘俗是通常人家生育儿子时，接生婆会对主人家报告是得了一位公子，恭喜！恭喜！生育女儿，则报告是得了一位千金。主人家则答复是也罢！也罢！俗定约成，"恭喜！恭喜！"成了男孩子的代名词；"也罢！也罢！"则是女孩的代名词。某日，某女孩闻街上鼓乐，正是邻人花轿迎娶，女孩遂外出观看，归家后，家人问其所见，答曰是见四个"恭喜！恭喜！"抬着一个"也罢！也罢！"彭麟书以这样的幽默化解杨氏无子嗣的伤痛，在当时实为难得。

1912 年冬季彭麟书病逝时，4 个女儿分别刚满 7 岁、5 岁、3 岁和周岁，正是嘤嘤喃喃的小女儿时节。虽然家道还算宽裕，但是彭家几家远房亲戚不断以过继立嗣为扰，其实是觊觎彭麟书遗下的房舍田产等。带着四个孤女的寡母，丧夫之痛未靖，更添亲朋的倾轧烦扰，因此心情压抑。但是，这位慈母仍然深明大义，先后送到读书上学年龄的女儿上学，而且诸女多穿男装，将诸女当男孩抚养。彭麟书去世后，杨树馨带四个女儿回娘家暂住时，其父母，特别是杨树馨的母亲看到四个外孙女均未缠足，因此执意要给外孙女缠足（俗话叫裹脚）。先从年龄最大的我母亲做起，清早就用白布将两只脚用白布缠紧，并用针线缝死，可是到了夜晚，母亲在杨树馨的默许下，剪开缠布，这样白天缠足，夜晚剪开的较量持续了很久。所幸已经进入民国时期，缠足之风锐减，母亲得以保持天足。杨树馨支持女儿抵制家人的缠足恶俗，给母亲带来终生的益处。母亲在以后还是说：她是裹过脚的，还抱怨不易买到合适的鞋子。

杨树馨知书达理，彭麟书在世时，相夫教子，特别是从小教孩子们认字、描红、写字。在对女儿们的启蒙教育中，特别重视习字，认为将来与人交往，写的字"拿得出手"，与人论事，才"上得台盘"。因此母亲在外祖母的教化下，从小拿笔端正，从颜体字学起，后来临摹何绍基的字帖，在同学和同事中以字写得好为人所记。

外祖母还勤俭操持家务，虽然是官宦人家女眷，却没有当时官太太们的恶习（打牌、抽鸦片等），家用节俭但孩子们的学习用品从不匮乏，本人更具有很好的女红功夫。长沙夏季漫长、炎热，杨树馨亲自为女儿们用浏阳夏布缝制男装。杨树馨还工于刺绣，我家还存有其一幅湘绣图片：太湖石边，一棵牡丹，栖息一只白头翁，地上一只猫。杨树馨用这样的绣品表示了希望家居富贵（牡丹花亦称富贵花）、长寿（白头翁）、和谐（猫）的意愿。

杨树馨这样的身教也影响了母亲，母亲的针线活穿针快捷，针脚细密，明显是训练有素的。1927年冬母亲因参加工人运动在武汉被捕，坐牢期间，就教同案的姐妹们刺绣，借以鼓励难友姐妹度过牢狱生活。在我们成年离家上大学时，母亲也不忘记每人给一个针线包和

外祖父彭麟书和外祖母杨树馨（约在1900年）

顶针（特别是教我们学会使用顶针），告诫我们自己要会钉纽扣和做简单的缝补。母亲养育我们时，曾经见到过丰子恺的一幅漫画，画的是身着新旧衣服和缀补丁的衣装的四兄弟姐妹，其题目是："新阿大，旧阿二，破阿三，补阿四。"母亲多次对我们提起这张画的故事，而且还多次告诉我们外婆杨树馨的祖训：新三年，旧三年，缝缝补补又三年。有时母亲看见我们做针线活实在笨拙，则笑斥我们"拈针如舞棒"。

但是寡母带四个女儿的家庭，没有一个成年男子支撑，生活压力是沉重的，心情是压抑的，来自家族的种种刁难和困扰，以及辛亥革命后社会变迁带来的种种变化和不适应，使杨树馨的健康状况每况愈下，终在1919年病逝。临终前，将四个女儿托孤给娘家的兄弟——大舅杨树毂。

我母亲和她的三个妹妹，从此离开了母爱，开始了在读书人舅氏家的生活。

彭家四姐妹与舅舅杨树毂全家合影，前排左一彭涟清（蹲坐者），右一杨树毂，后排左一彭颖天，左三彭运煌，左四彭淑端，前排坐者为杨树毂长子杨德崇，即后来著名的文史学者杨伯峻（照片摄于1925年，彭涟清和彭颖天将赴北平就读北京女子师范大学前夕）

（此文曾发表于山东画报社《老照片》第88辑）

彭家往事（二）

清香留、周南女校

一、清香留

外祖母杨树馨在外祖父去世后，带着四个孤女回娘家居住。娘家旧宅在长沙天心阁后面，西连都正街，是一条青麻石小巷，全长仅几十米。传说早年，一口京腔的京籍捕头刘某居此，此巷遂以“京腔刘”为名，后刘某屡破奇案，官府随将“京腔刘”改为“清香留”——此乃清香留地名的由来。

按外祖母弟弟、著名学者杨树达的记载，其曾祖父辈开始在清香留居住。外祖母的父亲杨孝秩，是个屡试不第的旧式读书人，后来，做了个小官，家境逐渐富裕。外祖母的父母生育过十个子女，四人早夭，外祖母是长女，兄弟二人及三个妹妹出嫁前均在祖宅居住。外祖母去世时，将四个孤女托付给大弟杨树榖（杨树达长兄，早年留学日本，回国后从事过湖南地方自治工作，仍然是个旧式读书人）。因此母亲和她的三个妹妹与两个舅舅

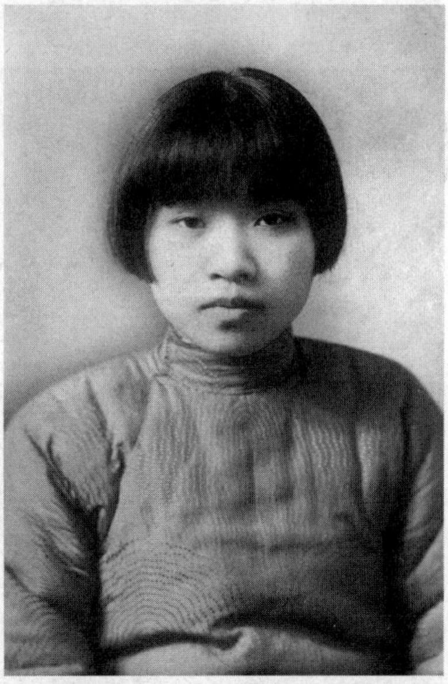
母亲彭淑端，时在1925年，周南女校毕业之际

家的几个年龄相近的弟弟一起在清香留长大，虽不寂寞但颇受压抑地度过了其童年和青少年时期。

据母亲彭淑端回忆，地处天心阁附近的清香留空气清新，房舍颇宽敞，夏天可以在院子里撑起六面都是纱窗的凉亭乘凉；清晨，会被鸟叫醒。冬天也是冷的，下大雪，室内要烧火盆取暖。饮水则是买用车推到门口的长沙南门外的沙井水，而且由此记住了“常德德山山有德，长沙沙水水无沙”的民谚。

母亲作为同辈人中的大姐，出身于读书人世家，外祖母又以教男孩子的方式教育四个女儿，因此，除了自己要读书、做功课，还要带好弟弟妹妹，俨然是早熟而有威信的大姐，直到晚年，其兄弟姐妹及熟悉的同学、朋友见面，均以“端姐”相称。

外祖母的妹妹嫁给了杨树达早年同学和一起东渡日本的周季良先生。周为人开明，曾经相信过克鲁泡特金的无政府主义，家里藏书多涉社会进步、妇女解放等诸多新知，而且对从小没有父亲的彭家四姐妹颇为同情和关照。周氏家族中的两个女孩周纫兰、周纫慧，都是我妈妈及其妹妹幼时的同学，后来都参加了共产党，纫兰还是我妈妈的两个妹妹在莫斯科中山

“清香留”女子，从左到右，母亲彭淑端与三姨彭颖天、四姨彭运煌

大学的同学。

我妈妈和她的三个妹妹童年及少年在清香留的经历虽然不乏亮色，但毕竟是寡母孤女，在封建礼教浓厚的旧式文人家庭中寄寓，心情是压抑的，我妈妈后来曾经记述过："父母早丧，既无叔伯，又无兄弟，姐妹四人，寄寓外家"；外祖父"昏庸顽固，重男轻女，于我等前途殊少过问"。——这是后来四姐妹先后走上追求进步、追求革命的根本原因。

二姨彭慧（右）与同学在赴北平女子师范大学前夕

与杨家祖居相距不远处，则是母亲同学的居所，例如曾宪楷、曾宪植姐妹（曾国藩的曾孙女）；据说，湖南的闻人叶德辉的房舍也与此邻近。

外祖母的娘家，即母亲儿时的住所——清香留六号住宅及堂号为"静修堂"的杨树达书斋，均焚于 1938 年 11 月抗战时期的长沙大火。——母亲儿时的因袭读书人清白家风的"或问难，或静修"的清香留旧居或从此去也！

二、周南女校——古稻田师范

先后出生于 1905 年、1907 年、1909 年和 1911 年的彭家四姐妹在外祖父去世后不久，移居外祖母在清香留的娘家后，外祖母一心一意抚育四个女儿，教女儿们认字、做女工，到学龄时安排进当时的新式学堂，在 1919 年外祖母去世时，母亲已经小学毕业，进了由朱剑凡先生创建的长沙女子师范学校。

长沙女子师范学校的前身是湖南著名教育家朱剑凡在1905年留学日本回国后，以“振兴女学，保育儿童”为号召，创办的湖南最早的女子学校。学校地址在长沙天心阁北侧的落星田以古稻田为地名的朱家旧居花园住宅。学校最初称为“家塾”，按《诗经·国风·周南》“周礼尽在，南风流行”，取名为“周南女塾”，民国以后易名为周南女校，1912年则由政府命名为长沙女子师范学校（附设小学，母亲及三个妹妹陆续进了这所学校）。因学校地处古稻田，亦称稻田师范，或者以学校地址为名，称为“古稻田”。母亲还说过，她后来留学日本，知道日本有“早稻田大学”，母亲说过，“早稻田，古稻田；此稻田非彼稻田，都是有名”。

母亲和三个妹妹上学时，正值辛亥革命以后，新学流行，社会思想倾向文明进步时期，因此不少当地的名流、士绅都将女儿送进由周南女校发展起来的长沙女子师范学校。按该校校史记载，中国妇女运动的前辈向警予、杨开慧、李淑一等均为该校学生；但是和我妈妈熟悉或同期的则是曹孟君、龚业雅、曾宪楷和曾宪植姐妹、许闻道，以及后来成了作家和右派的白薇以及田汉的夫人易漱瑜等。朱剑凡先生的女儿朱仲丽（后来是王稼祥的夫人）似也在此校小学部念过书，还有一位后来成了电影明星的王人美。我妈妈说，王人美当年唱过一首湘女多情的歌曲《桃花江》——其中一句“桃花江是美人窝”，她还记得。我妈妈1925年毕业后，由当时的校长徐特立安排留校在附属小学任教。

和我妈妈几十年来往不断的曹孟君比我妈妈大一岁，可是她从小就称我妈为“端姐”，两人由于思想一致关系一直很好，曹有时认为我妈为丈夫和孩子牺牲太多，为她没有在政治上更多发挥作用而惋惜。曹孟君后来嫁给王昆仑（红学家，曾任民革中央主席）。我妈妈说：曹长得漂亮，讲究打扮，头发尤其讲究，以弥补身材不高的缺陷，当年连宋美龄见她都很客气，没有架子，也没有因为政治观点不同而慢待她。曹“病逝”于1967年。当年我妈和曹还有一个好朋友和同学，叫龚业雅，据说是当时在南京的美女（不是贬义），是名人吴景超的太太。成年以后嫁给叶剑英的曾宪植与我的小姨年龄相近，因此也是好朋友。曾宪植在新中国成立初期，是全国妇联的副秘书长，常来看望我妈妈。1949年底，我们全家住在翠明庄招

1925 年，母亲彭淑端（左二）在古稻田师范学校毕业后，在该校小学部任教。图为小学部教职员的合影

待所时，同住在一栋楼的、来拍摄新中国成立纪录片的苏联摄影队因胶片失火发生火灾时，曾宪植还连夜赶来看望。

对我妈妈早年影响较大的是一位叫许闻道的大姐，比我妈妈大两岁，从小一起在古稻田上学。女子师范学校毕业后，我妈妈受许闻道影响，从湖南医药专门学校转入武昌中山大学，二人先后参加了共产党，在北伐军临近湖北时，还一起投身北伐军伤兵救护工作，北伐军占领武汉后，一起在湖北妇女协会任干事。许于 1927 年底因在武昌参与学生运动和母亲一起被逮捕，在被捕的 13 姐妹中按年龄排序是五姐，并于当年年底被杀害。我妈妈按年龄排序为六姐，是谎报年龄不满 22 而侥幸存活的最长者。

长沙第一女子师范学校及其附属小学的教育和中国传统的女子教育（认字、读女儿经等灌输三从四德）的内容和方法不同，开设有国文、算术、常识、体育、唱歌游戏（唱游）及音乐课程。所聘请的老师中不乏湖湘的学者名流，他们的教学各具特色，而且对当时国内通用的教材，也有批评改进。例如，对当时国民学校通用的国文课本（前四课为：人、手；刀、尺；牛、羊；山、水），在该校任教、后来成了著名语言文字学家的杨树达就有许多批评：例如第一册的三十八课，课文为“青天　白云　鸟飞　鱼动”，杨树达认为：前二语，仅是形容词（青、白）和名词（天、云）的组合，没有动词，构不成句子；下面继以“鸟飞”尚有关系，忽接鱼游二字，未免太无联络。再例如对第二册第十二课：课文为：“小院梅两株，冬日开花，清香扑鼻”，杨树达认为：“清香扑鼻意义太涉抽象，恐非初学儿童所能领会。”并探讨性地提出：“易为清香满院或满室，何如。”应该说这时的幼儿及青少年教育，比较多的考虑到对青少年知识传授和心理教化，体现启蒙的教育思路，不可同日而语。

长沙女子师范学校的学子，长沙女子师范学校创办于1905年，为湖南最早的一所女子学校，1912年由国民政府正式命名为长沙女子师范学校，因学校地处古稻田，亦称“稻田师范”。湖南许多名流、士绅的女儿都在这所学校就读。中国妇女运动的先驱向警予、杨开慧、李淑一，作家白薇，电影明星王人美，以及王稼祥的夫人朱仲丽、叶剑英的夫人曾宪植等，也曾在这里上过学。

这张照片拍摄于1925年，女学生们一式的齐耳短发，白色上衣衬着暗花黑裙，端庄而洁净，尽显新女性的风采

母亲彭淑端（右立者）与四姨彭运煌，时在1926年

古稻田师范莘莘学子，四姨彭运煌（左）与同学于1926年

周南女校的老师们多是学养深厚、诲人不倦，而且在做人修养上确实是为人师表的长者，他们除了对学生们的智力启蒙、知识传输外，还注重学生的体育、美术、音乐、劳作教育。学生们能够在音乐教室里，随老师的风琴伴奏，时而高歌“旗正飘飘，马正萧萧”，时而低吟“长亭外，古道边”。我妈妈直到晚年还对儿孙唱过她儿时的歌曲：一个小球圆又圆，拿在手中团团转（转按湖南口音发音为‘娟’）。课下的学生游戏时间，女孩子们也会在校园里奔跑、游戏。据杨树达先生的夫人、曾经是周南女校小学部主事的张家绂回忆，当时校长徐特立先生就经常和女孩子们一起游戏，甚至会蒙上眼睛和学生们一起捉迷藏，女孩子们在游戏玩得兴起时，甚至会忘记这位长者是老师、是校长，直呼学生们给起的外号：“特伢仔”——这样的游戏对中国传统的封建纲常，当然是有力的冲击！

三、琐事摘记——“文正公”和“叶麻子”——未必清香

我妈妈幼年是在旧式读书人家里长大，对某些琐事的记忆，一直保持到晚年。

文正公　我妈妈的同学中有两位是曾国藩的后人：年纪略长的曾宪楷（后为中国人民大学中文系教授）和年纪略幼的曾宪植是几十年的同学和朋友（现或称“闺密”）。同学间，下了课后，当然不乏彼此到同学家走动。回到自己家里，长辈当然会问起：“下课后，去哪里啦？”答曰：“去曾国藩他们家啦。”大人立即正色，训斥：“文正公的名讳，是小孩子喊得的！要喊‘文正公’。”另外，提到湖湘另外一位名流左宗棠，则必须称“文襄公”。

母亲的同学耶叔珂、叶季尧姐妹及雷季贤，均为湖湘名门之后，古稻田师范毕业后留学日本。母亲在照片背后写的说明是：“1930年暑假，日本安房北条”

叶麻子被难　叶德辉也是湖湘名流，是有名的藏书家和版本学家，是我二舅公杨树达的业师，其所撰《书林清话》是有关读书和藏书的著名读物。但是，叶德辉思想保守，反对康梁变法，反对共和，支持复辟帝制，反对妇女解放，将农民运动污蔑为“痞子运动”，公然辱骂农会是“杂种”是“畜生”；而且私德失修，声名狼藉。1927年，在大革命的洪流中，农民军打进长沙，叶德辉当然被列名为“劣绅”。为躲避风头，叶德辉数日不敢在家居住，数日后，认为风头已过，悄悄回家，被人发现，报告农

民军，于是农民军涌入，将其抓获。其时叶德辉正在由姨太太为其浴足，农民军涌入时，叶脸上的麻子都吓白了，洗脚盆也被蹬翻了。数日后，叶德辉被批斗后枪毙。——几十年后，毛主席曾对当时农民军主事者滕代远说过，叶德辉或可不杀！——亦是清香留邻居们间的闲话故事。

当年的古稻田师范学校的同学，不少是出自湖湘名门的大家闺秀，辛亥革命后在社会进步和妇女解放的思潮影响下，相当多的人相依相伴走进革命洪流，有的人就义早逝，也有人颓唐不前，不少人被自己向往的革命队伍清洗，但是早年求学的经历是她们终生难忘的记忆。——她们都珍惜当年同学的经历。作为这些早年接受新式教育的女学生的后辈，仅就所知，为之记。

（此文曾发表在山东画报社出版的《老照片》第九十辑）

怀念二姨

——彭慧诞辰一百周年祭

我妈妈彭淑端姐妹四个，我妈是老大，彭慧（涟清）是老二，因此我、哥哥和弟弟妹妹都管彭慧叫“二姨”。

一

1947年初夏，我妈妈带着我和弟弟和妹妹，从昆明取道武汉到了上海，与一年前由于李公朴和闻一多两位伯伯遇刺而离开昆明先期到上海的父亲会合。就在我们到上海的当天，全家正在吃午饭，突然门开了，一个戴眼镜的女子，风一样的刮进来，一面扔掉手里的提包，一面大喊一声：“端姐！”接着就扑在我妈身上，在我妈脸上“啄”起来。我和弟弟妹妹刚从昆明那种“小”地方来到上海，哪里见过这种阵势，一下愣住了，我心想：这是什么人哪！接着，这个女子扭过头来对父亲说：“南兄，你们全家都来了，木天和我要请你们喝三杯咧！”随即对三个孩子中最大的我说：“这是泽涵呗，怎么不叫我呀！”还没有明白来人是谁的我，没有搭理这个有点“疯”的女子。她立即对我说：“上海的规矩，小孩子不听大人话，要到街上喝三碗尿，我带你去喝！嘿嘿！”我老实不客气地回了一句：“要喝，你先喝。”“嘿，你这小家伙还挺厉害！”说完，右手的拇指和中指一弹，在我的脑门上“蹦”了一下……

这就是我到上海遇到的第一件事情，见到的第一个“外人”：风风火火，无拘无束，有点没大没小，甚至还有点疯——这就是我的二姨。

那一年，我刚满 8 岁，二姨是 40 岁。

二

1947 年到 1948 年，我们两家都住在上海，穆伯伯在同济大学教书，父亲则由沈钧儒介绍，在上海法学院任教。两家住处相距不远，因此经常聚会，交换对即将获得光明和解放的时局的看法，交流从各种渠道获得的“山那边”的书籍和消息，我记得我就是在那个年代似懂非懂地看过从解放区来的有人物画像的“绣像本”《吕梁英雄传》。

在家人聚会时，二姨和妈妈则特别亲热，两人用家乡长沙话说种种往事和对某些人物和时局的看法。说得高兴了，还拉着手教孩子们唱起她们儿时的歌：

“一个小球圆又圆，拿在手中团团转（‘转’字按长沙口音唱成‘绢’）。”

这时，父亲多是和家里的其他客人在低声谈话。

有时，二姨和妈妈也唱一些我们不懂的“洋歌”：什么“起来……奴隶，起来……罪人”，还有一句我记住了，也会跟着唱了，就是“打他落花流水”。但是大人告诉我：不要在外面唱啊。

我当时有个爱好，在弄堂口的小书摊上花几分钱看小人书。书里可热闹啦，有大破铜网阵，有盗九龙杯，有金刀胜英，有金镖黄天霸……可惜全是大人们的故事，没有小孩的事。妈妈则很担心，书里有不健康的内容，怕我看了学坏。

我记得是 1948 年的儿童节（当时是四月四日），二姨送我一本小人书做礼物，这本书我现在还记得，书名叫“小夏伯阳”，书中讲一个在战争中失去父母的孩子，被红军好汉夏伯阳师团收留，从此跟着夏伯阳骑马打仗。夏伯阳可神气啦：头上有一顶皮帽子，两撇往上翘的小胡子，马刀一举，一声断喝：“前进！”小家伙就在架着重机枪的马车上给机枪喂子弹，突突突，接二连三的子弹就射向坏人……嘿，小孩也可以像大人一样，成为好汉，真有劲！后来夏伯阳在战斗中牺牲了，他的战友们把孩子送到红军的学校去读书，夏伯阳的战友告诉小家伙：要立志好好念书，将来要成为夏伯阳那样的好汉！此后，我对弄堂口的小人书摊没有了兴趣——那个小夏伯阳成了我心目中的第一个偶像。

二姨也送给我妹妹泽湘一本她翻译的苏联儿童文学作品《小姑娘们》，讲的是苏联革命初期，儿童教养院的故事。我一听这书名就没劲，但是我妈很喜欢这本书，一直保存到20世纪60年代。

二姨还经常送给我们当时由时代出版公司出版的各种苏联文学作品，如班台莱耶夫著、鲁迅译的《表》，也有儿童文学作品，有普希金的童话诗《渔夫和金鱼的故事》（收集在罗果夫和戈宝权编辑的《普希金文集》中）。我印象最深的一本是马尔夏克的《林中生活》，其中有一篇后来被收进了小学课本，讲的是一位老猎人带着一位少年在森林里面打猎的故事：老人和少年打到了难得的松鸡，到了夜晚，因为迷路，回不了家，只能在林中露宿。可是，火柴被淋湿了，老猎人用猎枪对收集来的松针开了一枪，引燃了火，烧开了雪化的水，烤熟了松鸡……文章的最后，在熊熊的篝火前，老猎人对少年说："在大森林里，你要像个主人，只要想办法，什么困难都能克服。"这句话，我一直记到现在。

当时，上海偶有机会还能看到苏联的电影，但多是体育纪录片和动画片（当时叫"卡通片"），每逢有苏联的电影上演，二姨一定买好票，请我们全家一起去看。我们看过当时还不多见的"五彩电影"：记录苏联青年体育节盛况的《青春的旋律》《大马戏团》《宝石花》《森林之曲》等，片前加演的卡通片（现在叫动画片）更使我兴奋。对苏联，对苏联的文化艺术的执着追求和向往，是二姨生活和信念中重要的内容。

三

1949年4月，解放军渡过长江，5月上海解放。这时，父亲已经在1948年底秘密取道天津去了解放区——河北平山县的李家庄，并在1949年2月底进入和平解放的北平。二姨则在上海解放后立即去了北平，参加即将召开的第一届全国文代会的准备工作。上海解放后，先期去了解放区的我哥哥专门来上海接我妈妈和我及弟妹到北平。我们两家人再聚会时，则正是在新中国成立前夕，大人们忙得见面的机会都很少。但是二姨见到我时，还是和我说了一句话："泽涵咧，'打他落花流水'那个歌可以到外面唱了啊，要大声唱啊！"

1949年底，父亲去西南工作，二姨和穆伯伯则去东北的长春教书。1950年，母亲带着弟弟和妹妹也去了重庆，10岁的我则留在北京，被送进当时的干部子弟学校——育才小学，1951年又考进了师大附中二部，也就是后来的北京一零一中学。那时，节假日和寒暑假，我在北京没有家，虽然学校对我们安排照顾都很好，但是总有些孤寂。

好在1951年初，二姨从在长春的东北师范大学调进了北京师范大学，在离育才小学不远的石驸马大街的学校宿舍里有三间小房子，有了家。这样受我妈妈委托，二姨成了我的"监护人"，我在节假日和寒暑假都在二姨家。二姨、穆立立姐姐、我，成了一家人，后来穆伯伯也到北京师范大学工作，这个家成了四个人。二姨这个"监护人"是很尽职的：检查我的学生手册、假期作业，定期和学校及老师联系，我小时候得过中耳炎，因此二姨还带我去看医生，检查疾病……

除了学校规定的作业，二姨还在假期给我从图书馆借来许多文艺书籍供我阅读，许多中国和外国的文学名著，我就是在二姨的指导下阅读的。读得较多的是苏联的文学著作，特别是有关苏联国内战争和卫国战争的作品，其中也有二姨翻译的薇拉·英倍尔的《列宁格勒日记》、布宾诺夫的《白桦》的部分译稿，我印象最深的是一本叫《虹》的小说，讲的是卫国战争初期临近俄罗斯的波兰（当时叫西乌克兰）的民众和游击队抗击德国法西斯的故事。书的作者是原来的波兰女作家万达·瓦西列夫斯卡娅，据说，她因为这本书得过斯大林文学奖，她本人则嫁给了后来的苏联作家协会书记考涅楚克（就是在卫国战争期间有名的剧本《前线》的作者）。当时二姨借来的是中文和俄文的两种版本（俄文的书名叫：《Радуга》），她看俄文，我看中文。我从这些书中了解了战争的残酷，法西斯的野蛮和民众的善良……我后来学了理工科，可是阅读文学作品的爱好和习惯一直保持到现在，对此，二姨早期的关心和培养，善莫大焉。

在二姨家居住期间，她给我的印象是——勤奋。当时她要给大学生开苏联和俄罗斯文学课，还要指导学生的文学习作；备课结束，有时间还要翻译苏联的文学作品(《白桦》)；后来还担任了指导文学青年阅读和习作的杂志《文艺学习》编委工作。因此我经常看到的是，她在书桌旁，摘去眼镜，用毛笔在稿纸上不停地写，写……另外，即使她当年在莫斯科学习和生活过，也翻译过不少苏联文学作品，为了提高俄文水平，有一段时间，她每周还要请一个白俄老师，给她上两次俄文课，纠正发音，练习和恢复对话、口语功能。学习一直延续到白俄老师得到苏联政府同意恢复国籍，回到祖国。

我看过二姨的不少文章，例如她的论文《论苏联文学中的爱国主义》；在抗美援朝战争期间的文章《纪念朝鲜战友李斗山先生》(回忆在桂林时期的一位朝鲜籍邻居和朋友的往事，登在北师大的校刊上)，以及纪念在北师大工作而早逝的一起从事民盟工作的叶丁易同志的文章，她的清淡平实的文字后面总有一种热烈和真挚的感情。

二姨给我留下的另外一个印象是虚心，我记得有这样一件往事：我上中学后，开始学俄语，为了提高我学俄语的兴趣，二姨给我买过俄文原版的看图识字课本(《Букварь》)，有时候会和我一起看，还教我念。一次在一幅图中，画了一支枪，下面的俄文是ВинТовка，直译是步枪或冲锋枪。可是我说，苏式的冲锋枪的子弹夹是圆盘状的，因此习惯叫“转盘枪”。二姨立即在书上写下了“转盘枪”几个字，在她翻译的卫国战争小说《白桦》译稿中，也将冲锋枪的译法改为转盘枪。

在日常生活中二姨性格开朗，说话幽默，工作之余，也给我讲点徐文长逸事等调侃旧社会老师的笑话，尤其是和我妈妈在一起，经常添油加醋讲一些小故事，逗得我妈前仰后合。我妈经常对二姨说的一句话是：“这个彭涟清，鬼话连篇！”

四

1953 年春季，我父母从重庆调回北京工作，我回到自己父母的家，去看二姨的机会少了。1957 年，我考上了大学，去二姨家的机会更少了。

就是在 1957 年那个夏季，我在等待大学的录取通知时，我家和二姨家都出了事：先是我哥哥在石家庄被打成了“右派”分子；后来穆伯伯和二姨也在北师大被打成“右派”夫妻。我先是在报纸上看到穆伯伯发言，要毛主席的阳光照到北师大，温暖他这个老知识分子。后来知道，当年在石驸马大街北师大宿舍居住的中文系的老师们几乎全被打成“右派”，包括我小学到高中的同学钟少华的父母钟敬文叔叔和陈秋帆阿姨，还有在民盟和父亲一起工作过的黄药眠叔叔……当年在北师大的宿舍，这些叔叔是抬头见、低头也见的长辈，我都熟悉，二姨、穆伯伯和钟敬文工作上来往多，也由于我和钟少华是同学，所以两家的关系比较密切。那时，北师大学校宿舍还没有分户的卫生间，因此，早上这些中文系的老师们和我们这些小学生及中学生，一起在公共厕所蹲茅坑，大人们聊几句家常和工作，有时也问我们几句学习和学校情况：“放假啦？”“看什么书啦？”现在，这些老先生们还有我从小要好的同学的父亲，也是父母的朋友的柳湜、狄超白等都成了反党、反社会主义的敌人！我的想法是：真是人心叵测，情况复杂呀。但是，我到现在也不知道二姨究竟有哪些“右派言论”。

倒是我妈妈的情绪变化比较明显，当听到有人给二姨贴大字报时，我妈说过：“这个彭涟清，就是爱讲话，让她受点教育，也好嘛。”我妈根本不相信她这个妹妹会反对共产党：彭慧在 1926 年就参加过反对北洋军阀政府的“三·一八”游行，而且同学杨德群（就是鲁迅先生在《纪念刘和珍君》一文中提到的那个杨德群）殉难时就在近侧；20 世纪 20 年代在苏联学习过，后来在武汉和上海舍生忘死地从事地下工作；抗战期间，在桂林、在昆明都进行过进步活动；新中国成立前夕又在上海从事迎接解放的妇女和文化工作。用我妈的话说：“彭涟清要是反对共产党，早就到台湾和香港去了，何必等到现在！”

但是，二姨和穆伯伯还是被定成“右派分子”，二姨被开除了共产党党籍。我妈对此很伤心：从小相依为命的四姐妹中，老四跟原来桂系的军官去了香港，老三又因为丈夫与潘汉年的关系被从革命队伍中清除，她没有把三妹和四妹带好，已经很难过了，现在最有本事的“涟妹子”也出了问题，她觉得她这个大姐对不起父母，也对不起当年带她们走上革命道路的老师和先烈们。

好在我们家没有受到牵连，母亲和以前一样陪父亲接待外国朋友，参加全国政协妇女组的各种活动，领导同志蔡畅、邓颖超，老朋友和老同学曾宪植、曹孟君、杨之华、罗叔章、胡子婴等对母亲还和过去一样亲切，她们也问到过彭涟清，也请我妈转告二姨：要经得起考验，当然还有“要相信群众，相信党”。1927 年和我妈一起在武汉被反动政府逮捕并一起坐牢的黄静汶阿姨则说得更清楚：“彭涟清的历史和表现我都很清楚，她怎么会反对共产党咧，肯定是搞错了。”她也说过，现在这个情况，谁都没有办法，只能等吧。

当时还有过说法，叫“划清界限”。我妈对此很不以为然，她说，我们是几十年生死患难的亲姐妹，界限怎么划？划得清吗？谁相信？因此我们家和二姨一家依然保持来往，虽然不像过去频繁，但寒暑假和阴历年前后，我受父母委托去看望二姨和穆伯伯，回来后告诉父母，二姨和穆伯伯在铁狮子坟北师大宿舍的居住条件还好，他们的生活待遇也还可以，父母略表欣慰。二姨有时进城也会来我们家坐坐。

1962 年秋天，我从北京石油学院毕业，即将走向工作岗位，父母嘱咐我去看看二姨。我去了以后，告诉二姨和穆伯伯，我毕业了，留在学校当助教。二姨非常深情和感慨地说，她还记得小时候，用几个铜板去商店买“洋油”点灯，现在从报上知道，中国人再也不用“洋油”了，联想到她“看着长大的”的我，参加过石油会战，又留在学校工作，“几高兴咧”，并嘱咐我好好工作，临走时，又亲送我到楼下。

也是在 1962 年国庆节前后，一个周末，我回家后，我妈告诉我，立立姐姐要出嫁了，二姨放下了一桩重要心事：她原来担心由于他们的问题，立立姐的对象难找，对不起女儿。现在好了，立立看上的男方是留苏的，学新闻，对苏联文学也有兴趣，做学问也有基础，为人也忠厚。穆伯伯也很高兴，说他收集了一辈子的俄文图书后继有人了。总之，他们很宽慰。我妈说，二姨也还有一件烦心事情：由于她当时的处境，不适于去参加女儿的结婚仪式。我妈二话没说，告诉二姨，立立是她看着长大的，现在这个情况，她是当然的女方家长，立立的婚礼她去，另外也看看“新姑爷”是“什么路人”。我妈又说，那天晚上举行婚礼，可是临时接到通知，要陪我爸爸接待一对重要外宾，因此让我一定在婚礼前赶到，并嘱咐我两件事情：代表全家祝贺新婚；告诉立立姐，她参加完外事活动后立即赶到，让大家一定等她，她要讲几句话。随即我到了婚礼现场（长安街，原来中苏友协宿舍楼的一个房间），第一次看到马上就要成为表姐夫的赵水福，果然是谦和、沉静。由于女方的亲属当时就我一个，因此对我也颇多关照，我的印象是：这是个好兄长。婚礼活动快结束时，我妈才赶到，因为刚接待外宾，衣着很“光鲜”，在刚从“困难时期”过来、大家都穿着朴素的人群中，相当突出。于是大家邀请“女方家长”讲话。我记得除了祝福之类的话以外，我妈大概就说了一句：“我们这一辈人，从年轻时开始参加革命，就是为了后辈人能够生活得比上一代人好。”在婚礼结束，我陪我妈回家的路上，我妈说了一句：二姨盼了多久的好日子，自己不能来，她会难过的！

五

在那些日子里，二姨真正难过的是什么呢？答案很快就有了：没有事情可做！

50岁前后，正是出成果的好时候，结果呢？学生不能教了，文章不能写了，开会不要你去了（除了批判会以外）。这对一个战士来说，失去了参加战斗的资格，比什么都痛苦，而且正当大好年华，却被自己人缴了械！

困难时期过去以后，情况略有好转，二姨经过一段痛苦的经历后，似乎也适应了环境，也受到当时出版的文学作品——陶承的《我的一家》和据此改编上映的电影《革命家庭》的启发，认为对那个时代，那些人物和故事她也熟悉，也有亲身的经历，因此提出了新的方向：将她和同辈人在大革命年代的经历写成文字，写成小说！开始设想这件事情的时候，我妈是不支持的：“涟妹子咧，你写的小说，谁给出版，给谁看咧。”但是二姨坚持：她经历过这么多人和事，不写下来多可惜。我妈为二姨的诚心所动，表示支持。我知道这件事情后，心里有所触动：想到《林中生活》中描写过的老猎人：迷路回不了家，火柴又湿了，用猎枪子弹也要烧火，生活！联想到从不甘寂寞，总在找事做的二姨，二姨究竟是二姨！

从此二姨来我们家的次数有所增加，而且和我妈一坐就是一下午，甚至一天，她们讨论小说写什么，怎么写。二姨原来打算写大革命时期的一些大事件："马日事变""八七会议"，写大人物，尤其是曾经和她一起的同学和工作过的向警予等。我妈则有不同意见：大事件的定性表述相当困难，像"八七会议"在哪里开，有哪些人到会，凭个人记忆不容易说清楚；另外，大人物，有人给写传记，应该多写那些即便牺牲后也无名，甚至被遗忘的、普通的、默默无闻的，但是确实是在努力为新世界诞生奉献的革命者。二姨在很大程度上接受了我妈的意见：在二姨平反以后由人民文学出版社出版的、署名作者彭慧的小说《不尽长江滚滚来》中，主要就是描写一些普通的、踏实工作的革命者。我和我弟弟在今天还想说的是：二姨是他们那一代知识分子所处时代的很多历史事件的亲历者：参加过反对北洋军阀的游行，和压制青年学生的北京女子师范大学的校长杨蕴茹进行过面对面的辩论，在莫斯科的中山大学（二姨说，她进去时是称"共产主义劳动大学"）参加过反对王明的斗争（她曾经轻蔑地称王明为"矮子鬼"），参加过"左联"的工作，但是在20世纪60年代，处在逆境中的二姨，有能力却没有可能将所经历的事情写出来，没有留下对历史事件的记述和评介，对个人是十分可惜的事情，对时代则是人为的悲剧和遗憾！

我妈对二姨写小说，一方面支持，一方面也有忧虑：她认为，50岁左右，孩子大了，家务少了，经验多了，人成熟了，正是好做事的时候，可二姨整天沉溺在对过去的回忆中，未见得是好事情，会使人有用湖南话说是"离天远了，离地近了"的心态……

此后不久，"文革"开始，我们家和二姨家都在劫难逃，除了1966年春夏，两家还有来往外，随着"运动的深入"，我们和二姨及穆伯伯失去联系。

1968年春季，我妈突然感觉心里不好，认为季节变化二姨的哮喘病会发作和加重，担心二姨要“出事情”，于是打发我妹妹去北师大打听一下二姨的消息，我妹妹在北师大的校园里转了一天，除了看到将“老右派夫妻穆木天、彭慧斗倒斗臭”的标语和大字报，听说已将其撵出原来居住的“安乐窝”外，对于两人的情况一无所知。就在这几天后，我妈得到消息：二姨在被批斗后，死亡；后来穆伯伯也在被批斗后死亡，发现死者是在死亡几天以后，后事如何处理也不知道……我妈对亲妹妹的死亡痛心而又十分无奈，沉默许久后，对我说过一句：“当年我们13姐妹坐牢，前5个姐姐被枪毙后，还允许亲属收尸……”

1979年4月，我妈去世，那时二姨平反已经在望，可惜妈妈没有等到那一天。后来，北师大给二姨和穆伯伯平反，还在八宝山举行了追悼会。立立姐、水福他们全家都去了，我和弟弟、妹妹也去了，我妈四姐妹中最后的幸存者彭玲（她曾经跟瞿秋白学俄文并保存了瞿秋白所译《茨冈》的手稿）也从上海赶来，和我妈姐妹一起学习长大的表弟、我们的表舅杨伯峻等都来向二姨表示怀念。所有的仪式结束后，在只留下我们这些亲戚时，面对没有装二姨和穆伯伯骨灰的骨灰盒，我曾经提议：“我们大家好好给二姨和穆伯伯鞠个躬吧！”

我总在设想，如果有机会再见到二姨，我会对她说一句：你杜撰的那个不听大人话的孩子要喝尿的规矩，实际不存在。那些以整人为业，以及所谓“斗争哲学”确实也应该“打他落花流水”，你为之奋斗的理想“让思想冲破牢笼”将会在一代又一代人的努力下接近。

后记：在此文写成后，看到《彭慧先生百年诞辰纪念学术研讨会》的文章，将二姨与20世纪的女性作家及其笔下的女性进行比较。所涉及的内容是本人专业范围以外，无从表示意见。但是我想说明两点：

第一，二姨始终是她所处时代的一位战士，甚至是随时准备献出生命的战士。因此她早年的作品中没有绅士们的风花雪月、低吟浅唱，也没有淑女们的婉约闲情、风流韵事。作为战士，二姨始终是在为受压抑者鼓吹，为战斗者歌唱！

第二，二姨始终以为“苏联的今天就是我们的明天”，对曾经给中国革命予以支持的苏联怀有深刻的崇敬，这影响了她的生活轨迹，也影响了她的创作道路。这有时代的局限，当然也有个人的局限。

写作本文的目的，是为了纪念对我成长有过影响的长辈，也是希望长辈们的悲剧不再重演。

（此文曾发表于《新文学史料》2008年第2期）

彭家的四姑爷：林逸圣

外祖母杨树馨出生于湖南长沙书香门第（其二弟即著名语言文字学家杨树达），早年嫁给湘军将领彭玉麟的后人、任职过湘军标统和安徽巡警学堂教习（与徐锡麟同学和同事）的彭麟书，两人育有四女，以无子为憾。所幸四个姑爷都是人物：大姑爷楚图南，滇南山国中刻苦读书出身，早年即参加共产党，去世时名列国家领导中；二姑爷穆木天，吉林书香世家子弟，早年留学日本，专攻文学，通晓多国文字，是早期“创造社”成员，是巴尔扎克著作的主要翻译者；三姑爷邱陵，祖上是湖北黄冈殷实人家，早年投身国民革命，被共产党选送到莫斯科中山大学学习，与蒋经国是同学，回国后继续革命，到瑞金后却被诬陷为AB团，侥幸逃出后，投靠旧日同学蒋经国，后被安排在蒋介石的侍从室任职，1949年被我妈妈强留在上海，没有随蒋经国去台湾。（与其同时被安排随侍从室官员及眷属、迁往台湾的故旧则因所乘的“江泰”轮在台湾海峡发生海难，全部丧生！）上海解放后，被旧日朋友潘汉年安排在上海的少年儿童出版社从事苏联儿童文学翻译，后来受潘汉年事件牵连，被捕，以叛徒特务定谳，病死狱中；四姑爷林逸圣祖籍湖北黄冈，早年投军桂系，参与北伐，以军功升中将，1949年离开大陆客居并殁于香港。——这四位姑爷，论籍贯有东北、西南、华中；论党派则有国、共，及先共后国；论职业则有文、武，甚至特工，简直就是20世纪中国历史的人物缩影。——可惜外祖母早逝，这四个姑爷，一个也没见过。本文记述四个姑爷中年龄最长、经历最为独特的四姑爷林逸圣的往事。

一、四姑爷林逸圣——最小的女儿嫁了年龄最大的姑爷

外祖母最小的女儿彭运煌出嫁最早，姑爷林逸圣为湖北黄冈名流世家，辈分相同但年纪还略高于当地另外一位著名人物、家境略逊的远房本家——林彪。

林逸圣生于1896年，[①] 15岁进黄州高等小学，辛亥革命时，投入学生军，后来考进武昌陆军预备学校，1917年被保送到保定陆军军官学校第六期工兵科学习，同期同科的有邓演达、叶挺等，[②] 此期间与晚一年入学的炮科同学陈诚相熟。毕业后到闽系军队王永泉部任职，后来到广西投靠在桂系军队中任职的湖北同乡、同学胡宗铎、陶钧，1926年随桂系军队参加北伐，任国民革命军第七军（军长胡宗铎）少将参谋长，因参与指挥南浔线上的牛行车站、马回岭及龙潭战役有军功，升任国民革命军第十八军（军长陶钧）第一师中将师长，北伐军攻占武汉后，还兼任汉口公安局局长及警备司令。[③]

二、四姨彭运煌和林逸圣的奇特罗曼史

在二姐彭慧和三姐彭颖天于1925年到北平女子师范大学就读后，后来成了林逸圣夫人的彭运煌一直和大姐彭淑端一起生活和学习，就读于在武昌的中山大学（预科和本科）。在大革命的洪流中，姐妹俩都积极参与“打倒列强除军阀”的革命活动，大姐成了共产党员（当时称为CP），年纪比大姐小六岁的妹妹则是共青团员（当时称CY），都在国共合作时期的湖北省妇女协会工作。1927年国共分裂后，党团活动转入地下，当年11月，日资占很大比重的武昌震寰和裕华纱厂开除了219名剪短发的女

① 按秦孝仪主编，（台北）中国国民党中央党史委员会出版的《革命人物志》第十九集，林逸圣生于1897年；今按其族谱所记阴历生辰年月推算，应为1896年——泽涵注。

②《民国人物小传》，载刘绍唐主编《传记文学》（台北）第五十六卷。

③ 秦孝仪主编《革命人物志》第十九集，（台北）中国国民党中央党史委员会，1978年12月。

工（旧时女工多梳发髻，俗称“巴巴头”；剪短发者，称为“学生头”，被视为“新潮”即共产党和革命的拥护者，因此被敌视，当时有民谚：“巴巴头，万万岁；学生头，要遭罪”）。11月26日，由共产党组织策动，以中山大学等院校中的共产党员、共青团员和积极分子为骨干的女学生参加了“武汉各界妇女声援震寰、裕华纱厂剪发女工大会”，会后包括彭家姐妹在内的部分女学生还去武昌武胜门外，到纺织女工聚集的纱厂区宣传鼓动。

11月28日下午和晚上，包括彭氏姐妹在内的参加声援剪发女工的13名女学生和10名男同学共23人被汉口警备司令部逮捕。当年12月12日，共产党人在广州发动起义暴动（当时称“广暴事件”），失败后，广州和武汉的当局加紧了对共产党和国民党左派的镇压。12月17日，国民党左派李汉俊、詹大悲（曾任国共合作时期湖北省教育厅长和财政厅长）被汉口警备司令部逮捕，随即在当晚被枪杀；12月28日，原来被武汉卫戍司令部头目胡宗铎画圈准备通通枪毙的23位男女学生中，年满20岁的5名女同学和4名男同学，被以调换监狱为名，被押出游街后枪杀！

12月30日，正值年底，汉口警备司令部应该将所拘押人犯移送过江到武昌的武汉卫戍司令部，这一去当然是凶多吉少！当时有不少人对枪杀青年学生，特别是女学生持异议：还不满20岁，“都是娃娃”。不少人出身名门，还在接受高等教育，因此出来说情的救援者不少。当时任汉口公安局长兼汉口警备司令的林逸圣，审问过这些学生，对彭家姐妹颇有印象。此时，彭家小妹运煌，年仅17岁，出身湖南名门，仪容清丽，姐妹俩都是大学生，完全是大家闺秀风范，尤其是妹妹，虽为人犯，却毫无猥琐畏惧，应对从容大器，令林逸圣怦然心动，产生恻隐，因此没有将这一干人犯在年底前送过江。到1928年春节以后，风头已过，加上地方士绅、国民党元老和共产党策动的种种营救，最终以余生的8名女学生和6名男学生获判3年半以下的徒刑结案。

当时被捕的13名女同学中，按年龄排序，结成十三姐妹，我妈妈彭淑端因身材较矮，在过堂问及年龄时，虚报为19岁，排为六姐，侥幸未被枪杀，后来被判有期徒刑三年半，关押在湖北第一监狱，1929年经营救以假释出狱。在活下来的八个姐妹中，按年龄彭运煌排为第九，大家以九妹称之，因为年龄小，案情轻微，很快就出狱。

林逸圣对出狱后的彭运煌颇多“关心、关照”，明白无误地表示了对彭运煌的心仪。我妈妈出狱后发现了小妹的这段似有似无的恋情，当然勃然大怒：多年来一直珍爱的小妹妹怎么会爱上一个军阀！姑且不说年龄比小妹大十几岁（彭运煌生于1911年，我妈妈当时大骂小妹：怎么会喜欢一个“老头子”！），家里还有一个原配，还育有一女！长姐如母，费尽心机，要拆散这对不相称的恋情。为此，我妈妈变卖了在长沙的部分家产，筹集经费，带着小妹妹远走日本，一是为求学，二是为能够和已经去了莫斯科的二妹和三妹的联系方便；但是最深层的感情因素是：要隔开小妹和林逸圣！

有人说过，世界上除了同情以外，任何一种感情——即使是仇恨——都可以转化为爱情。还有人说过，对男女间爱情的种种阻力，最后都会变成动力。斯言是也！在日本期间，我妈妈发现小妹和林逸圣不仅鸿雁不断，而且，不到一年后，执意要回中国，要去武汉，最后一走了之。后来知道，林逸圣北伐完成，参加国民革命军于1929年初在南京开的编遣会议以后，就和原配离婚（但仍然承担母女抚养责任），到湖南长沙我妈的外祖家，登门求亲。当时，旧式文人家庭的舅氏，见一表人才的英俊军官进门，遂表示了同意，因此彭运煌嫁给了林逸圣，时在1931年。

1931年冬季，为抗议日本发动“九一八”事变，我妈妈与众多留日学生一起，辍学回国。我妈妈见到她钟爱的小妹已经嫁做他人妇了，又看到林逸圣夫妇琴瑟和鸣，对原来反对其婚恋的大姐也挚礼甚恭，随即认可了这个妹夫。

这里，还有一段故事，1929年春，桂系军阀，尤其是长期和林逸圣共事的胡宗铎、陶钧等，不满蒋介石北伐后在军队编遣上对桂系的排挤，爆发了蒋桂战争，林逸圣参与其事，并在桂系军队失败后，离军出走上海闲居。也许是林逸圣这段反对蒋介石的经历改变了我妈妈对林逸圣原来的完全恶感。后来，林逸圣改换门庭，1934年投身到蒋介石主持的陆军大学特别班，从而离开了桂系。1937年，在陆军大学毕业后，林逸圣被蒋介石安排为军事委员会中将参议。抗战军兴，林逸圣因保定陆军军官学校同学陈诚任湖北省政府（在恩施）主席的因缘，被任为湖北省政府委员及建设厅厅长，[①] 积极筹办纺织、造纸和农产品加工等产业，为抗日战争和保障民生做了一些事情。抗日战争胜利后，任敌伪物资接收处理委员会特派员，此期间，清廉如故，没有乘机发财，后来被安排为联勤武汉铁路军运指挥官、“剿匪”司令部政务委员会委员一类闲差——道理很简单：蒋介石认为其是桂系投靠过来的，“非我嫡系，其心必异”；桂系则认为，此人叛离桂系，不肯再用。为此，林逸圣对我妈妈发过牢骚：我是学军事的，结果，除了副官和勤务兵以外，我无兵可带！

即使如此，林逸圣对我父母、二姨夫妇等有亲共背景的亲戚，还是优礼有加，特别是对我妈妈，什么话都讲；我哥哥有机会到武汉，他都关照接待，我父亲在李公朴、闻一多遇刺后离开昆明到上海，多年积存的近万册图书，从昆明经武汉（在其家寄存多日，其女儿就是读了这些有进步色彩的书后，一度“左”倾）运到上海，得助于林逸圣的斡旋安排。1947 年春，我妈妈带领我和弟弟、妹妹离开昆明，取道武汉去上海与父亲会合，在林逸圣家住了几个月（因弟弟生病）。此期间，林逸圣还对我妈妈说过一些还没有公开的消息：“国军光复延安”——即蒋介石亲信胡宗南占领延安。同时，也为自己无事可做，不被信任而烦恼。

1948 年春，林逸圣到南京参加国民党选举正副“总统”的“国民大会”，会后，5 月，借到上海去看“第七届全国运动会”为名，看望在上海的我妈妈和二姨彭慧及他的两位连襟。此时，我父亲和二姨夫妇安排了一次饭局：以请吃鲥鱼为名，招待林逸圣。我妈妈当时生病，是我陪父亲去的，吃饭时间很短，饭后，二姨带着我走了，接着是林逸圣听我父亲讲对时局的看法。后来，我知道，父亲告诉林逸圣：蒋介石政府气数已尽，可能退守台湾，顾及林逸圣在 1927 年“清共”期间的历史，为儿女计，可以离开大陆，但蒋介石人品可虞，切不可去台湾。后来，林逸圣专程来看望生病的我妈妈，问及当时最热门的话题：在李宗仁和孙科间，投谁的

① 陈城：《陈诚回忆录——抗日战争》，东方出版社，2009 年。

票？我妈妈以为他会投李宗仁的票，结果林逸圣说出秘密：他投孙科的票——听命于蒋介石。我妈妈再次告诫他，对蒋介石不要有幻想——切不可去台湾。

林逸圣在1949年底去了香港，由于当年同学陈诚担任国民党政府“行政院长”的机缘，被安排为并无实权和俸禄的国民党政府的“行政院”顾问。1964年，李宗仁回到祖国大陆，我父亲得到消息：已经由湖北黄冈同乡李四光（时任全国政协副主席），写信邀请林逸圣回国。我妈妈获悉后，十分高兴，失散多年的姐妹终于有机会团聚了。可惜，后来由于众所周知的原因，林逸圣失去了回归大陆的机会，1967年客死香港。据在台湾的“国民党中央党史委员会”主编的《林逸圣传》记载：“夫人彭运煌女士，出自名门，受高深教育，侍先生近40年，相夫教子，颇有贤声，痛失先生哀毁逾恒，竟于先生弃世后7日后而逝，亦运惨矣！”[①] ——其时四姨彭运煌，年仅56岁，是四姐妹中最早逝者！

三、林家的流风余韵

林逸圣和彭运煌育有二子三女，子女五人都被父母送往美澳各国留学，而这五位兄弟姐妹则是凭自己的艰苦努力，在异国他乡学业有成，从事教育、医疗和工程等行业，后来都在美国定居。1978年，林逸圣的两个女儿鸪鸣和惕中回祖国大陆，是当时最早一批回国探亲的海外学人，当时的中国新闻社有专稿报道其事。她们会见了我家父母和见过或从未见过的亲属，姐妹两人拥着几十年乡音不改的大姨（我妈妈），悲欣交集，许久未能平静。其他三位子女也先后回国观光和看望我父亲，尤其是林家大儿子林子度的洋太太、金发碧眼的Roberta深得大家喜爱。1988年我在美国斯坦福大学做访问学者，约有三个月寄寓林子度和Roberta家中——谈及父母辈的往事，感慨流水落花春去也——沧桑！

呜呼，尘海苍茫，亲情难忘，仅为之记。

① 秦孝仪主编：《革命人物志》第十九集，中国国民党中央党史委员会，1978年12月。

附：2015年8月底，中国人民抗日战争胜利七十周年纪念日前夕，林逸圣的二女儿林惕中将其父在北伐及抗日战争期间所获勋章、奖章送回祖国，由武昌辛亥革命纪念馆收藏。

杨树达与我家交往轶事

杨树达（1885—1956），字遇夫，早年就学于长沙时务学堂，是蔡锷的同学，辛亥革命后留学日本京都帝国大学，毕业回国历任北京高等师范学校、清华大学、湖南大学等校教授。毕生从事古汉语语法、训诂学及文字学的教学和研究。他在文字学研究上思路广阔，多有创见，著有《汉书补注补正》《词诠》《马氏文通刊误》《中国修辞学》《积微居小学金石论丛》《积微居金文论》等，曾为当时国民政府中央研究院院士，新中国成立后被选为中国科学院学部委员。

杨树达是我外祖母的弟弟，母亲称其为二舅，从两家的交往中我对杨树达的轶事略知一二。

一、家母幼蒙庭训

我母亲儿时外祖父母相继去世，祖母临终前将家母姐妹四人托孤给舅父抚养。杨树达对母亲有抚养之恩，所以母亲对子女说起他，均尊称二舅，还说我们应称“二舅公”。二舅公字遇夫，对此字号，母亲给我讲过一个故事：大约是20世纪40年代，有人（仿佛是吴景超的夫人、母亲儿时的同学龚业雅）给她出过一条谜语：“玉环适李隆基——打一人名。”母亲一时对答不上，对方提示：湘人（或乡人）。母亲恍然大悟，答曰：“啊耶，莫不是杨遇夫呗！”

母亲原名彭端笵，在长沙第一女子师范学校附属小学就读时，老师上课点名：“彭端笵！”同学哄然大笑。课下，同学打趣道：“彭端笵，你端儿碗饭咧？”为此母亲回家坚决要求改名字，杨树达遂为母亲改名为彭端淑。1937年与我父亲楚图南结婚后，才改名彭淑端。母亲小学毕业后在长沙第一女子师范学校（即后来称为“古稻田”或“稻田师范”的湖南早期的女子学校）就读时（1920—1923），杨树达是其国文教员，因此，杨树达同我母亲的关系是“亦师亦舅”。我的外祖父彭麟书，早年与徐锡麟在德国同学，后来又在安庆巡警学堂共事，1907年他亲眼目睹了徐锡麟刺杀恩铭和次日徐锡麟被害遇难的情况，受刺激过深而获病，于1912年去世。秋季下葬时，当时在古稻田师范附小就读的母亲，记住了学校里当时教的一首歌的前两句歌词：

秋凉时节黄花黄，大好英雄返故乡。

后面的两句歌词忘记了，据说是杨树达等为欢迎辛亥革命元勋黄兴回故里而作。多年来母亲一直以这两句儿时所学的歌词寄托对外祖父的怀念。

母亲进古稻田师范学校时，受校长徐特立器重，毕业后被留在该校的附属小学任教。母亲回忆，徐特立主持校务时对教务多有革新，聘请了当时从北大和北京高师毕业的学生任教，注意启发学生的新思想，改革旧习俗。母亲说：“徐老笃实敦厚、刻苦耐劳、热心服务，忘我精神深为同学敬佩。”徐老待人和蔼，师生多以“徐外婆”相称。母亲还对我们讲过这样的故事：“徐外婆”曾经承诺办好学生的伙食，保证“不给学生吃生虫的米”，否则认罚。有好事者，间或在米饭中挑出虫子，持以找“外婆”理论。“外婆”则哈哈一笑，打趣道：“虫子也是荤菜咧！”随即请厨房为学生们炒一碗辣椒，算是“认罚”。

杨树达早年留影（约1927年）

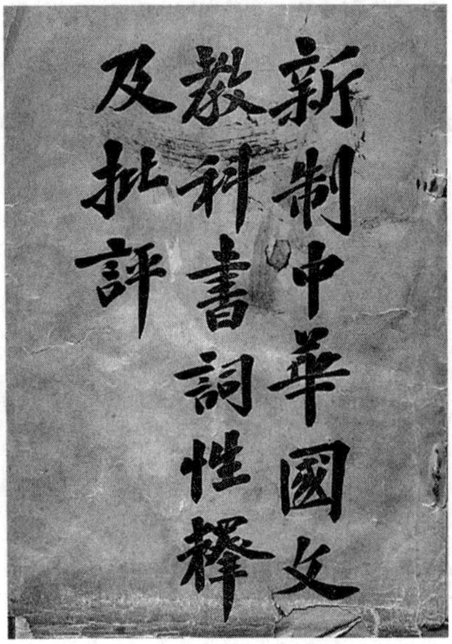

1917年（民国六年）长沙发行的《新制中华国文教科书词性释及批评》的封面

我家现在还保存有当年母亲使用的课本——杨树达著、徐特立作序的《新制中华国文教科书词性释及批评》，这本1917年（民国六年）发行的课本历尽劫难，总算保存到现在。徐特立在这本书的序言中说："余友杨君遇夫好读书。平日教授生徒文字……去年夏，君以英文文法及马氏文通词性之说纳之于三书（即清代的三种著述：刘淇的《助字辩略》、王引之的《经传释词》、俞樾的《古书疑义举例》），融会贯通，确有科学系统。特立时请君付梓以公诸同好。"

二、祖父墓志铭及往事

杨树达的日记《积微翁日记》，记录了许多鲜为人知的往事，如1927年7月母亲留学日本时，适逢杨树达到日本访学，他在《积微翁日记》第52页中写道："七月，十七日。淑端甥来，同到市午饭。"

《积微翁日记》记载和我家有关的另一件事是1942年8月："廿四日。以楚图南之请撰楚晓堂墓志铭。彭甥淑端夫婿也。"事情的始末是我祖父楚宝（字晓堂）1942年2月在云南安宁去世，安葬于昆明西山。按当时惯例，应请名人撰写墓志铭，执笔者应是品行端正、有声望的长者。由于祖父一生以清高耿介自况，因此墓志铭不请滇籍的士绅名流。考虑到杨树达既是长辈，又是父亲在北京高等师范学校时的老师（父亲就读于史地系，杨树达则是中文系教授，父亲曾听过他讲课），在学术界素有清名，因此由母亲辗转寄信给当时疏散到湘西沅陵辰谿的湖南大学的二舅谈及此事。杨树达写道："图南之妻彭淑端，余之甥也，君卒后，图南以其状来请铭……余因以题其墓，且述君志事之大者而为之铭。"

铭曰：有滇一士，始侠而儒。身不盈七尺，志周乎八区。谓君穷欤？出宰百里[1]。谓君达欤？仅保其妻子。穷乎？达乎？君匪是阿。抱道娱躬，虽困不困。上有三光，下有后土，相我哲人，宅此终古。

据我所知，在杨树达一生著作等身的诸多文字中，写这样非学术性的墓志铭，除祖父这一篇外，仅见一篇。写到此，作为孙辈，感慨万端，我给二舅公鞠躬了！

我此生有两次与二舅公见面的机会，可惜造化弄人，失之交臂。一次是 1948 年 10 月，杨树达参加南京的中央研究院院士会后到上海，当时我父母和二姨彭慧及二姨父穆木天两家决定设家宴招待杨树达夫妇，一是母亲、二姨想和多年未见的二舅叙旧，二是我父亲慰问多年未见的老师，同时也为祖父的墓志铭答谢老师和前辈。我当时 9 岁，家里请客吃饭，我可以吃到平时难得一见的好饭菜，当然高兴。母亲还交待我，对来的客人要喊"二舅公""二舅奶"。但在当天下午，只来了一位慈眉善目的老太太做客，我按母亲的交待喊"二舅奶！"老太太对母亲说："哎耶，端淑，你的儿子都好大耶！"二舅公没有来，后来听大人们说，二舅公是临时被时任中央研究院总干事（或教育部长）的朱家骅接走了。

另一次是 1955 年 9 月，杨树达应邀到北京参加国庆观礼和中国科学院的活动，日程安排相当紧凑，却还到我家同我父母亲及二姨夫妇见了一面，述及新中国成立后各种新气象，及受"毛公"礼遇的故事，老人显得很兴奋。母亲和二姨都希望二舅留北京工作。对此事杨树达在其日记中也有记载："一九五五年九月二十七日，诸亲友皆劝余留京工作，余亦谓然。"后来他以年事已高为词，辞谢了到北京工作的机会。他此次北京之行是生平最后一次到北京，也是最后一次会见北京的亲友。可惜我当时在北京一零一中学住校，错过了这次见面的机会。

杨树达于 1956 年 2 月 14 日逝世，终年 71 岁，毛泽东致唁电，周恩

① 祖父在蔡锷主持滇政时期曾经在滇南的羊肠营、剥隘、虹溪、曹涧等地主持政务。——泽涵注

来送了花圈，湖南省党政领导全体参加追悼会，当时百余辆小汽车护送灵柩至湘江之滨，安葬在岳麓山，可谓一时之盛。

杨树达早年曾经和毛泽东一起参加过驱逐湖南军阀张敬尧的活动，毛泽东早年在湖南的活动也得到过杨树达的同情和支持，仅举一例，可见一斑。曾在长沙女子师范附小任过主事的杨太夫人张家祓对儿孙们讲过这样的故事：当年毛泽东从事革命活动，经常在徐特立家彻夜长谈，并留宿徐家，曾手持徐特立的借条到杨家借过被褥。杨树达在新中国成立后，虽然继续进行古文研究，其基本趋向是不依据政治潮流改变学术观点和治学方法。

毛泽东对杨树达颇为礼遇，每到长沙必和周世钊等一起约见和招宴；杨树达到北京，毛泽东也约见、宴请。杨在正式场合敬称毛泽东"毛公"，遇到学术活动中某些非学术的困惑时，毛泽东对其来信或略加开导，或留中不发，因为这重关系，湖湘士林频传佳话，其中原因或是杨树达的学术研究领域并不涉及政治，且其达到的水平确实前无古人，既属领衔民国时期的中央研究院院士，又名列新中国的科学院学部委员，是学术界的佼佼者，故得毛泽东礼遇。湖南的政协会议，必特邀列席，且在主席台下、代表席前，特设沙发席位，就坐者为程潜、杨树达等三四人而已。杨树达在日记中称："盖敬老也。"统战部门年节持币看望，二舅公受之若饴，如1954年2月2日日记记载，"统战部送年敬百万元来"，[①] 并无受宠若惊之感。

可惜，"人一走，茶就凉"。杨树达去世的次年，正值"反右"期间，他与张氏所出的六个儿子、两个女儿中，三个儿子被打成"右派"，两个女婿则成为"右派"兼"反革命"；其堂侄（长兄之子）、著名文史学家杨伯峻也是"右派"——一门六七个老"右"，还没算外甥女彭慧夫妇，也是"一时之盛"。

① 旧币，折现在币值为一百元。——泽涵注

三、流风余韵

杨树达的子女中，和我有过来往的是德庆，母亲呼其为老八，我称为八舅。1971 年后，他到北京探望亲友，多次看望我父母。与我交谈中，他对“文革”期间的种种倒行逆施深恶痛绝，对“文革”期间风云一时的中央文革小组的成员，也语多不敬。后来听我父母说，1975 年他因传播对“四人帮”成员不敬的“政治谣言”身陷囹圄。

我父亲说过，杨家子女中最有文才的是老七德豫，我称为七舅。我看过他翻译出版的外国文学作品《华兹华斯诗选》和《拜伦诗选》，发现他的作品除了文字传神外，还特别讲究音韵和谐。“文革”结束后他来过北京，希望我父亲帮他调到北京的人民文学出版社工作，我父亲所认识的几位同事和朋友都知道杨德豫，也欣赏其才华，但因难于得到进北京的户口指标，最终没有成功。这期间我家留存一些他的诗词作品，我至今还记得其中两句：

> 多情最是长安道，依旧频频入梦来。

我原来工作的北京石油学院，“文革”期间搬迁到山东东营，当时刚有部分迁回北京。对于同样希望早回北京的我对这两句诗倍感亲切。

杨树达的堂侄杨伯峻和我母亲年龄接近，但我母亲略长于他，一直将他当作小弟看待，而且兄弟姐妹从小一起长大、求学，后来又同在北京，是关系密切的至亲。杨伯峻原在北大中文系工作，后调往兰州，后又因校点古籍的需要，被调回北京。“文革”期间我经常去探望这位大舅，颇多交往，他遂视我为忘年交。这期间有两件事情我记得特别清楚，一是“批林批孔”期间，我去看他，论及时政，他对有些人利用政治风浪鼓噪和改变学术观点，颇不以为然，对用《论语》上的一句话“学而优则仕”批判“读书做官论”则嗤之以鼻。他说《论语·子张》中的原话是“仕而优则学，学而优则仕”，包括两方面的意思：“做官了，有余力便去学习；学习了，有余力便去做官。”他认为这种望文附议的批判，有欺世盗名之嫌。还有一次是在批判“右倾翻案风”期间，我去看他时，他拿出杜甫诗作《秋兴八首之四》示我：

闻道长安似奕棋，百年世事不胜悲。
王侯第宅皆新主，文武衣冠异昔时。
直北关山金鼓振，征西车马羽书驰。
鱼龙寂寞秋江冷，故国平居有所思。

显然，这是他对当时形势的看法，感慨中不乏忧虑。随即，他说想听听我对当时时局的看法，我说可以用一句宋词表达：“风不定，人初静。”紧接着，我刚要说下句，伯峻舅舅脱口而出：“那就是‘明日落红应满径’咯。”言毕大笑，随即紧握我的双手，嘱咐我要照顾好父母，等着看那些人的下场。

1992年杨伯峻舅舅去世后，我衔父命著文怀念舅舅，文章发表在《炎黄子孙》上。在文章中讲了我和大舅交往的一些故事。文章初稿中，讲到杨伯峻在“批林批孔”期间的所见所论时，点到了一度走红的几位“大家”的名字。不料父亲看到初稿后，对这一点非常不高兴，他告诫我：对事不对人！指出在学术界，对不同的意见可以讲，但是绝不该随便点名，也不能用伤人的词句。他还说新中国成立初期他就对《中国通史》的作者说过，在书中批判曾国藩可以，但是不该用“曾剃头”这样的字样。即使是对杨伯峻的传世之作《春秋左传注》，在其撰写的前言中，有一句“公羊传所谓大一统是骗人的鬼话”。1982年此书出版后，当年春节，父亲去看望杨伯峻时，当面指出此句是骂人的话，不妥。后来此书再版时，杨伯峻尊重父亲意见，将这句话改了。父亲说，前贤有道，学术上可以辩难，但是对所论及的对方，即使是曾国藩辈，其人格和学问，仍然应该尊重。父亲还说，随意点名批评和廉价的溢美，都不是好风气。父亲还放了一句狠话：“即使是老辈子有不是，也轮不到你小辈说三道四。”到现在我才理解，这是一种长辈对后人的爱护心态。

父亲晚年时对我说过，杨树达的书籍资料(《积微居文录》等)有保存价值，要珍惜。20世纪初，中国去日本留学的读书人中，不少是选学法政一类比较容易速成的学科，但是杨树达学的却是语言文字这样吃力、成就慢的“小学”科目，足见其人是想认真做学问，而不是仅为“稻粱谋”的读书人。论及杨树达的学问，父亲认为，他是用西方语言的文法，将中国古代汉语著述的每个词句，分成主语、宾语，将单字区分为名词、动词、形容词、副词等，形成系统，发现规律，使现代人对原来没有标点的古代汉语的语义能够有更准确的认识。另外对中国古代留下的甲骨金石文字，杨树达也逐字考察各种古籍中的记载及释文，辩证谬误，使后人能够理解古代汉语的语义环境中更准确的文字解说。杨树达的书斋号曰“积微居”，说明他注重细处的积累，依靠基本功形成学术观点，因此其文经得起推敲。

杨树达在其早年的著述中有一篇与陈垣论及历史典籍中“避讳”时，写过这样一段文字：

> 柳子厚名宗元，有弟名宗玄，见永州游记中。若如清讳玄字，改作元字，则二人同名矣。

杨树达的这段文字，未见一个粗鄙字眼，却将封建时代的避讳的荒唐，说到极致。

参考文献：

[1] 杨逢彬：《杨树达在辛亥革命前后》，《文汇报》2011年10月11日。

文中提及：“1907年7月，杨树达的姐夫，安徽巡警学堂的教官彭麟书目睹其挚友徐锡麟因刺杀巡抚恩铭，心肝被恩铭亲兵挖出，深受刺激，因而精神失常。”

[2] 杨树达：《积微翁回忆录》《积微居文钞》，上海古籍出版社，2006年出版。

[3] 杨树达：《私谥和介先生文山楚君晓堂墓志铭》，《云南文史丛刊》，1989第3期。

[4] 杨逢彬：《杨树达先生以后的杨家》，《东方早报》2010年2月—3月。

[5] 杨伯峻:《论语译注》，中华书局，1980年第2版。

[6] 杨树达:《积微居文录》《与陈援庵论史讳举》。

（此文发表于《新文学史料》2012年第4期，本书辑入时有删节）

理想主义者的驽马形象
——罗稷南与我父亲楚图南交往轶事

一、罗稷南和父亲楚图南交往始末

罗稷南（1898—1971），原名叫陈子英，字小航，云南顺宁（现名凤庆）人。1919年和我父亲楚图南一起在昆明报考在北京的大学，初试结果，陈小航被北京大学录取，到北京后从哲学系转为中文系，我父亲则被北京高等师范学校（北京师范大学前身）录取，进了史地系。两人是云南同乡，又同是文学爱好者，受当时社会潮流的影响，先后结识了李大钊、罗章龙、施存统和张国焘等中国早期接受马克思学说的知识分子，先后参加了社会主义青年团及共产党，属于中共北方局系统联系的同志。1923年，两人同期在大学毕业，回到昆明后，又同期在昆明的省立第一中学等校任教。后来父亲应李大钊同志的安排，1926年到了东北以教师的身份从事党所委托的工作。陈小航则参加北伐军，担任政治宣传工作，1927年"四一二事变"后，因白色恐怖压抑，到了东北，由父亲通过朋友（在吉林省立中学任教的谢雨天、萧伯符、胡体乾等）安排在吉林、长春等地的学校任教。他们就这样从青少年时代的同乡、同学、朋友，进一步成了有共同革命理想的朋友，在白色恐怖下互相支持和帮助。此后几十年的风风雨雨，这种友谊与日俱深。1930年，父亲由于东北学潮事件身陷囹圄，陈小航则到了上海，和其妻倪琳（字淑荣，湖南人）一起从事第三国际远东局的情报工作，同时还与当时十九路军将领蔡廷锴等联系。

我父亲和陈小航的妻兄曾是连襟。1930 年父亲在东北坐牢出狱后准备去苏联前后，大哥楚泽清有一段时间，就寄养在陈小航家，我哥哥称陈小航为伯伯，称倪琳为姑姑。

还有一段故事，1986 年以后，一次父亲在北京医院住院，病房“邻居”是黄火青叔叔，因为父亲是云南人，就向父亲打听“一位云南人——陈小航”，父亲听了，对黄火青叔叔说：对陈小航最熟悉的就是他自己，毕竟有几十年的交情。并问及，他如何会认识陈小航。答曰：1933 年，李济深、陈铭枢与蔡廷锴、蒋光鼐等在福建成立反对蒋介石的福建人民革命政府，和在瑞金的共产党及中华苏维埃政府谈判联合反对蒋介石，黄火青是共产党方面的代表，福建方面的代表是陈小航，因此陈小航由黄火青带领从福建龙岩到过江西瑞金，毛泽东还以中华苏维埃政府主席的名义招待过他——这也许是 1957 年初夏，毛泽东在上海会见若干文艺界人士时，首先招呼问及罗稷南（即陈小航当时的名字）的缘由。陈小航的作为和影响之重要，由此可见。

由于我父亲对陈小航的深刻了解，时时不忘如何能发挥他的才干。还有一事，我父亲楚图南担任西南军政委员会委员兼文教委员会主任的时候，曾提请西南军区政委任命罗稷南为该军政委下属的文教委员会委员，（现在网络上的有关罗稷南的介绍说罗稷南在 1950 年前后任西南军政委员会委员，该介绍有误），提请任命的理由是罗稷南是云南籍的文化界知名人士，但是罗稷南并没有到西南任职。他在李济深、蔡廷锴等人举事的福建“反蒋事变”失败后，一直在上海，一方面继续从事第三国际远东局安排的情报工作，一方面以罗稷南为名，从事外国文学的翻译著述工作。新中国成立后，父亲曾经希望罗稷南到西南协助工作，并将其列为云南大学校长候选人之一，但是罗稷南已经习惯了文学翻译及著述工作和自由职业者的独立不受拘束的生活方式，便一直留在上海，随即被选为上海市人大代表，以及作家协会上海分会书记处的书记——当然这种安排也是当时安排这类人的惯例。

陈小航的家庭是革命家庭，他有个弟弟叫陈绍航，早年是黄埔军校的学生，与陈小航及倪琳的幼弟倪顺荣（后来改名叫倪锋）都是属于共产国际远东局联系的情报工作人员，而且陈小航、陈绍航和倪顺荣都受陈小航的夫人倪琳领导——由倪琳负责联系远东局派驻上海的工作人员，领受收集情报和联络国民党内爱国反蒋人士的任务；倪顺荣还由倪琳安排学习无线电收发报技术。1943 年共产国际宣布解散后，倪顺荣转为中国共产党城市工作部的工作人员，新中国成立后在上海市公安局工作，1960 年后转业到上海市房地产管理局下属的一个工厂任职。特别要提到的是，陈绍航因为早年是黄埔军校学生，因此后来以上校军衔在国民党政府军事委员会的南昌行营任参议职务，在此期间，陈绍航曾经将许多重要的军事情报，特别是蒋介石关于围剿苏区的情报通过共产国际的情报系统转达给在瑞金的中华苏维埃政府和红军。后来，陈绍航与倪琳的通信被查获，因此被捕，虽受严刑拷打，陈绍航始终没有透露任何机密，气急败坏的蒋介石得知此事后，亲自下令将陈绍航处死，据说，军统特务乃将陈绍航在武汉腰斩！时在 1936 年。陈绍航牺牲后，遗有一子，名叫陈焜，一直由罗稷南当作己出抚养，新中国成立后，进北京大学外国文学系学习，毕业后分配到外国文学研究所工作，后来曾经安排他到中国驻外使馆任职，但是他表示热爱外国文学专业，没有赴任。他在北京求学及工作期间，逢节假日，经常来看望我父母，也待我为幼弟。“文革”期间，陈焜受到残酷迫害，“文革”结束后，他去了美国，从事美国黑色幽默文学的研究以及中美文化交流工作。

1935 年，父亲从东北出狱后辗转到了上海，由郑振铎介绍安排，在暨南大学任教，1937 年与我母亲彭淑端结婚。当时与我父母经常来往的云南籍朋友是罗稷南，他们的朋友还有来自昆明的在他们省立第一中学等校任教时的学生艾思奇（原名叫李生萱）、黄洛峰和郑易里。他们相处不分师生辈分，亲密无间。这几位云南朋友都在不同的时期和地点参加了共产党和从事进步的文化教育工作，因此不仅私交很好，而且还在生活和工作上互相支持：黄洛峰当时受共产党的委托，负责筹建出版进步书刊的读书生活出版社；郑易里则通过其兄长郑一斋筹集资金，钱到手后立即转交黄洛峰，自己则埋头筹备《英汉大词典》等的编撰工作；罗稷南等则将自己的翻译作品，交由黄洛峰主持的出版社出版，当黄洛峰和郑易里不在上海时，所经营的出版社通常交由罗稷南兼管。1935年，艾思奇和周扬（当时叫周起应）、何干之奉调到延安工作前，父亲和罗稷南一起在董竹君开设的锦江酒家为这三位朋友送行。

这几位云南朋友在一起也很诙谐，例如他们的婚姻有一点巧合：罗稷南的夫人倪琳，我母亲彭淑端和郑易里的夫人熊约春，都是出身名门的湖南女子，因此这些朋友见面，几位男士在一起说云南话，几位女士相聚则用湖南乡音，无话不谈，好不热闹，这种家庭和家乡朋友的聚会一直延续了几十年。郑易里先生后来有过一句笑话：我们云南人，都喜欢讨个湖南女子做媳妇！诚哉，斯言！

二、罗稷南轶事——如是我闻

笔名罗稷南的来历　陈小航后来一直以罗稷南为笔名，在新中国成立后，他的真名陈小航几乎被人遗忘，在所有场合，都以罗稷南为名。据我父亲说，陈小航对他讲过，罗稷南的英文是Rocinnante，是西班牙作家塞万提斯的讽刺小说《堂·吉诃德》中主人公堂·吉诃德的坐骑——一匹瘦弱的老马。取这样的笔名是寄寓于为理想主义者服役，而且准备接受悲剧的结局。

罗稷南的翻译作品，爱伦堡及其他　20世纪前期，中国左翼知识分子都虔诚地相信马克思的学说将会改变世界和中国，1917年的十月革命更使左翼知识分子关注世界革命新的中心——苏联的发展与进步。罗稷南就是在这样的背景下开始了他长达几十年的外国文学作品的翻译工作，在1949年前，他就开始翻译和介绍苏联文学，尤其是高尔基的作品。但是解放前，罗稷南最重要的翻译作品是梅林著的《马克思传》和爱伦堡著的《暴风雨》。

梅林的《马克思传》是罗稷南最有影响和价值的翻译作品，其最早的译本是“民国三十四年”（1945年）顶着国民党的反苏、反共压力，由骆驼出版社（由黄洛峰和郑易里主持的出版社，后来合并到读书·生活·新知三联出版社）出版的版本，当时书名叫《马克思传》；新中国成立后，由三联出版社根据“骆驼版”略作修订再版，书名改为《马克思传》，出版年份也变成1950年。但是此后，很长时间都没有再版。

新中国成立后，罗稷南作为国际反法西斯斗争的亲历者，其翻译兴趣移到有关国际反法西斯斗争的题材上，其最有影响的翻译作品是苏联作家爱伦堡的《暴风雨》，该书1947年出版，1948年获斯大林文学奖金。罗稷南翻译的《暴风雨》1952年由上海时代出版社出版。我还是中学生的时候，看过这本书，现在还依稀记得，书中展现了20世纪三四十年代，欧洲各国政治、经济和军事舞台的大视野，描写了苏联、法国、德国反法西斯战士的风貌。以出使法国的苏联工程师弗拉霍夫的故事为主线，既讲了他在巴黎和德国的经历，也讲了他最后为反法西斯战争牺牲在南斯拉夫，还讲了法国人路易，投身到在苏联的法兰西空军师团，在和德国法西斯空军的格斗中壮烈殉难；两个主人公都死在异国他乡，其描写生动，以至几十年都未忘记。后来，罗稷南还翻译出版了《暴风雨》的续篇《九级浪》，此时罗稷南由于翻译爱伦堡的作品声名鹊起。

三、晚年及身后

1964年10月13日，与罗稷南共同生活了近40年的战友、同志、妻子倪琳因患子宫癌，虽经治疗，延续了10年，终究因癌细胞扩散，在上海中山医院撒手人寰，随即火化于上海龙华火葬场。

此后不久，罗稷南与一位叫许瑞芳的中年女子结缡，许瑞芳粗通文墨，也能够照料罗稷南的生活，还带来一个孩子，这或许给一生没有子女的罗稷南带来一些家庭乐趣。

此后不久，遭遇“文革”浩劫，罗稷南被定为“反动学术权威”，当年的朋友几乎人人在劫难逃，个个都难以自保。后来以七十岁的高龄被送到远离上海的“五七干校”接受批斗和“再教育”，直到发现身患癌症，才被批准回上海治病，此时已经是肺癌晚期，经过约半年的疾病折磨后，1971年8月17日在上海中山医院宣告不治，随即也是在上海龙华火葬场举行家属主办的小型追悼会后火化。

这样一位为民族解放，为人类美好理想奋斗终生的战士，就这样离开人世。

此文完稿于罗稷南伯伯忌日（8 月 17 日）前夕，谨以此文纪念父亲和母亲的好友，从小带我逛过公园，给我讲过小故事的陈小航——罗稷南伯伯！

（此文发表于《新文学史料》2013 年第 4 期）

古苍璧的故事

——对潘光旦先生《古苍璧歌》的说明

一、古璧的由来

1923 年，先父楚图南在北京高等师范学校完成学业后，被派往安徽阜阳第三师范学校实习。课余和社会活动之余，则在书肆访书问学，因而认识了一位姓查的老先生。查老先生是一位家道中落的读书人，对阜阳地方的历史、人物、山川、文物的各种掌故都很熟悉。交往久了，查老先生对父亲吐露了这样一段心曲：在阜阳的市廛上，有两件查先生心仪已久的文物，一件是商周时期出土的黑色古璧，据说是出自河南商丘；另一件是大约为西汉时期古墓中出土的一只白玉手镯。查先生说，这两件东西是真正有收藏和研究价值的，但他本人无力收购，因此担心这两件文物落入附庸风雅的富商、豪绅之手，使之蒙上铜臭和污垢，因此多年来他经常到保存这两件文物的店铺来看看，另外也希望能有一位真正懂得文物的朋友能够收藏这两件文物。

听了查先生的介绍，父亲就在查先生带领下到一家门面并不奢华的店铺，找到老板，看到了这两件文物：白玉手镯为蟠龙造型，首尾相接，古朴但做工精巧；古璧则是一黑色有中心圆孔的石质圆盘，其直径比一尺略小，中心孔直径是整个圆盘直径的四分之一。按专家的说法玉璧边缘的石质部分叫“肉”，中心圆孔叫“好”。潘光旦先生在《古苍璧歌》中写的“肉即边缘好即孔”“团圞径尺如杲日，好里肉缘四比一”，就是对古璧几何形状的描述。古璧厚不盈寸，凝脂状石质，黑色有云状条纹。潘老《古苍璧歌》中“色同远岫转深沉，质似凝脂加致密”就是说古璧的物理特征。为什么做成这样的造型，《古苍璧歌》中写道：“榛柸初开法自然，先天牝谷最玄玄”，可能是从母系社会对女性的崇拜而来。至于古璧的作用，一是祭祀中作为祭器，二是国家交往中作为信物。《古苍璧歌》中的“礼器图中独占魁，享天祚国此为媒”“伤心奚止春秋世”“当时弱小赖与许”，就是讲古璧的功能。查先生见到白玉手镯和古璧有如见到老友，摩挲把玩，爱不释手。老板也一再劝说，希望父亲能买下哪怕是其中一件。老板说，现在兵荒马乱，市面萧条，商家保存这些器物还要担心兵匪明抢，蟊贼暗窃，因此愿意低价卖与识货者，以使这些器物“物有所主”。据父亲后来回忆，这两件文物的价钱大约相当于一个中学教师半个学期到一个学期的薪给。对父亲这样一个刚开始实习的年轻教师来说并非易事，因此交易没有做成，老板很惋惜，查先生则很怅然。

到了临放暑假，实习即将结束前，父亲领到阜阳第三师范学校发给的薪水，加上历年省吃俭用的积蓄，除去回北京的路费和日常用度外，剩余的钱大概还够买这两件文物。于是父亲在离开阜阳的前一天，由查先生介绍，终于买下了这两件文物。带着拥有文物的喜悦，父亲随即与查先生回到查先生家中，在充分观赏这两件文物后，父亲将白玉手镯双手奉送给查先生，说，有好东西不宜一人独占，与朋友共享，公诸同好才是正道。父亲愿意以手镯作为与查先生交往一场的纪念，并作为在阜阳期间得到查先生指点、关照的临别赠物。查先生开始不肯收，后见父亲挚意诚恳，因而收下，并表示将终生保管，并希望将来有机会再见到父亲，以便“完璧归赵”。《古苍璧歌》中写道：“即今此璧出商丘；千秋宝藏肆朝市，君何独缘得拔尤。”就是讲的这一段故事。

1923 年岁末，父亲回到昆明。1925 年离开昆明到东北等地从事革命活动时，古璧交由我祖父保管。1937 年抗日战争全面爆发，半壁河山沦陷，父亲和母亲回到昆明，母亲才看到这件文物，因担心在战乱中古璧受损，用白布和棉花为古璧做了一个套子。我出生有了记忆后，见过祖父没事了就打开布套，拿出古璧观赏，我若在旁，祖父总是将古璧贴在我脸上，还问我："冷不冷？"昆明话"冷不冷？"是"凉不凉？"的意思。按传统的说法，玉一类材料是凉的，即使用火烧也不发热（白居易《放言》五首之三有云："试玉要烧三日满"，并自注："真玉烧三日不热"）。这就是古璧被父亲收藏的故事。

二、《古苍璧歌》的由来

潘光旦先生所作的《楚子图南古苍璧歌》（《古苍璧歌》的全称）的最后记录了这首诗的写作年月为"民国第一丙戌仲夏"，即1946年7～8月。当时正是"国事蜩螗，如沸如羹"的时候：国民党反动政府发动全面内战，大举进攻解放区；在昆明，先烈李公朴伯伯和闻一多伯伯喋血街头，倒在国民党特务的枪口下。潘老在这种情况下何以还有思古咏物的雅兴，作了这样一首诗呢？

事情还要从李公朴和闻一多伯伯遇害说起。1946年6月26日、28日、29日三日，父亲和闻一多、潘光旦等同志以民盟云南省支部的名义连续三天举行招待会，向在昆明的政界、文化教育界、商务实业界说明了民盟的政治主张：反对独裁，反对国民党发动内战，并公开了民盟云南省支部的领导成员。这些都引起了国民党反动当局的嫉恨，一批进步人士被列进黑名单。7月11日特务在昆明街头用无声手枪暗杀李公朴伯伯，12日凌晨李伯伯因伤重逝世。父亲和闻一多伯伯赶到云大医院向李公朴伯伯告别，并对后事安排作了分工：闻伯伯负责主持追悼会，父亲负责筹备和主持记者招待会。7月15日在李公朴追悼会上闻一多发表了那篇著名的讲演，会后和父亲一起去民主周刊社参加记者招待会。会后父亲和闻一多商量，为了安全，两人不要同时离开，父亲还劝告闻伯伯尽量不要走平时回家的路线，改变一下路径，接着父亲和闻伯伯先后离开了民主周刊社。闻伯伯可能是认为从民主周刊社到他的住所只有3～5分钟的路，而且又是正街，又有他的儿子陪同，于是按他的习惯回家，不料就是在这条路上闻伯伯遇害。早年在北方有地下工作经验的父亲则考虑到按平常走的路线回家风险大，因而从一家平时熟悉的前面为店、后面是住家的小理发店中穿过，由小路经后门回到住所——昆华师范学校的宿舍。随后考虑到情况险恶，因此躲到昆华师范学校的礼堂内一僻静的地方藏了起来，躲过了在昆华师范学校门口的特务，这就是父亲虎口脱险的经历。

在获悉闻伯伯的噩耗后，潘光旦、费孝通等通过朋友的关系找到美国驻昆明领事馆的领事罗斯（Rose）先生，由罗斯先生用领事馆有外交牌照的吉普车将一些早年在美国、英国留过学，而且在国内有声望的西南联大教授如张奚若、潘光旦、费孝通等接到美国领事馆保护起来，潘光旦、费孝通等又告诉罗斯，还有几位，尤其是父亲处境最危险，应该把这些人也接来。这样由当时在民盟云南支部工作的金若年同志领路，由一名美国驻昆明领事馆的副领事开车，到昆华师范学校宿舍找到我母亲，并由我母亲带到父亲藏身的地点，把父亲送上美国领事馆的吉普车。当时我的小弟泽洋还不到半岁，妹妹泽湘还不到四岁，考虑到妈妈带三个孩子，顾不过来，因此父亲把刚满七岁的我也带进了美国领事馆（“文革”期间清理阶级队伍曾“勒令”我“交代当年在美国领事馆的特务活动”，可笑）。

到美国领事馆后，大家都在二楼的圆形大客厅里，父亲忙着和叔叔伯伯们交谈。我就和当时在那里的仅有的一个大概比我略小的女孩（后来我才知道是费孝通叔叔家的女孩）玩去了。在场的大人中，有一位断了一条腿、架着双拐的人，父亲让我喊他“潘伯伯”，后来我才知道这是潘光旦先生。北京的几所大学疏散到昆明，组建西南联大以来，父亲和潘先生在工作中有较多来往，尤其是在华岗同志倡议的西南文化研究会上有过比较多的了解，现在大家一起在美国领事馆“避难”，成了难友。当时大人们的心情是忧虑的：关心国家前途，关心朋友安危，同时对这种“避难”的生活还要持续多久也心中无数，因此不少人还有些烦闷。但这也有个好处：大家交谈的时间比以往任何时候都多。除了必要的对当时形势的分析和研讨并和美国人进行必要的交谈外，父亲懂得在这种情况下怎么帮助从来没有在这种实际上是封闭环境下的同志们排遣心中的愤懑和烦闷，因而和潘光旦先生有较多的交谈，其中由云南的历史变迁讲到自己家世及早年在北方求学和工作的经历（这些在《古苍壁歌》中都有表述），特别讲了古壁和查先生的故事。潘先生对古壁的故事很有兴趣，于是在大家离开美国领事馆后，父亲将潘先生很希望见到的古璧送到潘先生家中。

不久潘先生准备复员回北方，在行前写完了《楚子图南古苍璧歌》，连同古璧一起交还父亲。这样古璧由潘老给起了个名字："古苍璧。"在《古苍璧歌》中潘老写到"飘摇国是几风雨""九垓禹域乱纷纷"就是对当时国内形势和共患难经历的记述。潘老还希望父亲能对古苍璧再进行一些考证和研究，在将来有了合适的学术气氛时，写一篇好文章。潘老相信，国家的文物和人才遭埋没的"岂竟埋藏无片土"的日子将会过去，"神州运会不终穷""冬尽春还"的时候总会到来。

这以后潘老回到北平，父亲先是到上海，后来到了解放区。

三、《古苍璧记》及续后

1949年6月，母亲由专门南下来接我们的大哥楚庄陪同，带着我和弟弟、妹妹到了北京，也带来了古苍璧和潘老的手迹。父亲在参加筹备新政协活动的空闲时间里整理出一篇发现、收藏古苍璧的故事和对古苍璧考证的文章，连同古苍璧及潘老的《古苍璧歌》，送给当时同住在北京饭店的郭沫若先生阅看。对文物、考古有兴趣而且造诣很高的郭老看后认为，东西是好东西，故事是好故事，文章是好文章。郭老建议新中国成立后找机会发表，并用篆体字题写了书名："古苍璧记"，同时还写了一首诗送父亲留念。父亲则将郭老题写的书名、古苍璧的图谱、潘老的《古苍璧歌》（抄件）、父亲撰写的《古苍璧记》编成一本小册子，打算找适当的机会出版，并以此作为旧时代结束，新时期开始的纪念，也作为在新中国重新从事学术活动的开始。但是父亲的愿望并没有实现，首先父亲没有能回到他喜爱的教学和研究工作岗位，另外解放初期政治运动频仍，《古苍璧记》也就无缘发表，"文革"期间这本小册子先被抄没，后被焚毁。万幸的是潘老的诗作手迹和父亲的一些手稿经母亲冒险收藏，被保存下来。

1953年暑假期间，已从西南调回北京工作的父亲曾带我去西郊的清华大学看望过潘老，两人整整谈了一个下午，那时是1949年以后知识分子心情最好的时期，后来交往的机会就少了。

如今，50多年过去了，潘老和父亲都先后离开了他们热爱的这个世界，留下的是《古苍璧歌》和两位老人交往的佳话。作为晚辈的我，从知识和修养都不具备解释和评论《古苍璧歌》的资格，但作为当事者的后代，我仅记下我所知道的事实，并以此作为对今年同是百岁的潘老和父亲的怀念，可以告慰他们的是，现在尽管不时还有风雨，但“冬尽春还”已是大势所趋，作为后辈，我们当以前辈为楷模，努力！进取！

（此文发表于《群言》杂志1999年第11期及《人民日报》海外版）

胡小石与父亲楚图南交往纪略

胡光炜（1888—1962），以字小石行，祖籍浙江嘉兴，早年在南京求学，关心时政，同情变法，辛亥革命前毕业于设在南京的两江优级师范学堂的农博科。1919 年，五四运动以后，胡小石先后在北京女子高等师范学校，武昌高等师范学校，在南京的金陵大学、东南大学、国立中央大学任中文系教授、系主任，从事古文字训诂、经史子集的教学和研究；1937 年，抗战军兴，随中央大学迁徙到重庆，1938 年成为国民政府教育部部聘教授（中国古代文学）；1939—1944 年由云南大学校长熊庆来聘请到云南大学任文法学院院长，与时任文史系主任的父亲过从甚密，成为至交；抗战胜利后复员到南京，继续任中央大学文史系主任；1949 年 4 月，南京解放，8 月，国立中央大学改名为南京大学，任文学院院长，在中国的古文字、文化教学研究方面言传身教，建树颇多。1962 年因病逝世，终年 74 岁。

一、从一封来信说起

1949 年 6 月，南京解放后不到两个月，随中共中央机关和部分民主人士进北平后的父亲收到一封来自南京的信，信封是“国立中央大学中国文学史研究所”，文字由胡小石亲笔书写：“北平　师范大学文学院　楚图南教授　胡小石寄”，信封的左上角写了一个“快”，还画了三个圈，足见寄信者的迫切心情！（见图 1），信是写在印有“国立中央大学用笺”的八行纸上。信的原件照片如图 2—图 6。

國立中央大學中國文學研究所緘

图 1

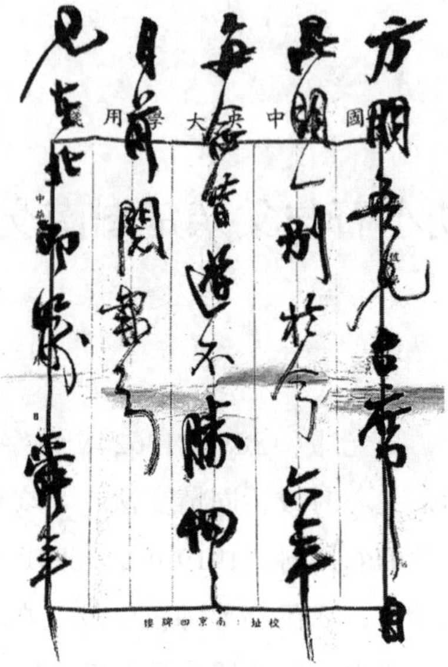
國立中央大學用箋
校址：南京四牌樓

图 2

國立中央大學用箋
校址：南京四牌樓

图 3

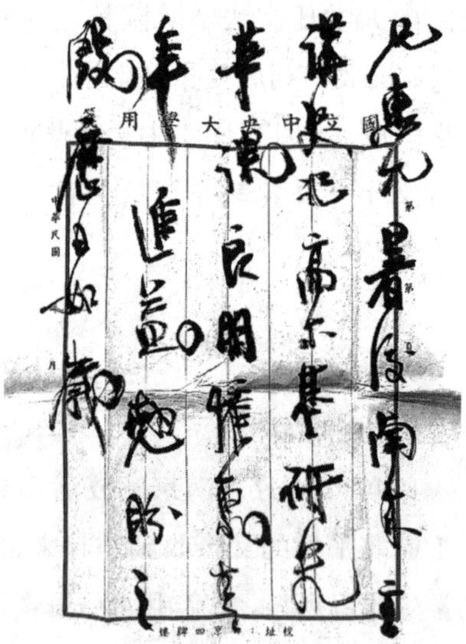
國立中央大學用箋
校址：南京四牌樓

图 4

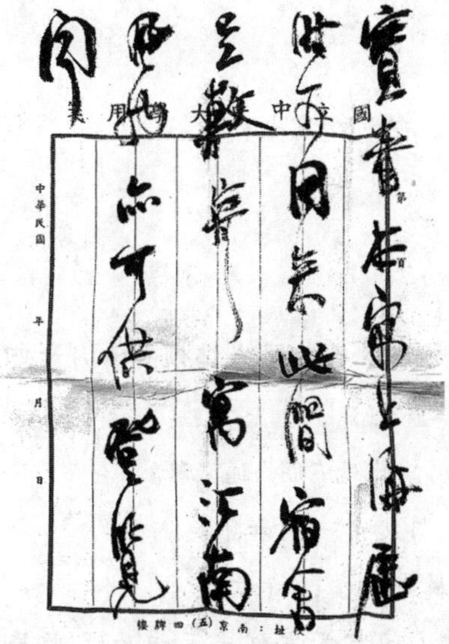

图 5

图 6

胡小石致楚图南手札释文

方朋[1]吾兄台席：

自昆明一别，於今六年[2]。

每念昔游，不胜惘惘。

日前阅报知，兄在北，即嘱舜年[3]

代致寸忱。顷见

覆舜年书，恍如对面。

光炜亟欲为敝系

诸生专聘座师。

务恳兄惠允暑后南来，

主讲史记、高尔基研究等课。

良朋懽聚，青年进益，

翘盼之殷，历日如岁。

宝眷本寓上海[3]，

届时可同来，此间宿舍

足敷寄寓，

江南风物亦可供登览闻。

兄体近略不适，到此摄养，亦觉相宜也，

临昏匆匆，(4)专竢好音。

顺颂

旅祉不一。

弟光炜顿首六月十四日

附注：(1)父亲名图南，字方鹏，此处“朋”通“鹏。”

(2)胡小石1943年离开昆明，与父亲一别六年矣。

(3)舜年，当是胡小石先生亲属或助手，待考。

(4)此处三字，笔者未能辨识，同窗学友任尚元识为：“临昏匆匆”，甚是！

父亲在此信信封后面注明，来信时间是1949年6月。此信在我家保存了六十多年，而且一直保存在父亲的重要信件夹中，即使“文革”，我母亲也冒风险将此信收藏。现在，翻开此信，立即感觉到胡小石先生和父亲情真意切的交往，对朋友的关爱，希望重逢的美好愿望；也展现了胡小石对即将建立的新中国教育事业的热心和向往。即使作为名人书法手札，胡小石先生笔法的潇洒、秀逸、苍劲表露无遗，令人景仰！

二、胡小石先生和父亲交往事略

1937年抗日战争全面爆发后，父亲在1938年回到故乡昆明，随后受聘于云南大学，1939年又担任了文史系主任。同年，胡小石受云南大学校长熊庆来邀请，担任云南大学文法学院院长，这样，两人有了工作关系，由于学科的接近，也有了学术和对时局的交流。胡小石先生能够包容各种不同意见，也善于和各种有不同学术观点、政治倾向的教授如刘文典、刘尧民、姜亮夫、吴文藻、费孝通等相处。

胡小石先生为人正直、笃实，在中国古文字、音韵学方面的造诣很深，他开设的“中国文学史”课，很受学生欢迎。父亲当时虽然任文史系主任，但相当多的精力是从事抗日救亡、争取民主、反对独裁、反对投降的进步活动。为了更多地接触青年学生，也是为了维持全家的生活，父亲还在云大附中、昆华师范等校兼课，并把家安在昆明郊区的碧鸡关。

胡小石先生很同情和看重深得学生敬重的父亲。约是1941年旧历除夕，胡小石先生从昆明城里赶到郊区看望父亲。当时，母亲在昆明市郊的惠滇医院照看生病的孩子，父亲刚从医院回来，听见门响，开门一看，是一袭长袍的胡小石先生。胡小石先生看见室内冷锅冷灶，无任何过年气氛，于是说了一句：“早听说楚先生生活清苦，但没有想到竟是这样窘迫。”父亲热情迎接这位亦师亦友的长者，遍寻家中食物，只得一包米花，父亲烧开水冲米花待客，随即和客人谈及彼此早年在北京和李守常（大钊）先生交往的故事，父亲也谈及早年在东北因抗日救亡身陷囹圄的经历，谈及早年游学过浙江大禹陵，在西北临黄河、到潼关、看壶口关瀑布的感受，继而谈到中原国土沦丧后的沉痛心情，谈到大后方的抗日救亡运动，谈到治学，谈到云南本地和外省知识分子的团结……胡小石先生受到父亲虽然生活清苦但心忧天下的感染，也边喝米花泡水，边推心置腹地畅谈，以致忘记归程……

从此，胡小石视父亲为知己，也受到父亲的影响为大后方的抗日救亡和民主进步活动做了很多工作，其中最重要的一件事是协助华岗开展昆明知识界工作。1941年，皖南事变以后，中共中央南方局派华岗（当时用的名字是华少峰，化名叫林少侯）同志到昆明做龙云等地方实力派的工作，对龙云及云南地方政府的正式名义是：中共南方局代表，来云南收容长征时流散的同志。华岗同志和父亲商量，为了便于在昆明知识界开展工作，希望有职业掩护，于是父亲通过胡小石以文法学院院长的身份向熊庆来校长推荐林少侯和费孝通一起任云南大学社会学系教授，同时父亲也征得胡小石认可，安排父亲的学生王志诚任文史系助教，协助林少侯工作。在此期间，父亲还安排胡小石和云南开明和进步的实业家郑一斋等结识，也使胡小石认识了民盟派到昆明工作的周新民、李文宜等同志。

胡小石先生在昆明期间一直和父亲有深厚的友谊，也有书法和文字的交往，父亲十分推崇胡小石的书法作品：布局大器潇洒，字体刚劲中透出秀逸，笔法的中锋枯笔自然灵动。父亲笔名高寒，胡小石先生为父亲住所题名“高寒之居”，并时有书法作品见赠，其中最为父亲珍视的是一副对联：

发辰阳吊垒迹，
探禹穴赞神工。

这里，辰阳是战国时期楚国属地，屈原《离骚》有句云：“朝发枉褚兮，夕宿辰阳”；“探禹穴”则是说司马迁在《史记》中曾提及“上会稽，探禹穴”。这里，也是对父亲给云南大学学生所开的“史记及司马迁研究”“屈原及《离骚》”等课程的赞许和同声同气的理解，也饱含对祖国瑰丽山川及优秀文化传统的赞颂。

胡小石先生还送给父亲一件书法作品，是他自作的一首诗——《听董娘鼓词》：

弦急灯残梦影微，淋铃听罢泪沾衣；
天涯又是秦淮月，留照歌人缓缓归。

我曾经听父亲说过，这里面有一段故事：董娘原来是南京秦淮河附近的一位唱梨花大鼓的女子，胡小石先生在南京听过她的演唱。抗战爆发，董娘不愿做亡国奴，在南京沦陷前和丈夫一起逃离南京，流亡到重庆，依旧以卖唱为生。胡小石先生在重庆也听过她的演唱，还去后台看过她，颇有他乡故知之感。1939 年胡小石先生丧母，奉母至孝的胡小石先生在炎夏溽暑时着白麻布衣服穿芒鞋步行扶棺奉厝于重庆郊区的嘉陵江南岸，与董娘住所相离不远，董娘获悉胡小石将路过此处，与其丈夫一起在路边设桌案路祭，对胡先生奉茶水相待。后来，董娘到了昆明，胡小石先生还约父亲一起去听过董娘的演唱，此后，还有数次写诗提及董娘。当时昆明还演出过欧阳予倩编写的剧本《桃花扇》，胡小石先生还对父亲说过：明末，金陵即将亡国时，秦淮女李香君还懂得民族大义和节操，当今国难之时，重视操守和孝义的也还有董娘辈。

这两件书法作品，论内容、书写水平和后面的故事，恐怕现今无人可及。父亲去世后，我们将父亲历年收藏的诸多名家的书法和绘画作品一并捐赠给中国革命博物馆，上面提及的两件胡小石先生的书法作品和沈尹默、郭沫若、沈雁冰、谢瑞阶、赵朴初等的数十幅佳作都由国家收藏保管，这是这些作品的最好归宿。

抗战胜利后，胡小石先生回到南京，任中央大学文学院院长；父亲则因从事进步活动受到迫害，因而与胡小石先生失去联系。1949 年初，父亲到了已经和平解放的北京，随即参加了对北京各大学的接管和新政协的筹备工作。1949 年 6 月，胡小石先生从报纸上得知父亲的消息后立即给父亲写了前文提到的情词恳切的信，倾述了昆明一别后又重新获得消息后的喜悦心情，而且还为父亲在南京的中央大学预留了教职，盼望父亲“南来主讲《史记》、高尔基研究等课”，信中提及希望“良朋欢聚，青年进益。翘盼之殷，历日如岁”。

父亲因为工作已经有了安排，婉谢了胡小石先生的邀请，晚年回首往事时对此极为惋惜，对胡小石先生的深情厚谊至为感佩。在整理亲友来往书信时，特别嘱咐我，要保存好这封信，并记下书信中的故事。

20 世纪 50 年代，父亲工作繁忙，但是有机会到南京，必然要去胡小石先生家中探望。1962 年，胡小石先生辞世，父亲曾去电致唁。1988 年南京大学纪念胡小石等三位教授百年诞辰时，父亲在给南京大学的信中写道：“对三位教授为人风格和治学精神印象很深，特别对胡小石教授的深厚友谊耿耿难忘。”

1980 年我去南京开会时，曾经去看望南京大学校长匡亚明先生，问及胡小石先生的身后，承其赠送由匡亚明题签的《胡小石文录》，并将此书带回北京，由父亲阅看及保存，父亲对此非常珍惜，时常翻阅，还给我们做些讲解。书中有一篇《书艺略论》，谈到不同意将学术成就高的人或作品评价为“前无古人，后无来者”，认为这是“割断历史的前后关系，孤立作家存在地位”，应该改为：“前不同于古人，自古人来，而能发展古人；后不同于来者，向来者去，而能启迪来者。”父亲在这些段落加了圈点，或许是与故友讨论学问，也以此教育儿孙。

三、对一些史实的订正

日前见到谢建华先生所著《中国书法家全集·胡光炜》(河北教育出版社，2005)。应该说这是我见到的论述胡小石先生人品、作品非常准确全面的一本好书，在编排体例上也为给书法家立传留下了范例。但是对其生平事略的记述，恐有微瑕，谨就所知，提出订正意见如下：

1. 该书所附胡小石先生年表，1939年(该书227页)提及：

“在昆明期间与思想进步的工商业家郑一齐相识，承其赠送马列主义书籍多种”

作者按：郑一齐是郑一斋的笔误。郑一斋先生是《英汉大词典》编撰者郑易里先生的长兄，曾经资助过生活书店和新华日报，1942年殁于车祸。

2. 年表，1940年记：

“在云南大学期间与西南教育部长、民盟会员楚图南过往甚密。”

作者按：胡小石先生与家父楚图南过往甚密确实！但父亲任“西南教育部长”是1950—1953年，新中国成立后任西南军政委员会文教部部长。父亲在1943年由中共方面建议参加民盟组织。

虽然如此，《中国书法家全集·胡光炜》一书瑕不掩瑜，谨提出上面史实的订正。谨以此纪念家父和胡小石先生的友谊，也表述对前辈的理解和怀念。

有为有守切时望　乡贤典范足千秋

——略记先父楚图南与李根源先生交往的片断

李根源先生是云南民国时期的著名人物，又是我景仰的前辈，先父楚图南曾经与之有过一些交往。仅就所知，略记如下，作为对这位乡贤的纪念。

一、从徐悲鸿的一幅肖像画说起

父亲喜欢徐悲鸿先生的绘画作品，一张20世纪50年代由荣宝斋发行的徐悲鸿的木版水印画《春风立马图》立轴，是父亲书房兼会客室经常悬挂的作品。我自己现在也保存着一张徐悲鸿抗战时期在重庆所画《雄鸡》的珂罗版复制精品：一只鸡冠鲜红的公鸡站在峭岩上，蓄势欲啼。边款上写的是：

风雨如晦，鸡鸣不已。
又见君子，云胡不喜。

这表现了我们民族在危亡时的坚毅、自强和自信。

20世纪50年代初，在展览会和纪念画册上所见的徐悲鸿的一幅现代人物的肖像画，曾经引起我更多的关注。这幅画的款识是：

国殇中的执绋者

李印泉先生造像

画面上一位老者，一袭素色长袍，长髯及胸，手握一柄手杖，面部画得极为生动：大脸盘上微隆的鼻梁，紧闭的嘴唇，似乎能感到还在呼吸，尤其是坚毅而平稳的眼光，炯炯有神，更使人感到画像动人心魄。

当时还是中学生的我，就问起父亲："这个李印泉是什么人？"父亲告诉我，李印泉就是李根源，是我们云南民国时期的有名人物，在主持云南讲武堂时期曾经是朱总司令的老师，在北洋时期还代理过国务总理。说起这张肖像画，父亲还对我说过，在1949年和20世纪50年代初期，父亲在参加第一届"文代会"和全国政协会议期间，曾经有机会问起过徐悲鸿：在民国的众多"人物"中为什么只选了李根源，为其画肖像？徐悲鸿说，这张画作于抗战时期的重庆，当时是想通过人物表现中华民族同仇敌忾，拯救危亡的强烈情感。虽然徐悲鸿在此前后画过《田横五百士》这样宣扬气节的作品，但是在当时，更希望通过现代人物来表现中国人的精神；而且，徐悲鸿认为，中国画还应该有传统的含蓄，这不同于油画和宣传画。因此首先要找一个能代表当时中国人的形象，能表现中国人精神的人物，这并不容易。这时徐悲鸿听到李印老在"一·二八"和"八一三"淞沪抗战中除了积极支援前线外，还数次收集阵亡将士遗骸千余具葬于苏州岩山麓，李印老还亲自为忠骸执绋送葬，并有诗记事：

霜冷灵岩路，披麻送国殇。
万人争负土，烈骨满山香。

徐悲鸿对此甚为感佩，因此曾去拜访李印老，询问当时的情景，意在描绘当时的场面下人物的心态。这样，李印老的形象进入徐悲鸿的视野：一位衣着朴素、身材魁梧的长者，紫棠色的脸庞上眼睛极有神采，面容严肃中凝聚着坚毅、平稳和自信。艺术大师已经将这个形象牢记在脑子里，画成了这张肖像。据说，这张画像至今还保存在徐悲鸿纪念馆里。

这就是我对李印老最初的印象，是通过徐悲鸿大师的画作，也是通过父亲画内画外的解说。“李印老”的称呼也是延续父亲对这位前辈习惯的尊称。

二、李印老对我祖父身后的关照

我的祖父晓堂公生于清光绪五年（1879 年），早年因为蔡锷的宣传，信服康、梁的主张和学说。当时云南地处偏僻，对维新学说很少有人理解，但祖父不仅理解，而且以开启民智为己任，回到家乡文山倡导办新式学堂，成立“妇女天足会”，提倡妇女不再缠足，后来又在昆明办起《云南旬报》，宣传新知，因此得到蔡锷的信任。民国初年，由蔡锷派遣，在云南南部的边远地区做过地方官。后来蔡锷起兵讨袁，祖父随蔡锷的护国军进入四川，袁世凯称帝失败，病死后，蔡锷称病辞去军职，祖父也就回家乡隐居。抗战军兴，父亲回到昆明，任教于云南大学，和祖父生活在一起。1938 年 9 月 28 日，日本飞机首次轰炸昆明，出于安全的考虑，父亲在征得祖父的同意后，10 月，将祖父迁居到离昆明一百多公里的通海。祖父在通海的秀山之麓度过了近两年比较安静的日子。父亲为了便于照顾祖父，1941 年 8 月又请祖父迁到离昆明较近的安宁。祖父不幸于 1942 年 2 月在安宁逝世。父母希望将祖父安葬在昆明郊区的西山。但当时西山的墓地是华亭寺的庙产，墓地价钱贵，而且即使有钱，也不一定能进得去。为此，对祖父十分孝敬的父亲的心

情焦急。后来，有朋友提及，祖父在蔡锷主政时代和李印老相识，同时李印老的公子李希泌先生曾经是西南联合大学的学生，学业努力，而且倾向进步，听过父亲的课。于是，父亲设法见到李印老，希望他对祖父西山安葬能有所帮助。李印老听到父亲所请后，很爽快，当即掏出一张名片，并在上面写了几个字，嘱父亲持名片去找华亭寺的住持。于是问题得到了解决，为祖父在昆明西山华亭寺左侧找了一块墓地，正好是聂耳当时墓地的后侧（现在聂耳墓地的位置是新中国成立后迁过去的）。祖父墓地邻近还有文艺工作者张天虚先生的墓地，右侧后来安葬了著名的实业家郑一斋先生（《英汉大词典》的编纂者郑易里先生的长兄）。

我是在这期间的1939年出生的。当时我大哥泽清（楚庄）为报效国家，去投考在四川的空军幼年学校，我和祖父、父母亲在昆明度过了我们国家和民族的危亡时期。上面说的种种故事是根据父母亲的日记，以及他们的讲述记录的。后来，我跟母亲于1947年离开昆明，直到1992年才有机会回去。每次回昆明，我都仿照父亲的惯例，去西山看看祖父的墓，回首幼年和祖父、父母一起度过的日子，同时也怀念帮助祖父在此长眠的先辈们，其中，尤其是李印老。

三、父亲对李印老的回忆和怀念

新中国成立后，李印老定居北京。1953年我父亲从西南文教委员会主任的职位上调回北京后，每逢春节，都去看望住在西单绒线胡同一处四合院中的李印老，有时也携带家人同去。在谈及以往的经历时，李印老认为有三件事是他一辈子难忘的：

其一，北洋时期的1923年，曹锟贿选民国总统，此前，逼走了正式选出的总统黎元洪任命的总理张绍曾，李印老则在黎元洪被孤立的困难时刻，代理国务总理，抵制曹锟。后来，黎元洪在北京甚至难于立足，被迫迁到天津，在出走前，将总统大印等交给李印老，而李印老则机警地将印信等重要物品带到天津，躲过了曹锟的爪牙对这些重要物品的追索。

其二，抗战期间，李印老先是倡议组织“老子军”，后来在1942年，日本侵略者从缅甸侵入云南边疆的怒江，李印老不顾年事已高，不畏锋镝，亲往怒江前线襄赞军务，击退日寇偷渡的先头部队。

其三，1949年底，云南宣布起义，解放军进入云南后，周保中持朱德总司令的亲笔信相邀李印老到北京参加政协会议。此后，李印老长住北京，积极响应周总理号召，回忆往事，写成回忆录多篇，并整理过去诗文，编为《曲石文录》等。

李印老于1965年夏天去世，当时在嘉兴寺举行祭奠仪式，父亲曾亲往致祭，纪念这位先辈。

1979年，李印老百年诞辰前夕，当时还健在的李印老夫人马树兰，来信希望父亲写点纪念李印老的文字，父亲经过几天酝酿，写成七律一首：

纪念李印泉先生诞辰一百周年

万方多难古神州，边陲英豪抗逆流。
辛亥光复树义帜，民初护法运宏谋。
有为有守切时望，亦文亦武胜匹俦。
曲石遗篇传海内，乡贤典范足千秋。

这是父亲对李印老的理解和怀念。

附：李印老比我年长60岁，阅历、知识、功绩都远非我作为后生晚辈所能评论的，应云南文史馆的征稿邀请，仅为此文，以记当时先辈和先辈间友谊和交往的怀念。

父亲楚图南和几位老朋友的交往的片断

——记我所知道的几件事情

一

吴晗（字辰伯）是父亲在20世纪40年代初在昆明就认识的朋友。当时吴晗叔叔任教于西南联大的历史系，父亲则在云南大学任文史系主任，与吴晗是同行；抗日战争胜利前夕，父亲和吴晗又担任民盟云南省支部的领导工作，吴晗负责联系青年学生的工作，两人又成了同志，父亲称呼吴晗为“辰伯”，吴晗则称呼父亲为“图南”，这个习惯一直沿用到新中国成立以后。

1946年，吴晗随清华大学复员回到北方，父亲则在当年7月李公朴和闻一多两位同志被暗杀后处理一些善后事宜，并在美国驻昆明领事馆“避难”一段时间后去了上海。1948年底父亲取道天津和静海到了河北省平山县的李家庄，此后不久，吴晗也到了李家庄。这段时间，父亲和胡愈之伯伯、沈兹九伯母、周建人伯伯以及吴晗等朝夕相处，后来又在1949年3月随齐燕铭叔叔一起进北平，参加北平军管会的工作，一起接收了当时在北平的北大、清华和辅仁等大学，父亲和吴晗又成了同行。

1949年3月，随着国共双方在北平进行“和平谈判”，北平和上海的邮路开通，我们接到父亲从北平寄来的平安家信，母亲和当时在上海的我和弟弟、妹妹等四人得到父亲的消息，当然十分高兴，我母亲立即给父亲回信。考虑到在上海的母亲和孩子们的安全，按父亲的安排，寄到北平的回信不能写父亲的名字，嘱咐母亲将回信写到北平的某个地址，收信人则写“吴辰伯”。母亲考虑到她的笔迹容易被辨认，因此信封是由当时还是小学生的我来写，这也是我和吴晗叔叔的一点“文字之交”吧，而且我从此也记住了这个和父亲联系在一起的名字。

在父亲和吴晗一起参加新政协的筹备工作期间，吴晗送给父亲一本他写的《朱元璋传》，这本书我家的兄弟和妹妹都看过，甚至在“文革”期间，也只是撕去封皮，换了一个书皮保留下来，一直到父亲去世以后。这本书写的是朱元璋起家和做皇帝的史实故事，给我留下的印象很深。1964年，当时提出了一个口号：“深挖洞，广积粮，不称霸。”我们马上想起这个口号似曾相识，并在《朱元璋传》中找到其出处：朱元璋打下安庆以后，某个后来被他“赐”为“国姓（朱）”的宿儒给他出主意：“高筑墙，广积粮，缓称王。”在“文革”后期，基本上没有新书可看的时候，这本《朱元璋传》被我们时时翻阅。

新中国成立后，父亲和吴晗各自忙于不同岗位上的工作，来往比过去少了，但是由于都在民盟担任职务，也还有机会见面，工作中也或许有些歧见，但是仍然是同志和朋友。1959年国庆10周年前夕，有较长一段时间吴晗没有来参加民盟中央的活动，当时担任民盟秘书长的胡愈之伯伯很注意内部的团结，担心吴晗对民盟的工作有什么意见，于是约了过去和吴晗比较熟悉的父亲去看他。在和吴晗的交谈中了解到，吴晗是在1959年春季得到胡乔木传达的毛主席的指示，大意是，要学习海瑞的精神，敢说话；又说吴晗是研究明史的专家，想请他写点有关海瑞的文章。吴晗说，这一段时间，他摒弃了一切活动，收集资料，研究海瑞，写文章。后来在1959年国庆节前不久，吴晗的文章《论海瑞》在《人民日报》发表，据说文章还经过胡乔木修改。后来在1960年初，又写成了历史剧《海瑞罢官》，而且还演出过几场。

1965年11月，上海《文汇报》发表了题为《评新编历史剧〈海瑞罢官〉》的批判文章，这在文艺界产生了不同的反应。当时担任民盟秘书长的胡愈之不免有些焦虑，于是找到父亲商量和交换看法。父亲当时刚公开共产党员身份不久，正忙于人民外交工作，和文艺界联系相对少了些，情况不是很清楚。两人有过这样一次对话：

父亲问："写批评《海瑞罢官》的文章的姚文元是什么人？"

胡愈老说："是上海滩上的姚蓬子的儿子。"

由于知道姚蓬子过去的叛变行径，父亲很不以为然："吴辰伯再有不是，也轮不到姚蓬子的儿子来骂嘛！"

当时这些话只能在两个人间说说。胡愈之主持的民盟工作，在批评吴晗的问题上只是应付：拖一段时间，然后开几次"座谈会"，批评批评"学术观点"；甚至到了1966年那个有名的"五一六通知"传达后，民盟中央在当年5月底才有个《关于停止吴晗在民盟中央和北京市职务的决定》。这个《决定》并没有罢免和撤销吴晗在民盟的任何职务，只是"停止"。实际上，当时的民盟中央在胡愈老主持下，基本的办法是静观待变的应付，而且民盟的老同志中没有任何人对吴晗落井下石。

吴晗在新中国成立后主持编辑过一套《中国历史知识丛书》，每本是32开本的很薄的小册子，每个分册记述中国历史上的一个重要人物或一个重要事件，历史资料比较翔实而且容易记忆是这套丛书的优点。父亲陆续买齐了这套丛书，放在书柜中最容易取出的位置，不仅他阅读，而且将其规定为孩子们必须阅读的书目，说是让我们增加和记住一些历史知识。到现在为止，我的许多历史常识除了来自中学课本中有限的内容外，很多是得益于这套丛书。我现在之所以没有被荧屏上穿着古装的大辫子和小辫子给"忽悠"了，在颇大程度上得益于这套丛书。

谢谢吴晗叔叔！

二

胡愈之是父亲1948年冬季在河北平山县的李家庄认识的，是终生的、真正肝胆相照的同志和朋友。

文化大革命初期，有一次父亲看到小报，提到造反派在北京邮电学院批斗"反革命修正主义分子胡乔木"，陪斗的一批人中还有"反革命修正主义分子胡愈之"，并附有这些"反革命分子"胸挂黑牌的照片。而据小报上的批判材料则是新中国成立初期，胡愈老担任出版总署署长，出版了一大批“坏书”。

虽然有被批斗的经历，但是胡愈之仍然是文化大革命期间没有被完全“打倒”的少数知名人士之一。当时民盟被解散，胡愈老担任第四届全国人大常委会委员，因为相当多的委员，甚至副委员长都被“打倒”，人大常委会根本没有任何活动，胡愈老只是偶尔出现在某些迎来送往活动的名单中，说不上有什么正式的工作。但是胡愈老并没有消极，据我所知，有几件事情是和胡愈老分不开的：

1972 年，联合周士钊和杨东莼向毛泽东上书言事：要求“广开言路”“关心青年”“注意教育”；

向当时统战部的军代表反映沈雁冰的意见和要求，后来在胡愈老的一再追问下，沈雁冰在 1974 年恢复了部分名义和活动；

瞿秋白同志的夫人杨之华在“文革”期间遭迫害，直到病危时才被解除“监护”，胡愈老闻讯后立即赶到医院，看望慰问这位老朋友、老战士；

“文革”期间，冯雪峰同志在遭到多年迫害后逝世，按照当时的规定，只可以在八宝山开一个严格控制人数、不发讣告、不致悼词的“冯雪峰追悼会”。胡愈老据理力争，将会标改成“冯雪峰同志追悼会”，为冯雪峰争得了“同志”的称呼，而且私下动员了许多同志去向这位老同志告别。“文革”结束后又是胡愈老和其他同志努力，重新开了一次冯雪峰同志的追悼会，则又是后话。

这一类的事情还很多，我后来听许多老同志提起胡愈老，都认为他不避风险，能够抓住时机，锲而不舍，做了很多别人做不到的事情，甚至是别人想不到的事情，真是一位可敬的长辈！

“文革”结束后，胡愈老开始撰写回忆文章，有一段提到，1949 年他从南洋回国到了解放区后，曾经表示过希望专门从事自己喜爱的出版工作，为此周恩来同志和他谈了一个通宵，说服胡愈老继续参加救国会和民主党派的工作。就是在“文革”结束，胡愈老回忆这些往事前后，重新负责宣传出版和意识形态工作的胡乔木表示，希望胡愈老能够出来协助他，担任出版方面的领导职务。胡愈老后来说过，胡乔木对他从来都“很客气”，但是胡愈老还是婉言辞谢了，但也趁此机会要求胡乔木同意由民盟负责办一份杂志，并定名为《群言》，这是新时期由民主党派主办的第一份杂志。

三

大约是1962年至1963年期间，父亲的另一位老朋友王昆仑在《光明日报》的副刊《文学遗产》专栏连续两期发表了题为《论晴雯》的长篇文章（是其《〈红楼梦〉人物论》中的重头文章），而且配了一幅晴雯的画像（我记得是蒋兆和先生画的）：一个留长辫子的姑娘，瞪着眼睛望着读者，十分传神，画像上还题了几句：“心比天高，人为下贱。风流灵巧惹人厌。”文章对大观园中的这个俏丫鬟的天真和无邪、心灵手巧、心直口快做了刻意的描绘，对晴雯后来被“主子”寻莫须有的“风流罪过”撵出大观园最后惨死夭亡，表示了无限惋惜和同情。

王昆仑在此前后还在《光明日报》上发表过对《红楼梦》中另外几个人物的评论，但是，浓墨重彩的、倾注了作者感情的华彩乐章无疑是《论晴雯》。一时在中国的主要报纸上竟出现了《红楼梦》中的一位俏丫头，而且文字又活泼传神，使人有一种清新的感觉。我当时刚大学毕业，留在学校当助教，我记得我的同事们也和我一样，在宿舍和饭厅，有机会总要议论几句。后来王昆仑将《论晴雯》改编成剧本，并交给当时由韩世昌和白云生主持的北方昆剧院排演。在初次演出时，父亲和母亲都受到邀请去看戏，那天被邀请去看戏的主要客人是周总理。

我母亲彭淑端和王昆仑的夫人曹孟君是同乡，而且从小又是湖南长沙周南女校（在古稻田）的同学，以后又是多年的朋友，而且知道曹孟君当年和我母亲的妹妹彭慧等一样，是抱着当时有正书局出版的石印本《红楼梦》，可以不吃饭、不睡觉的“红迷”。到了剧场，母亲见到曹孟君，两个人拉着手，就到一旁说话去了，看戏时又在一起，曹孟君边看边给母亲讲，好不亲切。据母亲事后回忆，“戏是演得真好”，演员是“真认真”，尤其是晴雯挑灯抱病补孔雀裘，“硬是把个晴雯演活了”。演出结束，周总理在休息室和王昆仑夫妇，还有我的父母等少数几个人谈话。据母亲后来回忆，周总理对王昆仑说：文章写得好，戏也写得好，演也演得好。但是，这部戏后来停演了。母亲后来对孩子们回忆时，还表示过，“多可惜”“这么好的戏让大家多看看嘛！”父亲则没有说话。这以后，报纸上和舞台上，晴雯和大观园里的小姐和丫头们都销声匿迹了，我也就没有机会看这个戏。

我还要说一句：谢谢昆仑叔叔和孟君阿姨，是他们有意或无意中教会我看懂了晴雯，学会了看戏！祝二老安息，或可在那个世界里和我的父母一起分享读书和看戏的乐趣。

四

丁西林伯伯比父亲年长几岁，也是父亲多年的老朋友：1954年成立中国人民对外文化协会，父亲担任会长，丁西老是副会长；1958年国务院设立了对外文化联络委员会，父亲和丁西老都被周总理任命为副主任，一直到“文革”期间这个单位被撤销。丁西老的夫人叫李逸，是云南边疆一个少数民族头人的后代，父亲和丁伯母，又有一层同乡关系。

丁西老早年留学英国，学物理的，衣服仪表总是十分整洁，但是在机关里面，丁西老说话做事都很谨慎，从不多说话，也不过问与他工作无关的事情。1961年夏季，机关安排丁西老夫妇和我的父母去青岛休假，我的弟弟和妹妹也因正值暑假，就一起去了（我当时因学校安排，在大庆参加石油会战，没有去）。丁西老一家和我们一家被安排住在同一幢楼里，两家的伙食也在一起。丁西老对我的弟弟妹妹，就像对他家的孩子一样，要求很严格：吃饭不能出声，搬椅子不能有响动……由于朝夕相处，父亲和丁西老的交往多了起来，而且两老很投缘，逐渐成了无话不说的朋友。

在此以后，放过一部电影《刘三姐》，里面的对歌很精彩，而且是彩色片，风景和演员都很漂亮，年轻人看了都很痴迷。而且当时提出时时事事都要有阶级和阶级斗争的观念，因此这部电影还被当作是批判地主阶级及其豢养的“秀才”的教科书：伶牙俐齿的刘三姐通过对歌把地主老财请来的手拿褶扇、脸上贴膏药的一群酸秀才讽刺挖苦，骂得一无是处，好不热闹，“卑贱者最聪明，高贵者最愚蠢”“剥夺那些翘尾巴的高级知识分子的资本”。因为这部电影还要介绍到外国去，因此父亲和丁西老都参加过对这部电影的审查，结果当然是通过。

但是在事后，私下，一向出言谨慎的丁西老对父亲说过他的看法，大意是中国的知识分子可能由于出身和环境的关系，有毛病，应该也可以教育，何必要由一个黄毛丫头来骂得那么难堪呢！过去“万般皆下品，唯有读书高”虽然不对，但是现在读书和读书人总还有点用嘛。这表明丁西老对这部电影所表达的倾向性问题是有相当保留的。父亲则向丁西老表示，对这部电影，他也或多或少和丁西老有同感，总有点让人不舒服，但又不容易说出来。父亲还劝丁西老，不就是个电影嘛，看看就算了，也表达了一种理解和保护的意思。

这件事情已经过去40多年了，现在的人们看电影《刘三姐》大概不会有当年丁西老这一代人的紧张和忧虑，“阶级斗争这根弦”也不会绷得那么紧了，电影作为阶级斗争的教科书的作用已经逐渐被淡化，人们对某个电影或文艺作品的评论也用不着再提心吊胆了。社会上的普遍观念或多或少演变成“万般皆上品，赚钱品最高”，为了赚钱，就要读书，读书人好像也不那么可憎了。荧屏上的“高级知识分子”们又西装革履，神气起来，似乎也不再担心被骂成“翘尾巴”了；而某些来自农村的大嫂和婶子们则忽然成了挖苦的对象……新版的刘三姐至少不再为批判地主老财知识分子打先锋了，而还原为热爱生活、热爱家乡、善于打情骂俏的泼辣村姑……

丁西老于1974年4月清明节前去世，终年72岁，父亲当时还没有恢复工作，没有机会充分地表达对这位老朋友的怀念。

近日，看到刘三姐故乡——广西宜州来的少男少女们表演的《刘三姐》的歌词，兹录一段：

哥莫嚣，妹是山顶朝天椒；赌你试来咬一口，包你辣得眼泪飘。

谨以此告慰丁伯伯和丁伯母：刘三姐还是原来那个泼辣多情的村姑，是人们美好生活的象征。

（此文曾发表于《炎黄春秋》2007 年第 1 期）

风涛雷雨后，清赏慰晚霞

——怀念大哥楚庄

楚庄比我年长11岁，阅历和识见都长于我，我和弟弟妹妹都称他“大哥”。

一、童年——饱经忧患，流离颠沛

大哥1928年4月1日出生在当时属吉林省管辖的哈尔滨，统治吉林和东北的奉系军阀腐败内乱，因此面对对这片丰饶土地垂涎三尺的日本军国主义，应对失矩，屡屡丧权辱国，正是“风雨如晦”的时节。父亲希望哈尔滨、吉林，东北及中国都能够政治清明，社会安定，给他起名：“吉清”；按照楚家辈分属“泽”字辈，他在族谱上的名字是楚泽清。

1930年秋，父亲在哈尔滨女中任教，一个学期未满，就因在伊通和吉林发生的“吉林五中共党学潮案”，被定为是一些进步教师和学生的指使者被捕，械押到吉林，被军阀当局以“宣传与三民主义不相容的主义及不利于国民革命的主张”处以9年11个月的重刑。此时，牙牙学语的吉清才两岁半，父亲被关押，生母杨静芬又离家出走，艰难自不待言。后来由于父亲请董秋斯[①]、陈翔鹤[②]等朋友帮助，联系到父亲的云南同乡和在

① 董秋斯（1899—1965），文学翻译家，译作有《战争与和平》等，楚图南早年的挚友、同志。

② 陈翔鹤（1901—1969），作家，1949年后长期主持《光明日报》“文学遗产”专栏，楚图南早年挚友、同志。

北京求学时相知的赵济[①]，将大哥送到上海，在赵济家抚养照顾。应该说，赵济夫妇对老同志和旧友的幼子还是很看顾的（赵济于1994年12月在昆明病逝，时任全国人大常委会委员的楚庄曾专门致电云南有关方面，送了花圈，称"赵济世伯"，落款自称"世侄楚庄"——这是后话）。

1934年6月，溥仪在东北登基做了伪满洲国皇帝，实行大赦，父亲趁此机会出狱，旋即到了上海，看望了赵济，并了解到其政治倾向，认为再由赵济照顾大哥吉清不妥。与此同时，父亲又接到共产党组织的通知，让他准备去苏联学习。这样，大哥在1935年前后被送到父亲的另外一位同乡、在北京求学时的朋友陈小航（后来用罗稷南[②]做笔名，从事外国文学翻译工作）及其夫人倪琳（我后来知道，这两口子都是第三国际远东局的秘密工作人员）家。当时，倪琳在上海徐家汇"红十字义务小学"任教，年已7岁的大哥也就在这所小学求学。

父亲就是因为要安排大哥，比同行去莫斯科的另外两位学生晚了一个去海参崴的航次，并因联系人被捕，父亲失去了去莫斯科的机会。1937年1月，父亲和我的生母彭淑端在上海结缡。父亲当时在暨南大学任教，在上海劳尔东路颐德坊租了一套很小的房子，并把大哥接来，这样大哥才结束了寄人篱下的日子，和父母生活在一起，有了家的感觉。

可惜，这年7月7日，全国抗战爆发。8月13日，淞沪会战开始，11月上海失陷，12月，父亲、母亲带着大哥和出生不满百日的幼姐乘船取道中国香港和越南的海防和河内，半个月后总算回到大后方的昆明——这时，南京已经失陷。

---

① 赵济（1902—1994），中国共产党早期党员，1927年7月被选送到莫斯科东方大学学习，此期间赞成托洛茨基对中国革命的观点，1930年回国后，在上海从事翻译工作，并发起成立托派组织"战斗社"。1955年，在肃反运动中被判刑。刑满释放后，1979年任云南文史馆研究馆员，1994年去世。

② 罗稷南（1898—1971），中国共产党早期党员，曾参与第三国际远东局的工作，担任过十九路军将领蔡廷锴的秘书，曾代表反对蒋介石的福建人民政府到瑞金中央苏区谈判。1949年后从事文学翻译工作。楚图南的同乡、挚友。

二、少年——有心报国，歧路波折

我们回到大后方——山清水秀、四季如春的昆明，但是国家处在民族危亡的时期，国难给每一个家庭都带来困惑和灾难。先是我母亲的头生女儿（取名吉明，与异母的哥哥吉清相呼应）不满周岁就夭折，父母丧女之痛，可谓刻骨铭心。1938 年 9 月，日本飞机轰炸昆明，1940 年，日本飞机再次轰炸昆明，炸弹片直落我家住房屋顶，为此，我祖父曾先后移居通海和安宁。1939 年 5 月，我出生在昆明，父亲在云南大学和云大附中任教，同时忙于云南文艺界的抗日救亡的工作，还要写作、翻译——既是工作，也是谋生；要照顾祖父和祖父的继妻，要关照异母所出的几位弟弟，还要照顾我们母子，以及战时疏散到昆明的我妈妈的妹妹彭慧[①]一家和其他亲戚朋友，尤其是当年一起在东北共过事的朋友。教学工作艰巨，家口之累繁巨，亲朋故旧的患难年之交又义不容辞。我们后来问起过父亲：那是怎么走过来的？父亲淡淡地说，大家不是都这么过来的嘛。也许，那时年富力强，而且父亲从来处事乐观进取，这些给大哥，也给我带来非常积极的影响。

这时，大哥在昆明上小学。他出生在冰天雪地和满山遍野有大豆高粱的白山黑水；他见过十里洋场的上海滩……尤其是从小接触的都是有争取民族独立和社会进步志向的文化人；而且从小就离开父母生活，有相当强烈的自立意识，在当时还算蔽塞的昆明的小学校里，表现出极强的学习、生活能力和独立意识，他的有关青少年抗日救亡的习作，常常发表在学校的壁报上。1937 年 11 月 1 日，在武汉出版的《时调》诗歌半月刊刊登了大哥在上海抗战爆发后写的诗作《东北是我们的（儿童诗）》，署名为“楚吉清（八岁）”，诗中发出了从小在东北出生的儿童的呐喊：

① 彭慧（1907—1968），中国共产党早期党员，大革命失败后被送到莫斯科中山大学学习，回国后曾在“左联”工作，1949 年后任北京师范大学教授。“文革”期间被迫害致死。楚图南夫人彭淑端的妹妹。

东北是我们的！

我们要报仇收回失地！

打倒民族的仇敌！

有位父亲的朋辈晚年给我讲起过他当年参加小学校“恳亲会”的经历（他的孩子和大哥是同学）：在学校的礼堂里，大幕拉开，台上站着一个身穿童子军衬衫和短裤的八九岁的儿童，上前一步，随即朗声高唱：

轰！轰！轰！

我们是开路的先锋！

不怕你关山千万丛！

……

这就是我的大哥，从小有民族忧患意识的早慧早熟的大哥！

随即，大哥真的来了一句“轰！轰！轰！”——时在1941年3月，大哥串联了父亲的两个异母弟弟，楚存南和楚文南，投考了设在湖南的一所军校。那时大哥已经小学毕业，将近13周岁，两个叔叔比他略大。据父亲后来回忆，当时事情头绪太多，对他关注不够，也认为他比较懂事，对此事毫无察觉，等到发现，大哥和两个叔叔出走的决心已定，准备已经全部就绪，而且出言口气是：“好男儿，当兵去！”而且言明以父亲十四岁离开家，独自出来闯荡为榜样，完全不容商量，父母极端无奈只得送他们出远门。

没有料到的是，进了这所军校后所受的是“国家至上，领袖至上”“服从是军人天职”的国民党党化教育。从小接受民主思想惯了的大哥哪受得了这个，于是以各种机会在学校里捣乱，反抗教官，为此也付出了代价。因为不守校规和反抗教官，曾被关禁闭十余天：关在一间只有几个平方米的水泥地板的小房间里，没有寝具，每天只有粗粝的伙食，看守还经常向室内泼冷水，室内冷而湿，大哥从此留下了膝关节炎的病根。

父亲知道这些情况后，当然着急，千方百计找到昔日的朋友，在国民党军事当局任职的朱静涛等，将其叔侄以处罚和退学的名义赶出学校，此期间，幼叔叔楚文南因水土不服，情绪低沉竟病逝于湖南！

到1943年的4月，即大哥和两个叔叔出走后两年，叔叔楚存南回到昆明，从此再不离开家乡，而大哥不改投军报国的志向，考进在四川灌县的"空军幼年学校"——据说这是由宋美龄关注的学校，收纳了国民党一些高级军政人员的子弟，学校的待遇和教育水平都和美国的养成教育接轨，大哥在这里的生活和学习还是不错的，可惜，两年后因为体检不合格被淘汰！

后来，进解放区审查历史，自己写到进过国民党的军事学校，其学员和教官绝大多数都失去联系；在空军幼年学校的同学中，1949年后留在大陆的仅记得一个叫李沛玉的——是著名的国民党人李济深的儿子——大哥的这一段"不怕关山万千丛"的"轰！轰！轰！"留下了后来审查历史的缺憾！

三、青年——风生水起，风云突变

大哥离开空军幼年学校后，曾在重庆求学。1946年夏季，昆明发生李公朴、闻一多被刺事件，涉及此事的父亲在昆明的美国领事馆短期避难后到了上海。随即父亲把大哥招到上海，告诉他：到北方求学去，而且要寻找机会到"山那边去"（指解放区，当时有一首歌是这样唱的："山那边哟，好地方，"因此"山那边"成为解放区的代名词），并对这一旅途所可能会遇到的问题和各种可以提供帮助的朋友都做了安排。还特别嘱咐大哥：到了"那边"，按惯例为保护在国民党统治区的家人的安全，要改个名字，并为其改名叫楚庄，告诫大哥要懂得"庄重自强"。

此后，大哥北上到了北平，1946年9月考进北大的"先修班"——即北大的预科，同时还积极寻找机会进入解放区。通过北平共产党地下组织的安排，当时是由设在景山东街北大工学院院内的"觉民图书馆"介绍，从张家口进入晋察冀解放区，被安排在华北联合大学学习，实际上是为以后新中国的政权建设和文教建设培养和储备人才。1947年底，晋察冀的解放军攻克石门，石门改名为石家庄。大哥随军队和华北联大进入当时解放区最大的城市——石家庄，并被安排到石家庄市第一中学任教，随着解放大军南征的捷报频传，大哥先后任石家庄师范学校教师、副教导主任；1953年，又担任石家庄工农速成中学的教导主任、副校长，还有河北省青联委员、石家庄市青联副主席等社会职务。应该说这是大哥一生中工作最顺心、最努力，也最有成效的时期，尤其是在工农速成中学任职期间，他满怀激情地投入到对老解放区来的、文化程度不高的工农干部的培养教育，使他们比较顺利地学习完规定的文化课程，走上各种工作岗位。当时，大哥不过二十四五岁，阅历丰富，能说会讲，性格又开朗活泼，各种文艺活动也能来两下子，在报纸和全国性的文学刊物上还时不时发表点作品，学生很尊敬这位楚老师，同志们也很佩服这位年轻有为的同行。

这时，大哥的生活也是幸运的，1949年7月结婚。大嫂原名叫王世纲，早年带着弟弟一起到昆明投奔在西南联大求学的哥哥王志诚。这姐弟和哥哥后来都是父亲在云南大学和云大附中的学生，并一起参加进步活动，逢年节，他们兄妹弟三人都来我父母住处，大家一起包饺子，王世纲当年还帮我妈妈抱过我的弟弟、妹妹，后来当了我嫂子，真是缘分。（后来，我对大哥说过一句笑话：我认识大嫂可比你早！）抗战胜利，西南联大等北方学生复员回到北平，这兄妹三人也到了北平，先后参加共产党和青年团。王世纲则是和大哥在北大先修班时认识，从同学成了同志和伴侣，后来一起去了晋察冀解放区，同时在华北联大学习，一起进石家庄，分配在石家庄广播电台工作，进解放区时，改名董平。

大哥虽然在1948年8月就参加新民主主义青年团，还担任过学校团组织的总支委员，但是由于少年时期参加过国民党军事学校的历史问题没有找到证明人，没有解决加入共产党的问题。除此之外，大哥这时的工作、生活和学习，都是风风火火，风生水起。

"好事"有到头的时候，风云突变发生在1957年。因为少年时期的历史有一段没有证明人，党籍问题没有解决。1957年受命担任以中小学教师为主要工作对象的民进石家庄市筹委会副主任和秘书长。大哥和既往一样，对组织安排的工作都满腔热情地投入，积极出谋划策，跑前跑后地工作。不料，暑假前，全国开始“反击资产阶级右派分子”。大哥在石家庄首当其冲，被列为石家庄的前几号右派分子，是“典型的资产阶级代表人物”，“揪出楚庄是石家庄反击资产阶级右派分子的伟大胜利”……

这一年的5月，父亲受命率领中国文化代表团去尼泊尔进行国事访问，到7月31日才回到北京，这才听说大哥在石家庄“出了事情”。回到北京后，当然焦虑，但是又无人可问，也无人施与援手。这年我高中毕业，大学招生考试结束，在家等待开学。父亲在回到北京后第二天一早，嘱咐我去北京图书馆，让我以普通读者的身份查阅五月份以来所有石家庄的报纸，看看当地报纸究竟是怎么说的，大哥究竟出了什么问题。我当即去了当时在北海公园西岸的北京图书馆，看了一整天的报纸，看明白了大哥的主要“右派罪行”：第一是“招兵买马积极发展民进组织”，妄图进北京“当资产阶级党派的中央领导人”。主要的罪行事实是：有人对楚庄说，你现在参加民进的工作，将来也许有机会去北京啦！——不想，一语成谶，大哥后来确实进了北京，也确实到了民进中央，依然是在规规矩矩做事，未成狼子，更无野心！

大哥的另外一条罪名是“看不起、敌视工农干部”。具体的事实是：石家庄工农速成中学的学生宿舍前的空地上，钉了几个木桩，并拉上铅丝为方便学生晾晒衣服被褥，这本来是很正常和普通的事情，不料想，拉铅丝的地方没有选好，离电线杆子太近，说来也巧，一次刮风，电线被吹断，搭在铅丝上，一个学员去晾晒刚洗好的床单，被电击死亡。死了学员（工农速成中学的学生由单位选送，都称学员），是大事故，当然要追查责任，最后认定是工农干部出身的正印校长（分管后勤、总务）对晾晒衣物的地方选址不当。这事，本来与大哥无关。在学校领导层的会议上，大哥说了一句，大意是：晾晒衣服，也要找个合适的地方嘛，怎么选在电线杆子底下，这点常识都不懂！这就是看不起工农干部，对待领导阶级的态度问题啦！

这样，大哥被定为“极右分子”，降了很多级，撵出了学校，勉强保留了公职，在开够了批判会，“斗倒斗臭”以后，发配到石家庄附近的光禄山铁矿，推小车，拉矿石，参加大炼钢铁，接受批判和改造。

当时遇到这样的事情，父亲当然很伤心，知道自己的孩子自幼投身革命，怎么会“反党反社会主义”？当时，谁都没有办法！

四、中年——乌云漫天，岁月蹉跎

1959 年年底，周恩来总理一次到石家庄，在一次非正式场合对当地领导人，说了一句，大意是楚图南是个老同志，在解放战争最艰苦的年代还把儿子送进解放区，现在，你们把他打成右派……大约是有了这句话，大哥被从矿山野外召回城市，安排进石家庄社会主义学院学习，离开了高强度体力劳动和低伙食标准的艰苦改造，实际上是一种照顾。学了近两年，又被安排到石家庄市图书馆，担任馆员。1962 年初，春节前，被宣布：因认罪服从改造，摘去右派帽子。这年寒假，我衔父命去石家庄看望已经五年没有到北京看望父母的大哥。没有想到，就五年时间，大哥从原来洋溢青春风采的帅小伙，变成头发花白、略显佝偻的小老头！其实，大哥还不到三十五岁！对我的茫然，大哥却很淡定，只说了一句：“这年头，一家五口，能活过来就不错。”——这是他一贯的乐观，还是无奈？

问起工作，他说，一个城市的图书馆，清水衙门，能有多少事？同事多数是有点关系，进来混日子呗。在这里总算还有碗饭吃，慢慢看，争取以后再做点事情吧。问及近日做啥？他说，马上春节了，图书馆要开联欢会，让大家热闹热闹，分配我给联欢会出灯谜呐。接着，他说，图书馆里同事们的历史地理知识很差，藉出灯谜给大家补补历史地理知识吧。接着，给我说了几条：“牛头点灯，打一地名：好望角”“举头望明月，打一地名：仰光”“兄弟数人，我最小，打一非洲国名：多哥”“建都许昌，打《水浒》一人名：魏定国”——这里有大哥杜撰的，也有引用的——这就是我大哥，即使身处逆境，也不忘教师本色，保持幽默。

此后，父母决定，把大哥的长子楚建（刚满 10 岁）接到北京，和我们一起生活，我弟弟泽洋那时也就十七八岁，说是叔叔，其实就是个大哥哥。这样孩子身上能够少些阴影，而且也减轻了大哥和大嫂的负担。——就是这件事情，1964—1965 年，在“千万不要忘记阶级斗争”的叫喊中，父亲所在的对外文委，有两位女将写信状告父亲“包庇右派”，父母认为，赡养子女后人，天经地义，拒不检查，更不理睬！楚建一直在北京和我们一起生活学习，直到1969年秋，被撵到“广阔天地”去“大有作为”为止。

整个20世纪60年代，运动不断，到了持续十年文化大革命时期，则更是混乱和疯狂。大哥这个“老右”不时还会出现在批斗台上，原来积极揪出大右派楚庄的某些领导，现在成了“包庇右派分子楚庄的走资派”，是“极右分子楚庄在党内的代言人”。在那个时期，说什么，做什么都没有用，所以只能“装死躺下。”这一躺，就又是10年！

五、晚年——天意怜幽草，人间重晚晴

随着文化大革命的结束，大哥也迎来了重新投入工作的历史机遇：右

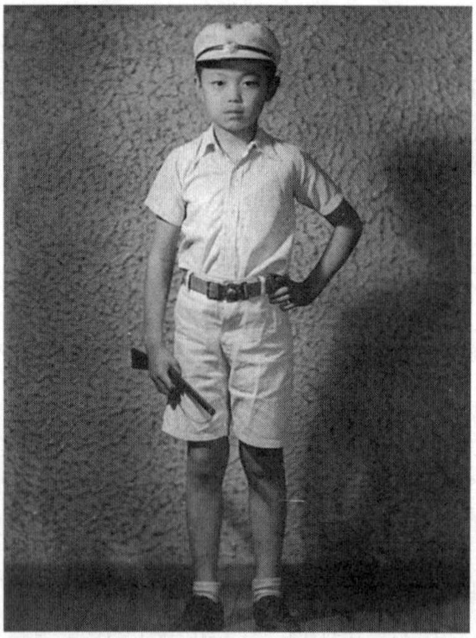

1937年在上海——出生在民族危亡年代的楚吉清，从小有报国投军的志向

1940年楚泽清和不满一周岁的弟弟楚泽涵

1950 年楚庄和妻子董平(原名王世纲)在石家庄

1949 年 7 月，已经改名楚庄，衔父命到上海接母亲彭淑端和弟妹到北京，这是离开上海前合影，左起：楚泽洋，楚庄，彭淑端，楚泽湘，楚泽涵

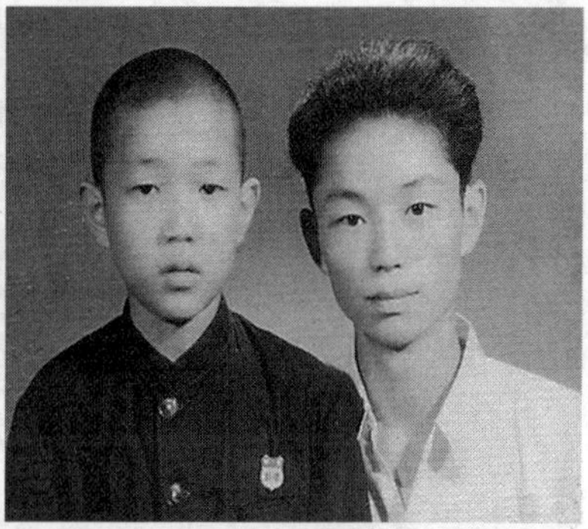

1950 年暑假，到北京看望独自在北京育才小学寄宿的楚泽涵

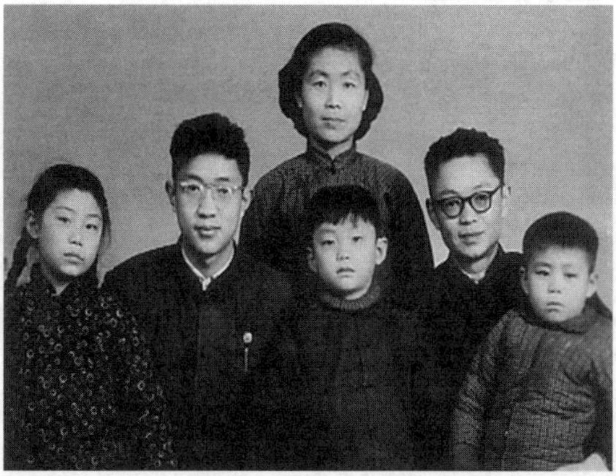

1962 年春节前夕，楚泽涵受命到石家庄看望刚摘了“右派分子”帽子的楚庄全家，左起：楚元(楚庄长女)，楚泽涵，楚建(前，楚庄长子)，董平，楚庄，楚立(楚庄幼子)

1965 年，在北京，左起：楚泽洋，楚泽涵，楚立，楚庄，楚建

1986 年 5 月 1 日，父子在中南海游览，左起：楚泽涵，楚图南，楚庄

派问题得到改正，重新回到教师队伍，后来又被安排进石家庄市政府，再后则到北京，进了民进中央，做民主党派的领导工作。大哥这时好像又回到青年时期，忙着参加各种各样的活动，讲话，写文章。这期间做过一些事情，例如，在北京王府井大街的拆迁改建成商业区潮流中，他多次提案，坚持保留了新华书店。但是所花的精力多在迎来送往，时而还有国内外出访，所到处，坐主席台，讲话，鼓掌，喝酒，干杯！祝这个、那个健康，行礼如仪。

我和大哥也有过争论，例如我对长江三峡工程有过保留意见，甚至提出：对有关国计民生的重大议案，全国人民代表大会应该记名投票。大哥当时虽然赞成三峡工程，但是也认为我的意见合理，希望把我的文章发表在他负责的《民主》期刊上，我当时以瓜田李下避嫌，没有同意（文章后来发表在《科技导报》上）。

大哥晚年从全国人大常务委员会委员和全国政协常委位置退休后，以书画自怡，收藏有多幅名人作品，后来都捐给了民进。

父亲在世时，对我说过，1957 年，把大哥打成右派是不公道的，错不在大哥！但是，要为这个国家做事情，就要会保护好自己，从这个角度来说，后人应该有些领悟和教训！

大哥的天资禀赋、阅历和判断能力都强于我，可惜的是，他一生最好的年华——二十几岁到五十岁的二十多年——被耽误了！

大哥辞世前，自愿将遗体捐医学院解剖研究，并辞谢各种礼仪。送别之日，北京小雪，我作为弟弟有挽词曰："雨雪漫天，漫天雪雨；桃李春风，遍地春风"——大哥本质上还是书生，是教师！

（此文发表于山东画报出版社《老照片》第 107 辑）

另类回忆

——大学毕业五十周年的回忆

一、开 篇

1957年，全国搞“反击资产阶级右派猖狂进攻”运动，高校招生规模压缩为107 000人，我就在这一年高中毕业，考进北京石油学院地质系地球物理专业。

9月入学报到，领到“新生须知”之类外，还有一张作为礼物的书签，上面印有“石油诗人”李季的一首诗：

> 我们的年纪正是生命的春天，广阔的道路展现在我们面前。
>
> 我们要用劳动建设起无数幸福的巨厦，我们要用双手去开采那数不清的油田！

我就这样开始了大学生活，那一年全国石油产量147万吨（与“五七”有缘，因此记住了），1962年毕业留校工作，2004年退休那年石油产量达到1.5亿吨。我在石油大学见证了中国石油产量增长百倍的难忘的、引以为傲的历程。

二、对几位老师的回忆

1. 张希陆[①] ——切平面和雨伞

一年级，学高等数学，先讲立体解析几何。听说，机械系是数学教研室主任张希陆教授给新生上课；又听说，这张希陆的父亲还是周总理的老师，于是去听了一次“蹭课”。

那天有小雨，上课了，一位身材高大、一脸严肃的老师进来，把所带雨伞放在黑板尽头的墙角，随即在黑板上写下几个工整的汉字：切平面——曲面体与平面的关系。写完后转过身来，开讲：“话说关云长手提青龙偃月刀来到长沙挑战黄忠，老将黄忠不敢怠慢，提刀应战，几个回合下来，黄忠毕竟年老力衰，只有招架之功，眼看关云长的青龙偃月刀从眼前闪过，脑门一阵发凉，用手一摸，还好，没有血——这刀和脑门的关系就是切平面——曲面体和平面只有一个交点。”

要下课了，张老师去墙角拎雨伞，好像漫不经心地说了一句：这数学嘛，就像雨伞一样，是个工具，放在那，不一定马上有用，现在下雨，出门，这工具就管大用啦！——这样的讲课，我记了一辈子，把复杂的问题简单化，把逻辑思维的问题形象化，这叫本事！真本事！！

我曾在一次在学校组织的体检被误判为心肌梗死前期，承蒙在校医室工作的张希陆先生的女公子张媛清关照渡过难关；家父过世后，第一个来电话慰问的也是张媛清女士。——我在此向学问继世、忠厚传家的张家前辈及后人鞠躬！

① 张希陆（1901—1988），南开学校创建者张伯苓的长子，早年赴美国留学，就读于威斯康辛大学和芝加哥大学数学系，归国后历任多所大学的数学系教授。1953 年参加北京石油学院的创建，为首任数学教研室主任。1958 年被“拔白旗”。“文革”期间被定为“资产阶级反动权威”。晚年，世界数学界泰斗陈省身屡次表示希望和早年同学张希陆合作，终因年老体衰未果。

2. 朱亚杰[①]——学和教的五字诀，老K

1962年我毕业了，留校当助教。学校开大会、听报告，拎个板凳到会场，找个旮旯坐下，有时遇到一位拎个马扎、裤线笔挺、衣着讲究的长者，后来知道这是朱亚杰教授。这位看来派头很大的教授，其实也很随便，很善于和人接近。一次因为座位靠近，朱先生发话了："老家是哪的？""云南，生在昆明。""哦，我在云南大学待过。"接着，有问有答地说起多年前在昆明的往事，甚至没有拘束了。有一次，我问他，"您是副院长，干吗不去台上坐"，他回答："在底下随便，呐，抽烟方便。"随即，掏出烟盒示我："来一根？"

有一次，会前时间多，我向朱先生请教学习和教书，他说，做学生要听懂老师讲的课，另外要能够记得，还要会用，有了这三条，可以得三分；如果在用中还有点创见，可以得四分；如果还能够挑出老师和教科书的毛病，会批评，就可以记五分啦。朱先生又说，三分容易，四分有点难，五分最不容易。当老师也一样，你讲课要让学生听得懂，记得住，要教会学生用，还要对教科书有自己的创见，甚至能让学生对你提出批评——这要看学生的本事，也要看你的器量。

我把朱先生讲的学和教，归纳为：懂，记，用，创，批，到现在还在坚持，至于能够评几分，则或许将来到泉下请朱先生评定啦。

就是这样一位有真才实学、有良心的老师，在"大跃进"期间，因公开反对搞违背科学技术规律的"小土群"，遭受批判，"文革"后期，学校被野蛮绑架搬迁到山东东营，朱先生被安排在"五七农场"放羊。搬迁后的学校成了无书可教、无人可育的"大学校"……后来恢复了高考，野蛮迁校的弊端凸显无遗：招生难，招研究生更难，原本整齐的教师队伍开始流失。在石油学院极难维持的情况下，朱先生在北京组建了"石油教材编辑部"和"石油与天然气文摘编辑部"，集纳了相当一部分可能流失的年富

① 朱亚杰（1914—1997），1938年毕业于清华大学化学系（时在西南联大），1947年考取公费留学赴英国曼彻斯特工学院，获硕士学位。1950年回国，1953年参加北京石油学院的筹建，历任炼制系主任，副院长。"文革"期间被定为学校头号"资产阶级学术权威"（幸未冠以"反动"）。1980年增选为中国科学院学部委员（院士）。

力强的教师。主持其事的朱先生，每周召集一次全体会议，请大家充分发表意见，平等交流，讨论热烈，气氛融洽。不少人回忆起来都说那段时间是心情最舒畅的时期。大家人前人后称朱先生为“朱老 K”，即随意又亲切。此期间，如果编辑部有了奖金等额外收入，按朱先生的意见都买成英汉词典及港台版影印本的英语学习书籍（我现在还保存有 1978 年第 10 版的《牛津英汉双解词典》的影印本）——朱先生深知，对原来多数是学俄语的教师，将来要参加中外交流，学会英语是多么重要！随着外迁的一些学校陆续回到北京，当时主持石油部工作的某些领导囿于“文革”期间的恩怨，阻挠学校回到北京，当时在东营的某些学院领导，迫于上面的压力，也喊出“扎根东营”，甚至表示要在东营终老。可是这些既不能自欺，更不能欺人的口号，没有能够阻挡学校迁回北京的潮流，此期间，朱先生顶住各种压力，串联教师，汇总材料，领衔上书奏本，终于征得国务院批文，先是同意组建“华东石油学院”的“北京研究生部”，后来改为“北京研究生院”，后话是以“两地办学”为名，实质是学校迁回北京。此期间，朱先生的声望和努力是关键因素之一——朱老 K 毕竟是老 K！

此期间，我由于同在农场劳改，与朱先生交往多了起来，对国事的忧虑和“小道消息”相互交换，以及后来对学校“反攻大陆”复辟意见交换和信息传递，使他甚至视我为忘年交。到了改革开放的年代，朱先生念及与家父早年在云南大学有共事经历，并同时列名民盟中央，因此每逢春节的初三，朱先生必携朱师母及爱女朱新华到我家看望，两位已经戒烟多年的老头，商定在那天“开戒”——每人抽一支烟！

3. 张庚骥——物理学家的几何图形、“棚友”

我毕业后分到矿场地球物理教研室，在王曰才教授指导下工作。此后被告知教研室有个从讲师降为实验员的“极右分子”——张庚骥，“右”而“极”，还居然没有送去劳改？此何许人也？

1963 年夏天，系里组织教师去郊区农村劳动，我和张庚骥并排在玉米地里间苗、锄草。为避太阳暴晒的酷热，无聊中二人闲谈，张庚骥给我讲了一段“非政治性”的故事：苏联物理学家朗道（经典的五卷本《连续介质力学》的作者，苏联科学院院士，苏联研制原子弹的科学家多为其门下桃李）把物理学家按几何图形分成三类：最好的呈三角形——基础很好，在工作中研究领域收缩，最后形成一个尖端；最要不得的是倒梯形——基础不宽，却各个领域都去插一杠子，结果上面大，下面基础不牢，没准哪天就翻了。“那，朗道自己算那一类？”“朗道把自己列为正方形——基础还可以，在原来基础上各方面都有发展，但是没有突出成果。”——这个把做学问的人按几何图形分类的故事和它给我的启迪到现在我也没忘记。

此期间，张庚骥对我说过一句话：只要有事情给你做，就说明你还有用，你就埋头苦干，这是风格！——这是在那些年代对我影响很大的一句话。

改革开放以后，张庚骥凭1952年清华大学物理系毕业的极好数学、物理和外语的基础和多年来磨炼的刻苦耐劳精神，成了学校最早公费派到美国休斯顿大学的访问学者。在此前后，他用量子力学中的微扰方法，求解有限边界介质中电磁场分布的积分方程，被国外同行公认为解决此类问题中最合理的方法，并被称为“张氏方法”，其论文是被国内外引用次数最多的文献。

2010年，在石油大学（华东）为其80诞辰举行纪念活动时，我作为张庚骥的老同事回忆了他当年给我讲过的物理学家和几何图形的故事，我特别说到，按朗道的方法，张庚骥应该是梯形：基础很好，在工作中有所发展，可惜没有形成三角形——出生在1930年的他，一生最好的年华——1957年到1977年，被浪费了整整20年！结果他没有做成这个三角形的顶点！可惜！

本文回忆的师友中张庚骥是至今健在的硕果仅存者，由于当年一起关过“牛棚”，而且以后也多有交往——甚至他娶亲（由于多年“极右”，年过四十才娶了媳妇）和回家，他的房间都归我住，所以书信来往和聚会介绍中，都以“棚友”自称。但对朗道关于倒梯形的批评，我有保留：我当年所学的地质和地球物理课程，是矿产资源开发利用的基础，考虑到地球科学在新世纪应该在保护生态环境和防止地质灾害领域有广泛前景，以原有的基础去扩充应用领域，并无不妥！——不知张庚骥以为然否？

4. 戈革——对量子力学和武侠小说都有高见

物理教研室的戈革老师是入学后几乎历次运动都被“敲打”的“名人”。被批过“反对教育革命”，被拔过“白旗”，“文革”期间更是首批被抛出的“牛鬼蛇神”。

后来我才知道，他1949年毕业于北京大学物理系，求学期间和颇有名气的“红学家”周某同居一室。戈革虽然一生坎坷，用他自己的话说是“生而不幸，一世悲苦，历尽磨难，饱受折辱与迫害”，说到治学经历，则是“初学理论物理学，中年以后改治量子物理学史，专研伟大学者尼尔斯·玻尔之生平、学术与思想，自谓得其底蕴，著译书籍约一千五百万言”——这是真的，他独立翻译丹麦物理学家尼尔斯·玻尔的全集（共12卷，已由科学出版社出版），他对玻尔所遗留的书信、文件资料的内容、背景考据甚详，识见深刻，不仅国内居首，而且外国人都向他请教。例如1942年，玻尔时在德国占领下的丹麦首都哥本哈根，已经参加了希特勒纳粹党的早年朋友和同事、德国的物理学家海森堡到哥本哈根看望他并交谈甚久，最后两人不欢而散。为避迫害，玻尔在1943年出走美国，成了美国制造原子弹的曼哈顿工程的科学顾问。对于尼尔斯·玻尔和海森堡当年的谈话内容，两人各执一词，即使现代的欧美物理学史的专家们对此也莫衷一是。但是，目前全世界最有权威的解释则属于对玻尔在此前后所有文件资料阅读、研究、理解最深刻的中国人戈革！

戈革甚至认为20世纪最伟大的物理学家是尼尔斯·玻尔，理由之一是量子化的概念［如果简单和不严格的介绍，可以理解为，从原子吸收外界能量仅是某些独特的数量（量子化）份额，因此，可以把物质的微观过程看成是不连续的］对人类哲学思维的变革远超过爱因斯坦的“相对论”！

由于戈革在对玻尔及其学说研究方面的无双业绩，2001年被丹麦女王玛格丽特二世册封为“国旗骑士”，并授予勋章。在中国石油大学华东和北京校园里，都建有因斯坦和玻尔的塑像，这其中戈革功莫大焉。

除了对物理学史的研究，戈革的文学素养几乎是从小即有的。旧体诗词好，篆刻好，尤其对中国古典小说和武侠小说的理解，多有独到之处。我给学生讲授岩石声学时参考过他在“文革”刚结束时编写的《地震波动力学》，在讲到声波信号在介质中传播会衰减时，戈老夫子的书中下面一句是：“幸亏声波信号会衰减，否则，我们这个世界就太喧闹了！”理工科教科书中来这么一句，绝了！

我和他一次比较长的交谈，则是缘于《红楼梦》。1980年前后，延“文革”的遗韵，对《红楼梦》的研究好不热闹——官二代、富二代的公子哥儿贾宝玉成了“尊重女性、反对科举”，甚至成了“反对封建礼教的叛逆”。我当时很不以为然，认为贾宝玉的尊重女性，其实是好色；反对科举是“因为有个好爸爸，不用学数理化”，希望世袭，崇敬北静王是为明证；至于“反对封建礼教”则是挨了被定性为卫道者的老爸贾政一顿打，按“被敌人反对的就要拥护”的逻辑推断出来的。认为靠（心地还存善良的）贾宝玉能够反对封建？没戏！报刊上的某些文章，扯淡！戈革老师认为我说得有理。后来我也打算写篇文章，但是被长辈一句：“中国靠《红楼梦》吃饭的人太多了！”此意乃止。这话我给戈革说过，戈老夫子答曰：“哎，对了！我也不写论《红楼梦》文章，何必与“那些”红学家为伍自唾呢！”

说起来，戈革是校外名气大于校内、国外名气大于国内的有真才实学、有个性的学者！我见过戈革自撰的一副对联：

岂止十年为牛鬼，并无一日信狐禅！

这话口气好大！没有点本事和胆量，谁敢说！

生于1922年的戈革2007年去世。2008年，中华书局的编辑徐君将其做责任编辑的一本《挑灯看剑话金庸》送我，该书署名戈革。据说，此书畅销，而戈革翻译和编写的关于玻尔的十几卷本鸿篇巨著则积压在出版社库房滞销。喜耶？悲耶？

三、不结束语

石油大学即将迎来60周年校庆，我从石油学院毕业也满50年，从入学时如诗的浪漫到退休时的平静，我们见证和亲历了中国石油工业从起步、发展到辉煌的历程。在这几十年中，我们和学校、国家一样有发展和进步，也有曲折和灾难。校园里有过风和日丽、书声琅琅、弦歌悦耳；也经历过腥风血雨、黄钟毁弃、瓦釜雷鸣。我个人也有过迷惑、曲折、甚至某些挫折和荒唐，但是我始终乐观地对我们国家和学校寄以希望！

曾几何时，“看来发展石油工业，还得革命加拼命”成为学校、甚至整个石油工业的圭臬；现在大概没有人记得这句话了，离开科学和科学精神的拼命，其后果可虞。曾经占领过“上层建筑”的军宣队在整体上与学校的知识分子为敌，对学校物质和精神的破坏，无知者的无耻，无耻者的无知，也是学校历程中的一个侧面，也不应该被遗忘。那些蓄意加害他人者的人品，也是被蔑视和鄙夷的对象。

文中记述的几位老师，都曾经是被列为另类或打入另册者（本人亦是），往往是被简略或忽略的人物，但此类学养深厚、识见高远，虽经挫折，但有怨无悔，治学育人，仍然师表群伦者，都不应被遗忘，仅将所知简记如上，算异类者对同类的回忆，并以为篇名，不求为史，仅求记实。

[此文曾发表于广西师范大学出版社2013年出版的《温故》（二十五）及中国石油大学出版社的《风华》]

第三篇　学人旧事

学人旧事系列之一

旧书　旧书店

我1949年在北京上小学，1951年上中学，1957年上大学，1962年大学毕业后留校工作，直到2004年退休。和同时代、同经历的“老九”们一样，读书是我生活，甚至生命中的重要部分。

一、旧　书

当学生和做教师，当然离不开读书。教科书和专业用书当然要买新书，但是当年中学生的课外书除了学校图书馆借的《卓雅和舒拉的故事》《古丽雅的道路》《钢铁是怎样炼成的》《高玉宝》《新儿女英雄传》等“主旋律教育”的读物以外，可借的就没什么了。作为中学生，听说过还有一些学校不提倡、也借不到的书，例如解放前出版的外国的《福尔摩斯探案》《三剑客》；中国的《说唐》《七侠五义》等，因为解放后还没有出过新版本（即使是《三国演义》《水浒》《西游记》《红楼梦》四大名著，也是在1955年后才有新版本问世），因此被列为“旧书”。其实，中学生对此类旧书兴趣盎然，在同学间私下（尽量不让老师和班干部知道）交换阅读，而且在一起记诵：隋朝第一条好汉李元霸、第二条好汉裴元庆……争论对闹东京的“五鼠”中锦毛鼠白玉堂的评价；评论三剑客的优劣等。——这些，在当时的“干部子弟学校”里，算是半公开的活动。

还有一些书则是被学校和老师非议的，像《蜀山剑侠传》《七剑十三侠》《施公案》《雍正剑侠图》等情节离奇、人物怪异的作品被定性为“封建迷信糟粕”。中学生传看这类“糟粕”，一经发现，轻者批评教育，重者要没收。但是处在逆反心态的中学生是“哪里有压迫，哪里就有反抗”，和我在中学同学了六年的施光南在初中时期和我同桌，我们传看过还珠楼主写的《琥珀连环》，因此，施光南还倡议我们俩合作写一本“演义小说”，并在他的教科书上画了各个设定人物的古装图画。结果被老师在课堂上发现，被批评了一顿，随即对我以“照顾眼睛近视”为名，将座位调整到前排，实施“分化瓦解”，施光南则因为不好好学习，受到批评，甚至到高中结业，也没有被批准参加共青团！——好在施光南在老师的严厉追问下，也没有“交代”我这个给他提供“封建迷信作品”的始作俑者。呜呼！尚飨！够朋友的光南老弟！

上了大学和参加工作以后，对各式各样的文艺作品虽然还有兴趣，但是所从事的专业成了新的兴奋点，大学的专业教科书以外，需要其他与专业有关的知识，因为我学的石油地球物理专业是仿照苏联的学制和系统，因此需要看俄文书。当时俄文新书的价钱很贵，大学助教一个月 56 元的工资，买一本十几块钱的俄文书就把一个月的饭钱给打发了。因此，当时还有俄文原版书的影印本，价钱约是原版书的一半左右。因此，能够找到旧的俄文书（通常是当年的留苏学生带回来处理的图书），特别是影印版书籍，很受我辈关注。我上大学期间，有一门课程的教科书是《电学原理》，当时出版的俄文翻译本，我们嫌其译文不佳，可是苏联科学院院士塔姆所著的原文本要三十多块，哪买得起？所幸，我买到一本影印本旧书，仅几块钱，这本书我一直保存到 1969 年秋季。当时铁道兵某师的军宣队向我们传达“农业大学办在北京，不是见鬼吗”的最高指示和林副统帅关于战备的号令，随即我所在的北京石油学院被劫持性地搬迁到山东时，这本书才被迫以八分钱一斤当作废纸处理！——恭请诸君，如果有见到此书者，本人愿意以当时书价的百倍赎回！

文化被“革命”以后，专业书不能看了，除了“雄文四卷”和几本既不文又无艺的样板类作品和《赤脚医生手册》外，《铁路时刻表》也许是我们这些搬迁在外的老九阅读最多的书（如果能够称为书的话）。有机会回到北京，还是要找旧书。当时出版的一些“内部参考”书籍，也通过种种渠道流入旧书行列，如：《赫鲁晓夫回忆录》、丘吉尔的《第二次世界大战回忆录》、戴高乐的《战争回忆录》、尼克松的《六次危机》、《回忆与思考——朱可夫回忆录》、《战争年代的总参谋部》等，还有四卷本的《第三帝国的兴亡》，有苏联的小说《人世间》《多雪的冬天》，美国风靡一时的小说《战争风云》等。这些书是我们这些不教书的教师们千方百计猎取的对象。我们曾经冒着“传播封资修毒素”的压力，废寝忘食地传看阅读这些难得弄到的图书。所幸者，这些作品即使被“革委会”或军工宣队没收，往往是过几天后被发还，而且还问一句：“还有没有？”有的还评论一句：“写得不错！”——抓贼的和贼对“赃物”有相同的爱好，则是当时的一道景观。

再后来，教学、科研逐步恢复，甚至按最高指示搬迁到外地的大学也陆续回到北京，我们这些当时正值壮年的教师进入了一生中专业工作最繁忙的时期，本专业以外的旧书成了难有时间顾及的奢侈品。近年，退休了有时间在北京和外地总会看看书店，这一看，发现还不少：“帝修反”头子，甚至张国焘辈的回忆录是大书店的畅销新书，甚至《蜀山剑侠传》《肉蒲团》也成了新书。再如，当年的“革命干部”几乎人手一册的《联共（布）党史》和1950年版的“干部必读”丛书则即使在旧书店中也难寻芳迹。前年，在南昌开会时，在旧书店见到解放社编的《社会发展简史》（干部必读丛书之一），立即作为文物以高价购回，旅途翻阅之余，已经没有原来读书者的认真和虔诚（见于书中原来读者的标注），掩卷后确有“满纸荒唐言，一把辛酸泪”的感慨。

还有一类旧书是线装本的，出版年代多是解放前，包括民国时期和清末，这类书籍是研究中国文史的学究们的宝贝，在中国文化经历浩劫时期是被扫除的“四旧”，现在则是旧书店书架上陈列的珍品。——真是风水轮流转，三十年河东，三十年河西！

现在该说到对旧书的认识了：旧书——是可再生的知识资源，这种资源的特点（对于某一专业的学者）是面广量大！而且价钱便宜！本人以多年在能源部门工作的经历，奉劝各位珍惜和重视这种量大面广而价格低廉的可再生资源！

二、旧书店

在我的记忆中，北京的旧书店的时间和空间分布的特征是20世纪50年代，在王府井的东安市场最西边一侧，几乎全是卖旧书的。我初中毕业后，寒暑假期间，有时间就骑车去，到书摊上看看有什么种类的书，凡是没见过的，又看得懂的，拿起来一看，半天就过去了，然后回家，反正也不花钱。书摊老板对我这样的小子，也有办法，私下对我们说，有些多本的书，像《福尔摩斯探案全集》(多卷本)、《侠隐记》、《基督山恩仇记》、《小五义》等可以租回去看，交一块钱或两三块钱的押金，一个星期一换，交一毛钱。上面提过的《琥珀连环》就是那时租看的。1955年以后，这类书摊逐渐凋零、衰落。我记得，书摊上有过一本《小罗斯福回忆录》，是美国总统罗斯福的儿子回忆其追随其父参加开罗会议、德黑兰会议和雅尔塔会议等活动的回忆，其中不乏对苏联亲善的言辞，对斯大林的称呼是"史老伯伯"(后来流行的译法是"约瑟夫大叔")。后来，中国知识界要"肃清美帝国主义流毒"，这本书就没有了。原来书架上有《独秀文存》《胡适文存》，一批判胡适的思想，《胡适文存》没有了。书摊老板说，这类书查出来就没收，老板叹曰：旧书何罪！卖书何罪！1957年以后，这些书摊干脆也没有了！改卖"白玉牙膏""明星花露水"了！

东安市场的书摊没有了，除了在前门外的琉璃厂有旧书店以外，在隆福寺东街还有几家旧书店。据上辈人讲，北京旧书店最集中的地方就是隆福寺东街，最多时，也有三十多家。现在我记得起名字的有"修绠堂""东雅堂""修文堂""文奎堂""文殿阁"等数家。其中，我印象最深的是书法家沈尹墨写招牌的"修绠堂"。"修绠"二字典出《荀子》："短绠不可汲深泉"，意思是用长(修)的绳缆能够提取到深处的泉水，是劝学的意思。解放初期，这里也有一度的繁荣，时间多是晚上，七八点钟以后，经常有一些穿"干部服"的、带深度近视眼镜的中老年人光顾，书店老板则对这些人礼数有加，多以"某公""某老"称呼，私下则与其他书店老板通报各位"公""老"的官职：某部长、某委员等。除了旧书，对某些"公""老"，也出示某些古玩、字画，以欣赏为名，进行兜售。我父亲就在这些地方和一些书店老板交过朋友，从他们那里学到一些文物、古籍知识，也买过一些少见的图书。这类书店除了卖书，也收购旧书，我大学毕业后，也将一些过时的教科书等送去处理，换回来的钱，又可以买几本新书。我父亲给我讲过这样一个故事：约是在 1961 年前后，约春节前半个月的一个晚上，父亲在“修绠堂”与老板闲坐，忽然有一老者进入，其人年约六十，衣服虽旧，却还干净整齐，但面容凄惶，手持一蓝布包，张口称呼老板名讳（看来是书店常客）。老板问其何事，该人说，一书求售，随即打开蓝布包，是一套石印线装本的《聊斋志异》，封面和封底上有木板固定，十个分册，每本都用厚白纸重新做过封面，在左面上方，有蓝色小纸条的粘贴，用毛笔书写的书名：聊斋志异，并注明册序。该老者，惶惶对书店老板说，这年要过不去了，家里就这本书可以换点钱过年了。老板问其索价几何，该老者说，知道这类书销路滞涩，要五块钱，够过年啦。父亲没等老板还价，立即接过话题，说这本书我买，除了要价五块以外，另送五块钱给你过年。该人接过十块钱后，又看了一眼书，随即将书送到父亲手中，并不发一言。老板嘱咐他感谢楚老，该人无语。父亲则曰：请问，贵姓？该人曰：辱没先人啦，不说姓氏也罢，随即离去。此书被父亲精心保存，希望将来有机会还给这位不知姓名的老者——父亲认为这本书里一定有该老者爱惜此书的故事。父亲去世后，此书由我弟弟泽洋保存，我们真心希望，该书原来所有者的后裔能够得到信息，我们愿意奉还多年代为保存的这部《聊斋志异》，并希望听到此书原来所有者的故事。

学人旧事系列之二

自行车的故事

"东洋车，两轮转，中间骑个王八蛋。"——1949 年我在北京进育才小学时，来自解放区的"老"同学念过这样的顺口溜——当年解放区军民、学校多在乡下，城里才见得到"富士"一类日本牌子的自行车，骑车的多是戴礼帽、扎裤腿的家伙，属汉奸、特务一类。君不见，小兵张嘎就"活捉"了这样形象的"狗汉奸"！

一、学车——两臂伸直，向前看，使劲蹬

1951 年我进了在圆明园旧址的中学（现在叫一零一中学），家在城里，星期六下午，我们学校的几百学生、北大的学生都在北京大学西门的车站等 32 路公交车，人多车少不说，到西直门终点站还要换车才能到家——骑车回家多方便！

后来，有自行车的同学教我骑车：扶我上车，告诉我：两臂伸直，握住车把；眼睛看前面；两脚使劲蹬。他则在后面扶着后座，跟着跑，不知道什么时候，我听不见他叫我"使劲蹬"和脚步声了，而我自己也骑车往前走了，我就这样学会了骑车。以后也按"两臂伸直握把，看前面，使劲蹬"的动作要领教会了许多人骑车。在这里，我要感谢当年把我扶上车，告诉我动作要领，推着后座教我学会骑车的小学和中学同班八年的伍绍祖同学，后来我借了一辆车，他又给我"保驾"陪我骑车回到城里的家，算是"出徒"。——此后，我可以骑车回家，从中学生、大学生到教师，延

续几十年。我记得，他教会的还有施光南等几位，我想到此事，忽发联想：老同学当体委主任的实践是否从此开始？——时在1953年，差一年就一个甲子了，祝老同学两臂伸直，向前看，使劲蹬出一生平安！

二、骑车趣事一箩筐

车技："文革"期间，夏日，我所在的北京石油学院校内马路上，中午可见校内石油机械厂一工人，脚蹬自行车，左手持饭盒，右手用勺向嘴里划拉面条。边吃边行车，行人驻足，我曾见过数次。此乃不是杂技，胜似杂技。以后所见车技未有出其上者。

带车："文革"期间，学校被搬迁到山东东营，教师探亲、出差乘火车、汽车，车站离学校五、六公里，公交车少，没有行车时刻。外出者，多请同事用自行车带到车站，有行李、提包时，则两人骑车到车站，两辆自行车则由同事左手扶把骑一辆，右手扶另一辆车鞍座带回——教师戏称：一人驾四轮，汽车水平。从车站到石油学院的公路上，屡见，十余人一溜，每人骑一辆，带一辆。后来，学校到车站开了班车，此景乃止。

晚间行车：20世纪50年代，交通规则规定：晚间骑车必须有车灯。当时车灯有两种：由前轮摩擦发电的"摩电灯"和装干电池的灯，前者价贵，买不起；后者用电池太费。为此，夜晚路边出售白纸糊的灯笼，带一节蜡烛，约一毛钱，买一个挂车把上。可惜，车一晃，灯笼就烧掉了。一次我星期日晚上从家回学校，烧掉四个灯笼。一次晚上，我与两位大学同学骑车从城里回校，沿途已经烧了两个灯笼，舍不得再买了，冒险继续骑行，到北海后门附近被交警拦住，我们三人被命令：下车！随即，交警向我们敬举手礼（这叫"纠正违章先敬礼"），我突发奇想，随即发了口令："稍息！""立正！"并责怪交警敬礼时没有"立正"，属于不符合条例——结果可想而知，交警把我们好一顿"修理"——此事在我们大学同学中成为保留故事，我每因此被同学"奚落"。今年时逢大学毕业五十周年，同学聚会时，是否还会有人提及此事？

丢车：自行车作为年轻人主要交通工具带来方便时，也带来风险——

丢车。当时买一辆车要花三个月的工资，好车还要“凭票”，因此丢车的故事多有发生，每过几年丢一次车，已经见怪不怪了。骑车的，没有丢过车的大概极少。我最痛心的一次丢车是1988年从美国斯坦福大学做访问学者回来，用积存了几个月的工资买了一辆“凤凰”牌锰钢车，还用节省的美元在“出国人员服务部”买了一套英国出品的加快轴，骑在街上一阵风过，回头率绝不亚于当今明星！可惜骑了不到一个月，停放在公交车站附近时被盗，情急下，立即到附近派出所报案，因为损失超过200元，派出所要立案登记。但是派出所又告诉我，北京每天丢失自行车数百辆，能够找回的极少，并告知偷车人盗车手法，用钩子将自行车鞍座或后支架吊起，这样被锁住的后轮被悬空，钩子的另外一端拴在裤腰带上，车子就可以很轻易被推走。真是道高一尺，魔高一丈。丢过几次车以后，新车不敢买了，专买那种“除了铃不响，其他到处响”的旧车——多半是偷来的。这样买车、被盗、买盗来的车，也是一种物流链；骂偷车的，买偷来的车，也是循环。

自行车也要破四旧：1966年8月，全国呼喊破除旧思想、旧文化、旧风俗、旧习惯，当时叫“破四旧”，于是店铺招牌被砸、女子衣服、皮鞋当街被毁，当然也祸及车辆。上海出产的“凤凰”牌小轿车立即改名为“上海”牌。这样上海出产的“凤凰”“永久”，天津的“飞鸽”自行车，遑论英国出的“凤头”“三枪”等牌子的车也要“破四旧”。——当时有一帮小青年，在马路上专门拦自行车，拦住后，二话不说，掏出改锥在自行车前叉架和后轮挡泥板一撬，彩色金属制的“凤凰”“飞鸽”商标就到手了，“四旧”已破，你可以走了！我曾经见过几个中小学生，一人背一个草绿色、绣有“为人民服务”红字的书包，其中一人对我炫耀，今天“破四旧”，缴获了几个“凤凰”、几个“飞鸽”；旁边一人立即插嘴：“我还有‘凤头’和‘三枪’呐！”——呜呼！“四旧”也分“进口”“国产”，也有名牌！

三、不结束的结束语

自行车在我们这一代人的生活中曾经起过重要作用，是交通工具，又是人际交往的工具——那时候，“谈朋友”的，有几个不是前面骑一个，后面带一个，骑出来的！我大学毕业当教师时，教研室三十多个人，仅三人有自行车；现在，二十多个年轻人的教研室，没有汽车的不到三个，骑车的让位于开车的，退出舞台了！这就是我身边的社会发展和进步。从去年开始，为了增加活动半径，我的自行车改成电动车了，外出更方便和更省力了。但是骑车教会我的动作要领，在人生道路上，永远不会过时：两臂伸直，握紧车把，向前看，使劲蹬！

学人旧事系列之三

麻雀的故事

一、从一首儿歌说起

1943年我还在昆明当幼稚园学童时，老师教过我们一首表演唱的歌曲——《麻雀与小孩》，其歌词是：

小孩："小麻雀呀，小麻雀呀，你的母亲，哪儿去啦？"

小麻雀："我的母亲飞去打食，还没回头，饿得真难受。"

小孩："你是我的小朋友，我是你的好朋友，我家有许多小青豆，我家有许多小虫肉，你要吃吃喝喝和我一同走，我的小麻雀。"

小麻雀："我的好朋友。"

小孩、小麻雀："走吧走吧走吧走吧走！"

这首歌让我记住了：麻雀吃青豆和肉虫，是小孩的好朋友。后来，我妈妈告诉我，这首歌作于20世纪的30年代，作者是她们湖南老乡黎锦辉，和语言文字学家黎锦熙是兄弟，而且，演唱这首歌还成就了一个叫黎明辉的中国最早的电影明星。

1949年，我随父母到了北京，新中国成立后，黎锦辉被认定是黄色歌曲作家，这首歌也不再唱了。

在中学时学了生物课（当时课程名称叫"达尔文主义基础"），知道麻

雀俗名家雀儿，是一种与人类共居的常见鸟类，其食物中人类种植的谷物比例低于50%，更多以农田中的害虫和人类的废弃物为食，形容北京老百姓安贫乐道的一句谚语“老天饿不死瞎家雀儿”，就是说这种小动物。

二、麻雀成为运动的对象

1958年在上大学期间，全国发起了消灭苍蝇、蚊子、老鼠、麻雀的“除四害”运动。1962年我们大学毕业时，北京市市长彭真给毕业生做报告，说毛主席发展了马列主义，有很多新的创造，可是毛主席很谦虚，只承认“除四害”是他的发明。

1958年4月19—21日，在中国大陆掀起了全民剿灭麻雀的运动，于是，老百姓扑灭害虫，养成卫生习惯的日常生活搞成了政治运动。北京是首都，当然更搞得轰轰烈烈。我们北京石油学院学生的阵地除了本校校园以外，主战场是颐和园。参加“战斗”前，学校领导动员：北京市把这么重要的战场交给我们，一定要打好这场“歼灭战”！当时有诗曰：“房上旌旗招展，湖畔锣鼓喧天，今日最后决战，定将麻雀全歼。”（图片及诗歌均引自当年《北京石油学院校刊》）

我当时是在学校还没有建成的主楼工地的砖堆附近“埋伏”，有麻雀飞近，发生“空袭”时，挥舞上端绑有布条的竹竿，并大声吆喝，甚至敲打脸盆等（大的埋伏点则配备锣鼓等响器），当时的口号是，要让麻雀无地停留，饿死、累死、吓

死！学生和老师们从清早到天黑，都要坚守阵地，中午饭是由炊事员和专人将馒头和咸菜送到各个“阵地”上的每名“战士”手中，所有的人都十分认真地参加“战斗”。

在北京城里，大街小巷的大喇叭从早到晚都在广播各区县的“战报”，胡同里及每家房顶上都有大人小孩巡逻吆喝，孩子们不上课，院子里叫，房顶上闹，好不开心。连续几天的报纸上几乎都是有关剿灭麻雀的报道和宣传画。4 月 21 日还发表了中国科学院院长写的题为《咒麻雀》的诗歌：

麻雀麻雀气太官，天垮下来你不管。
麻雀麻雀气太阔，吃起米来如风刮。
麻雀麻雀气太暮，光是偷懒没事做。
麻雀麻雀气太骄，虽有翅膀飞不高。
麻雀麻雀气太傲，既怕红来又怕闹。
你真是混蛋鸟，五气俱全到处跳。
犯下罪恶几千年，今天和你总清算。
毒打轰掏齐进攻，最后方使烈火烘。
连同武器齐烧空，四害俱无天下同。

这样又将剿灭麻雀和当时在各部门中清除工作作风中的“官、暮、骄、娇”四气联系在一起，形成全国规模的运动。据后来统计，1958 年中国共捕杀麻雀 2.1 亿只。1959 年春，上海及许多大城市的树木虫害严重，南方农田害虫繁衍。由于一些生物学家的呼吁，1960 年，麻雀从四害中除名（当时传达的指示是：“麻雀不要打了，代之以臭虫，”麻雀得以繁衍至今）。

三、与此有关的趣事一则

当时除了要消灭麻雀，还要消灭苍蝇、蚊子、老鼠。而且北京和上海这两个最大的城市间，还要互相检查和评比。检查苍蝇是否被消灭还比较好办：食堂、厨房及垃圾堆附近没有发现苍蝇和蝇蛹就算通过；但是如何检查蚊子是否被清除干净，则颇费周折。后来，还是一位上海妇女想出了“评价”方法：由上海派出若干名中青年妇女（据说肥胖和爱出汗者优先），着短裤或短裙，在北京颐和园十七孔桥以南水面岸边有水草的地方，从下午到黄昏静坐若干小时，看腿上是否有蚊子叮咬的包（被叮咬有包后，可将蚊子拍死，取证），并与在上海找一处与北京颐和园水边环境类似的某地、由北京派出的、同样静坐的妇女腿上被叮咬的包的多寡评定优劣！——啊哈！我们那让人怀恋的、充满天真和虔诚、梦魇和荒诞的青年时代！

仲春已至，夏季将近，让我们的居住场所少见蚊蝇，也是好事！

小麻雀呀！你还是人类的好朋友！

2012 年 4 月 21 日

学人旧事系列之四

从唱片到 MP3

——听觉的回忆

从学生到教师的几十年经历中，美好听觉回忆是最隽永的。

一、唱机、唱片

最早的唱机是手摇的，方形的机箱右侧有连着机箱内发条的摇把，像给机械表上弦一样，转动摇把，拧紧发条，在转盘上放好唱片，拨动开关，唱片就会旋转，然后将装有唱针的唱头放在旋转唱片的边缘，唱片上的音纹使唱针发生振动，经过唱头放大，就会由唱机中的喇叭发出悦耳的声音，唱片放完，唱针转到唱片的最内侧，唱机会自动停转。——现在的电视剧里，重现过用老式唱机放唱片的镜头，有的演员是先把唱头放在唱片上，然后再启动转盘，这是错误的——唱片在有唱针压入时启动，绝对会把唱片划坏！

摇紧一次发条，可以放一二次唱片，每次三五分钟，如果不及时摇紧发条，唱片的转速达不到每分钟 78 转，声音就会变得很难听。钢质唱针长约半寸，比缝衣针略粗，但和唱片接触的针很细很尖，放一次，最多两次，就磨秃了，要换唱针。还有过一种竹制唱针，用秃后可以用剪刀修剪，一枚针可以

用多次，但是放出的声音不如钢针悦耳。

到20世纪50年代后期，留苏学生回国，带回了电唱机——当时叫作“电转”——接通电源就可以按每分钟78、45、33三档旋转，唱头像蛇头一样轻巧，放在唱片上，其最下端的“晶体”代替唱针。电唱机和收音机连接，用收音机的喇叭发声，音质要比手摇的好，而且稳定。除了不用更换唱针以外，每分钟转33转时，可以放密纹唱片，一首几十分钟的交响乐曲，一部京剧好戏，可以在一张唱片上一次连续听完！这是当时出国人员带回的大件，后来国内也有生产，多是供给机关学校的广播站台，个人买得起的不多。

当时书店和乐器店售卖国产的黑色虫胶制成的唱片多是《咱们工人有力量》《我是一个兵》一类适合在群众场合播放的，也能买到当时流行的苏联电影插曲，例如《红梅花开》（我就买过女中音董爱琳演唱的，唱得很不错，可惜后来就没听过了），也买过著名音乐家周小燕演唱的民歌（我们老家云南的《雨不洒花花不红》）。也替父母买过家乡的滇戏和湖南花鼓戏类唱片。当时要求曲目和演唱者在政治上没有问题，虽然也有一些旧戏唱片，多是名家（梅兰芳等）的。

要买“洋”一点的乐曲唱片，得去王府井大街北端的八面槽，那里的国际书店（现在叫外文书店）唱片门市部，专门卖苏联及东欧“兄弟国家”的唱片。那里，真有好东西：全苏广播交响乐团演奏的柴可夫斯基的第六交响曲（悲怆）及第一钢琴协奏曲（演奏者是李赫特尔，是公认的演奏李斯特作品的首席），堪称经典；莫斯科大剧院乐队演奏的全部《天鹅湖》绝对是原汁原味；名斐世界的苏联小提琴演奏家、犹太人大卫·奥伊斯特拉赫演奏的里姆斯基·科萨科夫的交响诗《一千零一夜》（奥氏用小提琴奏出美女谢赫拉查德讲述水手辛巴德离奇经历，如怨如诉，如诗如画，真是一曲难忘！）。当时唱片店卖的多是苏联的作品，其他国家的作品，如斯美塔那的《我的祖国》《沃尔塔瓦河交响乐》则是由当时的捷克斯洛伐克出品；匈牙利出的一套施特劳斯的作品（当时叫华尔兹集锦），演奏水平极高——明快典雅，圆舞曲却绝无圆滑；东德（当时叫民主德国）出的贝多芬交响乐（全套，第一至第九），其中德累斯顿交响乐团演奏的第五（命运）交响曲，是我听过的、对命运最有哲学思考的演奏，指挥海因里希·劳，还特别冠以教授头衔。

当时这类外国唱片要 7 ～ 10 元一张，和我当时月工资（56 元）相比，不是小数，好在当时比我年长的老师给我安排做俄文科技文献的中文文摘工作，每一两个月，约有 10 元左右的“外快”，可用来买张唱片，多年累积，也有不少收藏。每次买唱片，可选择的好唱片不在少数，究竟买哪张成了难题。在这里，我特别怀念当时几位服务热情、周到的女售货员，她们不仅能够用流利的俄语报出唱片的曲目、作者、演奏者的姓名，还好意地将被选购的唱片用书店的电唱机播放一遍，说是请检查唱片有没有质量问题。这样，我买一张唱片，有时几乎可以白听一上午，成了节日！

买旧唱片要去东安市场和隆福寺（后来叫东四人民市场），那里偶尔可以买到解放前出的著名花脸金少山演唱的《盗御马》、梅兰芳和马连良的《四郎探母》等几乎绝响的唱片，也可能见到据说是在希特勒检阅军队时演奏过的《双头鹰进行曲》，和印象派作曲家德彪西的作品，特别是经常可以看到一些轻音乐名曲：雷哈尔的《风流寡妇》，古诺、托赛里的小夜曲等。光顾这类店铺的不乏名流、显宦，店里还可以和老板讨价还价。

二、精神食粮——物质和精神饥饿的回忆

1960 年开始，学校食堂的油水少了，主食严格按定量给了，20 岁上下的年轻人靠 30 斤左右定量的淡汤寡水度日（相比外地已经是让人羡慕的数量），当时只能叫勉强维持，饥饿的感觉一直持续了约两年，这期间，学校的体育课和耗费体力的活动都基本上停了。当时还有个提法，叫作供给学生精神食粮，演电影、广播革命回忆录等，但是，饥饿感觉的折磨是很难消除的，那几年，只要不想功课等正经事，饥饿的感觉立即袭来。我在那时也找到了暂时克服饥饿的方法：听唱片，听着听着，熟悉的旋律响起，不知不觉中饥饿感就减轻了，而且人在饥饿时记忆出奇的好，我就是在那段时间里，在身体的饥饿中记住了柴可夫斯基的《1812 年序曲》、《如歌的行板》、贝多芬的《第六交响曲》（田园）、古诺的《浮士德的圆舞曲》

等许多名曲旋律的全部，至今未忘！

到了1966年以后，肚子基本上不饿了，却赶上了“破四旧”，西洋音乐非“资”即“修”，中国古典音乐戏曲则通属封建余孽，一天到晚耳朵里满是高亢的革命旋律，军宣队安排的吃草籽和红薯粉窝头的忆苦思甜教育活动，还伴有音乐“天大地大……爹亲娘亲……”使我至今听到这些歌曲时都食欲全无。那些年月，除了“毛选四卷”①和“两报一刊”②文章以外，基本上没有书看。没有真正的精神食粮的滋养，其实也很难受，我看过一篇小说，讲述一位知识分子孕妇“文革”后期因手持一张内部电影票在电影院门口被抢被挤，导致当场流产！——故事未必是真，但是当时人们的心态我是完全理解和相信的。

你瞧瞧，身体饥饿时，精神食粮或许可以在一定程度上麻醉饥饿的感觉；精神的匮乏，物质食粮却未必能够化解！曾有教导：精神可以变物质，物质可以变精神，也许说的是人类世界的某种规律，但对某个具体的人，没有吃的，精神再高尚，也难解决饥饿；同样，物质欲望也填补不了某些人的精神空虚。

三、录音机、光盘和计算机存储的音响设备

改革开放初开始售卖外形像砖头一样的录音机（俗称板砖），当时只在北京王府井百货大楼等处出售，价钱大约是我辈两个月工资（120元）。由于当时很多人热衷于学外语，又由于投放市场的数量有限，因此为买一台录音机，往往需要排一夜队！后来，出国机会多了，通过各种渠道，几乎家家都有了录音机，还有可以装两盘磁带的（双卡机）、有立体声效果的各种录音机，一家在日本原来名气不大的“三洋”录音机几乎充斥了中国的家家户户。

有了录音机，少不了比月票略大的录音带，先后出现了可以录音半小

① 指1968年发行的《毛泽东选集》四卷本。

② 文化大革命特定词汇，指《人民日报》《解放军报》和《红旗》杂志。

时、一小时和更多时间的录音带，还有在磁带上涂有铬粉的、录音效果更好的铬带。1980 年以后，随着出国机会增多，我们这些教师陆续去美国、日本等国做短期和长期的访问学者，那时回国送同事一盘磁带，已经是很有分量的礼品。

随着录音机出现，所录的节目，也从古典音乐和轻音乐扩展了很多，我就从意大利拿坡里的民谣里听到从古典（例如《我的太阳》）到现代的转换（例如《登山缆车》）。在美国做访问学者期间，我从美国电影《日瓦戈医生》中录到《拉拉的旋律》《月亮河》等并非苏联（或俄国）人所做的苏联音乐，这些作品没有我熟悉的苏联歌曲的清新、明快、开朗，但是确有俄罗斯音乐传统中固有的沉郁、忧伤、在逆境中的遐思和对光明的向往，也许是对“如歌的行板”的更深刻的承继。由于开放，人们的欣赏趣味和习惯也在发展和变迁。

再后来，出现了光盘等兼有视听功能的载体，随着经济条件的改善，配齐带有音响的光盘录放设备，已经不是难事，在家里可以听到著名乐队演奏的名家作品，而且就声音的效果而言，并不劣于在音乐厅。再后来，年轻人几乎必备的 MP3 一类设备，仅有打火机大小，却可以听到上百首乐曲，而且获得乐曲的来源简单、方便到难以想象的程度。我注意到年轻人喜欢的多是流行和通俗的音乐，而且更喜欢歌唱，从《北国的春天》，唱到《一把火》，从《澎湖湾》唱到《黄土高坡》。在音乐的旋律和节奏两个主要元素中，我们时代的人更痴迷于旋律，现在的年轻人似乎更钟情于节奏。

一位俄国的先哲说过：“每一代人都有那个时代对美的感受。”诚哉斯言！

2012 年 5 月 10 日

（此文曾发表于《北京晚报·五色土副刊》）

学人旧事系列之五

衣装和颜色的回忆

穿靴戴帽，各有所好。

一、从古今中外，包罗万象到归一化

1949 年 7 月我们全家刚到北平，当时北平的旅馆几乎全部被征用，以接待来自全国（甚至世界）各地的准备参加新中国奠基和建设的各种人员及其家属。每到开饭时间，餐厅里各种穿戴的人一起亮相，男装有长袍（多为灰色和褐色，质地是细布和绸子的夏季用料）、布鞋，有西装革履（多见咖啡色细呢料，也有细夏布的，裤脚是卷起来的），也有“中山装”——是有小立领、像西服那样三个兜；女装则多是旗袍（但是开叉多是在膝盖以下，我妈妈后来告诉过我，开叉高的只是在跳舞厅一类地方才能见到）和西装裙服。但是最抢眼的是穿黄布军服，左胸佩戴“中国人民解放军”胸章的男女军人，也有颜色和质地不同的有四个口袋的干部服，女干部服是有两排扣子、腰间有布带的“列宁服”。大体上穿军装和干部服及列宁服的是解放区来的，穿长袍和西服的则来自待解放区（当时也称蒋管区或国统区——国民党统治区）及海外。那年的十月革命节（11 月 7 日）前后，苏联还派了艺术家来演出，其中女装多是露胳膊和后背的“洋装”（我妈妈说，这种装束，她都没见过）。那时所见的各种人物的穿戴也和他们的身份一样，真是古今中外，包罗万象。

新中国成立了，北平改名北京，所有来投靠革命和共产党的人，都由新政权包下来，成了实行供给制的国家干部，衣装也有供给：式样上男的一律是四个兜的“制式服装”（简称制服，也有叫中山服的），女的是列宁服，面料有细呢、粗呢、斜纹布和平纹布等显示级别差异。颜色则多是蓝灰色，夏季则是浅灰或浅黄色（西装和旗袍也还有，但是只在参加“外事活动”时才用，市面上则基本绝迹了）——咱们中国首先在服装上实现了制式化和规格化。

我在那年的秋季，进了当时只收干部子弟的育才小学，开国大典后不久，发给了冬季服装——一套蓝灰色的棉衣。据说，衣服做好后被特务放火烧了一些，因此男服不够了，因此给我们这些十岁及以下的男孩发的是女装列宁服，所附的腰间的布带被我们用作裤腰带。另外每个人还发了四两粗毛线，请女同学教我们织成毛袜——我们用碎玻璃片将劈成两半的竹筷削成竹针，请解放区来的女同学教我们织毛线——织袜子的“拐弯”和收针部分“高技术”则请女同学代劳。到现在，看到别人织毛活，我还能接过来，拇指和食指持针，小指勾线，平针、上针，上下针的对付几下——在此，我给当年教我织毛活的女同学们鞠躬啦！谢谢！

二、学生服饰：短命的花衬衣

当年学生的衣着上身是衬衫，下身是布裤子，天冷了，加绒衣（当时毛衣还是奢侈品，在学生中少见）和制服（多是父母穿过的衣服改的，学校一年发一套，对多动的学生显然是不够的）。当年的少先队员则以白上衣、蓝裤子为队服，一直延续至今。

1951年进了中学，仍然还是供给制，衣服由学校按季发放，我记得刚上中学时夏季发给麻纱的短袖衬衫，第二年就发府绸的长袖衬衫，家长们说从发的衣服上就看见国家的发展和进步。1953年春季，又多了些花样：先是老师动员：现在解放啦，生活好了，衣服也应该漂亮些啦，现在国家进口了一些苏联的花布，大家可以像苏联青年那样，做一件花布衬衫。费用吗，要自己出，一件衬衫也就几块钱。因为我父母实行供给制，津贴费不多，学校给我们发的津贴费当时折6斤小米，就四五毛钱，当然买不起，只有一些家长是大学教授或有关部门专家、有薪金或补贴的同学响应老师号召，买了彩色条纹或小细花纹的苏联花布，做了衬衫。一个班上，蓝灰色草丛中略见花红，也是特色！

据说，当时在女子中学，则推广用苏联花布剪裁的连衣裙（叫“布拉吉”）。

那年的劳动节，晚上天安门广场上的群众联欢会，由于有了比较多的花衬衫和布拉吉，添彩不少。可惜好景不长，到了这年的“十一”晚会，只风行了半年多的花衬衫明显少了，原因是苏联花布的质量不怎么样：掉色不说，洗几次，布就懈了，不结实，不耐穿。后来我们听说，这批花布是苏联对中国援助配售的商品，甚至是人家过期、过剩的产品。这以后，我们这辈人学乖了：纺织及轻工消费品绝对不买苏联的——这也是后来日本消费品一时大行其道的原因之一。

三、布票时代的回忆

20世纪50年代中期，开始使用布票，一开始是每人每年十六尺，后来到1960年减少到八尺，这时也取消了供给制，衣服要各家自行解决了。这样，学生的衣着也有了区别，可以穿用父母亲旧衣改制的衣服，这就折射出父母亲级别地位的差异。

对于那个年代的学生，劳动多，体育活动多，又是长身体的年龄，穿衣还是很费的，一年的布票，做一套单衣还可以，再做一件棉衣就不够了，因此，各家也都实行“有计划，按比例”的方案，新衣服轮流做，老大的衣服老二接着穿。老画家丰子恺在旧中国时代画的一幅漫画，标题为“新阿大，旧阿二，破阿三，补阿四”在当时又成了实景。即使买布做新衣服，也要买结实的、耐脏的布料，小孩子用旧布料做衣服则是常规：我儿子幼时的衣服就是用旧沙发套改做的。以下一些故事也是那时的中国特色。

假衬衫领子　毕业了，当了教师了，和学生见面，应该穿得体面一点——应该在外衣里面有件衬衫，可是买件衬衫用布票多，而且不如外衣耐穿，于是市面上有一种“假领子”卖，衣领部分是用较好的府绸一类面料制成，下面则是两根白纱带子套在胳膊上，虽为假冒，却不伪劣，市场有售，仅要布票两寸。这种办法据说是从上海风行起来、逐渐流行的，既“体面”又节省，而且能用于春秋及冬季，有男士用的，也有女士用的（粉色“的确良”），体现了那个时代的“多快好省”，现在这种假领子大概可以成文物了。

手套改制的“毛”背心和“毛”衣 那个时代，一件毛衣要几十块钱，一个月工资甚至不够买一件好毛衣，一般工人大概买得起毛衣的不多。当时发给工人很结实的劳动布制的工作服（夹克款式，没有拉链，代之以数粒扣子），同时每月还发白纱线的劳保手套，许多工人就将这种手套拆开，绕成线团，用织毛衣的方法将其织成“毛”背心，用两到三副手套可以织一件背心，用六到八副手套可以织一件“毛衣”。这在当时甚至成了男同胞找对象的条件：看女方有没有工作，有没有持家过日子的思路和手艺——搁到现在，恐怕是天方夜谭了！

“北京是灰色的” 1972 年，旅居法国的画家、中国著名数学家熊庆来先生的公子——熊秉明先生回国探亲观光，因为他早年在云大附中时是父亲的学生，父亲在 1955 年去南美访问路过欧洲时，和他们父子有书信来往，并曾经在瑞士见面，因此秉明兄在回到北京后执意要和父亲见面，我因此有了与之交谈的机会。那年秉明兄 50 岁，说起经历，秉明兄说他前 25 年在国内，学习到尊老爱幼、尊师重道的理念；后 25 年在法国则是扩展了艺术的视野。问及其对北京的观感时，秉明兄略加思考后，答曰：“北京是灰色的！”我问他：何以如此？秉明兄告，他所见人们的衣着是难以想象的同一式样和几乎完全相同和近似的灰色：青灰、铁灰，以及天空的铅灰色。他说，作为画家，他的印象是，灰色是可以代表北京的颜色。

1988 年我从美国斯坦福大学做访问学者回来以后，对外国城市多彩的颜色和人们绝无雷同的衣着打扮有了印象。适逢秉明兄再次回国，由于要替父亲塑头像，因此又有了多次见面和交谈的机会。我又问及他还记不记得关于北京色调的谈话，他说，他从画家的角度看，那时北京真是灰色的，现在的北京色调已经丰富了些，但是，灰色基调的清除还要经过一段时间，也许也应该保留一些。

诚哉斯言！随着物质的丰富和相应的观念的转变，人们衣着的颜色、式样和面料也开始呈现多元风格，人们对衣服颜色、式样视野的扩展是在裤脚的宽窄和思想品质关系的争论成为笑话之后，衣着和意识形态呈现更复杂的关系。可以庆幸的是，北京人衣着的基本色调和人们的心情脱离了令人压抑的灰色！——而近年有人提倡的、作为城市建筑物色调的灰色则应该另当别论。

四、一点见解

近年在历史题材的影视中，有出现绅士淑女乘人力车（俗称“黄包车”）和三轮车的镜头，下车后衣着差异极大的绅士淑女亲手将车资递到车夫手中，有时还说句“不用找啦”等。其实当时相当多的人并非如此操作——衣着光鲜的摩登少妇尤其羞于与贩夫走卒等“下等人”交往，据本人幼年所见，通常是下车后，将车钱放在人力车或三轮车放脚的踏板上，随即离去。钱数是预先由雇车者讲好，多的往往就算给了小费，有的则是雇车者预先付了车资（上海话叫“开车钿”），总之，绅士淑女与车夫交流的机会很少。在上海还有语言交流方面的原因，乘车的和拉车的不一定都是本地人，语言交流可能会有障碍。——不知演艺界诸君以为然否？

第四篇　科海拾贝

徐志摩与《相对论》

一、缘起——从 1921 年 4 月 15 日出版的《改造》（第三卷，第八号）“相对论”号说起

20 世纪最伟大的物理学家之一爱因斯坦在 1905 年提出了“狭义相对论”，1911 年又提出了“引力对光传播的影响”，此后发展为“广义相对论”。这是物理学史上的极重要的事件，使物理学的思维方法，以及人类对时间和空间的认识有了突变性的进展。但是，由于所涉及的内容与人们通常的见闻迥异，以及相关的数学背景知识深奥，因此除了在物理学界有重要影响和争论以外，还未被社会广泛关注，这种状况一直延续到 1919 年。爱因斯坦在 1915 年预言过：恒星的光线在经过太阳附近时，由于太阳引力的作用，在地球上观测到的恒星发出的光线将会偏移，但是这种现象只有在日食，即太阳光被月球遮挡时，才有可能观测恒星发出的光线是否偏移。1919 年 5 月 29 日发生的日食，为证实爱因斯坦的相对论提供了绝佳的机会，英国皇家学会派出了两个观测队分别到西非和南美的巴西进行观测。按爱因斯坦的预测，由于太阳引力的作用，金牛座恒星发出的光线将偏移 1.72″。在西非几内亚湾普林西比岛进行观测的英国天文和物理学家 A. 爱丁顿实际观测到的偏移是 1.75″（误差 ±0.06″），这样，爱因斯坦提出的相对论得到实际验证，并因此轰动了全世界的物理学界，当然也引起自然科学和人文科学界的广泛兴趣。

1920 年英国出版了爱因斯坦的《相对论：狭义相对论和广义相对论》

的英文译本；同年，A. 爱丁顿用英文诠释相对论的专著《空间、时间和引力》也由剑桥大学出版社出版。一时，爱因斯坦和相对论成为热门话题。在这样的背景下，1921 年 4 月 15 日，由北京新学会编辑的《改造》杂志的第三卷第八号出版了《相对论号》专集，发表了安斯坦[①]的《相对论浅释》的中文译稿（夏文璪译）和徐志摩的文章《安斯坦相对主义》。另外还有两篇从哲学上诠释相对论的论文：哀庭顿（A. 爱丁顿）的《相对律上的之物质观及自然律》（王崇植译），此文原来发表在英国哲学季刊《精神》（Mind），由张东荪（1887—1972，中国近代哲学家）做了介绍和修正；还有一篇是于律奥忒（H. 埃里奥特）的《相对律》（王崇植译），原文发表在英国著名的《爱丁堡评论》（季刊）1920 年 10 月号。在这四篇文章中，徐志摩的文章是用比较通俗的语言向中国读者全面地介绍相对论，当然是该期杂志的重要文章。

二、徐志摩对爱因斯坦的相对论的学习历程和认识评价

徐志摩发表的文章标题是《安斯坦相对主义》（按现在的译法，似可为《爱因斯坦与相对论》），副标题是：物理界大革命。中文正文之前，列了 6 篇文献的英文目录，即爱因斯坦的《狭义相对论和广义相对论》（1920 年，英文版）、A. 爱丁堡的《时间、空间和引力：广义相对论梗概》（1920 年剑桥大学出版社，英文版）、哈诺夫的《从牛顿到爱因斯坦》、腓特列的《爱因斯坦相对论基础》（1920 年剑桥大学出版社，英文版）、H. 埃里奥特的《相对论原理》（英文原文刊载于《爱丁堡评论》1920 年 10 月号）、W. 卡尔的《相对论原理——哲学背景和历史梗概》（1920 年，伦敦麦克米兰出版公司，英文版）。1920 年年底前徐志摩撰写的文章所参考的就是这些最新的有关相对论的英文文献。

徐志摩在文章的开头，说到接触相对论的经过："吾秋天过巴黎的时

① 安斯坦是当年的译法，今译为爱因斯坦，以下引文中人名及地名都用原文的译法，并在括号中标明现在按《不列颠百科全书》通行的译名。

侯君劢[①]送我一本安斯坦（爱因斯坦）自著的《相对主义浅说》（《相对论浅释》），告诉我要是有辰光，不妨研究一下。”这就是徐志摩接触和学习相对论的缘由。

接着，徐志摩说到学习相对论的经过：“我离开巴黎就在路上看了一遍，字是一个个都认得的，比喻也觉得很浅显的，不过看过之后似乎同没有看差不多。我可也不着急，因为一则我自己科学的根底本来极浅，二则安斯坦（爱因斯坦）之说，原不是容易了解之东西。”“到了英国，我又把那本书覆看一下，结果还是‘山东人吃麦冬，一懂不懂’，于是我想要懂得总得请人指导。”“谁知问了许多人，大家都很客气，一样的说不懂。”徐志摩说的是大实话，非专业人士接触相对论大都是这种感受。

徐志摩接着又说道：“吾同住有位学工程的，算学（数学）物理都很精明，我就同他谈起，我问他你看安斯坦（爱因斯坦）的学理怎么样，他回答说，他不管。我说这事体关系很大，你们学科学的不能不管。他气哄哄地说，你要听他可糟了，时间也不绝对了，空间也不绝对了，地心吸力也变样了，那还成世界吗？”

自学困难，求教又碰壁，徐志摩“倒发了一个狠，说难道就此罢了不成，他的学理无非解释宇宙间的现象，奈端（牛顿）的深浅阔狭，我多少理会一点，难道见了安斯坦（爱因斯坦）就此束手。我也不再请教人了，自己去瞎翻。另外看了几本书，几篇杂志文字（即前文提及的6篇文献）。结果可不能说完全失败，我至少知道了那是什么一回事”。

这就是徐志摩学习相对论的过程：开始自学不懂，后来求教无门，于是“发了狠”，硬是靠“瞎翻”，阅读了一定数量的资料，终于“知道了那是什么一回事”。徐志摩的这段文字也多少反映了当时英国社会上一般公众对相对论的认识：非专业人士多是“不懂”，个别从事技术工作的甚至视相对论为异端。

在初步了解了相对论的实质之后，徐志摩的认识和评价是：“安斯坦（爱因斯坦）在物理界的革命，已经被当代科学家认可。比如英国科学界

① 张君劢（1887—1969），中国近代思想家。

领袖汤姆生（J. J. Thompson，汤姆孙）就尊他为奈端（牛顿）第二。”徐志摩写道：“五百年前谁也不知道地是个球并且在那里转的。现在的读书人要不知地动，就让人家笑话。……安斯坦（爱因斯坦）的相对说，在目前多少还是稀罕，过上几千年，……那时人家要不知道他学说的大概，就要觉得难为情……”徐志摩还写道：“凡是诚心求真确知识的人，都应该养育一种不怕难好奇的精神。”这也是徐志摩对自然科学，对相对论的态度。

对于科学发展上革命的艰难，徐志摩是这样评价的：“前清时代官场的告示，革命党是要杀头的。……就是科学革命，在旧观念的牢锁下也不免受同样的苦楚。……可怜歌白尼（哥白尼，1473—1543）就同徐锡麟、秋瑾一样地让‘上帝子孙’杀死了。①……等到加列利华（伽利略，1564—1612）……造起一个‘千里镜’（望远镜）……将天象的变迁，实际的情形全写了出来……将老式的占星学完全推翻，凭着科学的方法，起造了近来天文学的基础。……又一班神父们又大发其威，逼得加老先生对天发誓，否认自己的发明……”徐志摩接着说到牛顿在力学方面的贡献，说起达尔文关于人类起源的学说：“人类同猴子原来是一支上来的伯叔兄弟。”结果“教士们痛哭流涕把达尔文骂得臭死。但是真理始终不能让迷信盖住，到如今没有一个人（除开一部分上帝特别加料的糊涂虫）不承认达尔文在生物学界革命的功劳”。

徐志摩接着说起牛顿学说和爱因斯坦理论的关系，“我们承认奈顿（牛顿）的物理，因为他的是解释自然界现象最适合的一个方式。现在安斯坦（爱因斯坦）说奈顿（牛顿）不见得全对，我也有一个解释，也可以讲得通”，因此“大家须要‘平’着气，来听安老先生解释宇宙现象的新学说”。

按照现在科学界的理解，爱因斯坦的相对论是牛顿力学的发展：在物体运动速度接近光速时，牛顿力学不再适用，而应该用狭义相对论来解释；在物质（以光线形态出现的能量也包括在内）受到强引力场作用（例如

① 徐志摩记述有误，被害的是布鲁诺（1548—1600）。1592 年在罗马被宗教的异端裁判所逮捕，1600 年被烧死。

光线经过太阳附近时），应该用广义相对论来解释所发生的现象。

三、徐志摩对爱因斯坦的介绍和解释

徐志摩说道："我这篇文字本来不是让科学家看的，我的意思只要引起普通人对于科学常识的兴趣罢了。"按今天的解释，徐志摩的文章属于"科普"性质。而对于狭义相对论，要特别说明的是以下两点：第一，相对性原理，即任何一种物理现象都会随观测者的运动状态而改变。通俗地说，可以理解为，当火车离开站台时，站台上的人和火车上的人所见是不同的。站台上观测到的是，火车离去；火车上的观测者则看到站台远去。第二，光速不变原理，即不论观测者是乘火车迎着光线前进还是背着光线运动，所测量到的光速都是相同的。爱因斯坦特别关心的是：观测者以光速或接近光速运动时所观测到的时间和空间有什么变化和特点。这样就要考虑到包括几何坐标（可以理解为有长、宽、高的三维空间）和再包括时间坐标的四维空间。

徐志摩的文章说道："我下面讲的是（一）'相对说'的意义（怎样相对法）。（二）'四量'说的意义（Four Dimensions）。这 Dimensions 我暂时译做量，不知道适用否？（Four Dimensions 今译为四维或四度，四维即包括几何坐标和时间坐标的空间—时间系统）（三）安斯坦（爱因斯坦）对于哲学的贡献。"

徐志摩用他习惯的形象思维说明相对性："比如你说那姑娘好看，我说她不好看，这是因为我们各人有自己的（主观的）标准，所以好看不好看，都只相对而非绝对的。"徐志摩还解释了牛顿力学的实质："科学家假定时间和空间是不变的、绝对的，反之速度是更变的、相对的。"徐志摩提到用思维的方法延续人类五官的能力事实上是科学的方法："总而言之，人的五官的能力是极有限的，就是用机器来帮助，也不能直接观察自然界内部的现象。科学的方法就是补这个缺憾，用简单的办法找出许多不可思议的奥秘出来。安斯坦（爱因斯坦）的相对说也是如此。"徐志摩说明：人的眼睛只能看见"长""宽""高"的"三量"（三维），而要看到"四量"（四维），就需要一只"飞来飞去同光速差不多快的眼睛"。这也是爱因斯坦相对论中提到的重要方法：在运动的、甚至接近光速的运动系统上观察宇宙。徐志摩还介绍了爱因斯坦相对论中的一个重要结论："在动得极快的东西上，所有的事情都好像来得极慢[①]"。对这样一个时间和空间相对的概念，徐志摩做了一些形象思维的比喻性说明："时间空间的观念，有时因心理作用也发生相对的现象。我们不说'春宵一刻值千金'吗？不说'欢娱歉夜短，寂寞恨更长'吗？……还有初吃鸦片烟醉了的人神经上就起变化，连时间空间的观念都异常起来了。天旋地转还不算，房子凭空高得同山一样……吃醉了酒也是大同小异叫寻常的时间空间观念完全缠糊涂了。"徐志摩也介绍了爱因斯坦在相对论中提及的光速不变原理、物质和能量统一的原理以及引力和宇宙的论述。应该说，即使按照现在的标准徐志摩的理解还是准确而清晰的，虽然有些比喻未见得准确。徐志摩认为："对非科学的人讲科学，只有应用常识的比喻引证。讲相对论尤其如此。"

徐志摩在文章的最后部分讨论了相对论的哲学意义。他首先提出："哲学界时常发生的一个问题，不可思议的事情可以相信吗——到什么程度？"他引证斯宾塞（1820—1903，英国哲学家）的观点："斯宾塞曾经说过凡为不可思议的事情都是虚的，——就是说凡真的事情都可以思议。"徐志摩并不赞成这种观点，他说："这句话语病极大。我们听见练内功打拳的人，只要拳头向你一晃（没有到你身上）你就皮破、血流，或是受伤。不接触而能传力是一桩不可思议的事体。但是地心吸力就是这样一件不可思议的假定。……我们决计不可以五官的能力来限制自然的奥妙。"很明显，徐志摩赞成爱因斯坦的方法论，根据已经有的实验结果（光速不变），按逻辑推理延伸物理学的视野，得出新的认识。徐志摩还写道："有人反对'相对说'，说他无非是一种玄想，并没有科学的真义。"徐志摩辩解道："'相对说'决计不是无聊的玄想……第一因为'相对说'是科学试验的结果……而且随时可用科学方法来覆验的。第二'相对说'根本没有玄想的

① 用现代流行的解释是：乘光子火箭遨游宇宙返回地球的乘客，会发现在地球上迎接他的人已经年迈，而旅行者依旧年轻。

意味……是纯粹唯物的性质。……我们人类一部智识史是发源于个人为宇宙中心一直到放弃个人观念，这‘相对说’可算最后的一期。”徐志摩对科学理念的发展又有自己的认识：“……科学的法令无非是一种适用的假设。只有另外有一种假设出来能够解释宇宙间现象更为确切详尽，我们当然迎新弃旧。”“科学的方法自从几百年前发生到如今一直领着我们往‘实验与谬误’的路上走，走到现在居然发见了最简单的宇宙组织的内容……”徐志摩介绍相对论的文章的最后一句话是：“我们只要跟着科学走总错不到那里去。”

四、读徐志摩介绍相对论文章的体会和感受

徐志摩介绍爱因斯坦相对论的文章写于1920年，从发表该文到现在也有87年了。在20世纪初，相对论得到承认，各种思想活跃的年代，徐志摩作为一个仅23岁的爱好文学的青年能够在一些前辈学人的启发下，写成中国最早的介绍相对论的科普文章。[①] 所介绍的内容是准确的，文字也是通俗活泼容易被接受的。徐志摩在写这篇文章中表现的“诚心求真确知识”“不怕难好奇的精神”，到现在也有价值。现在某些工科大学的博士生，甚至连牛顿三定律都记不得，与近90年前的徐志摩相比，难道不应该有所反思？

徐志摩承认科学，承认相对论是“科学试验的结果……而且随时可用科学方法来覆验”。而且回顾知识界认识相对论的历程，正是相对论这样一种人类对宇宙的认识被实践（天文观测）确认为相对真理的过程。在此本文作者还要说一句：有个非常著名的命题：“实践是检验真理的唯一标准”，其实这样的说法，至少在哲学概念上是不准确的，正确的说法是：“实践是检验认识是否具有真理性的标准。”也就是说，实践检验的是人的认识是否正确，是否具有真理性。这句话在马克思那里是：“人应该在实

① 在此前，中国科学会在1920年南京的年会上，物理学界的前辈任鸿隽和饶毓泰做过相对论的讲演。1920年到1921年间，英国的哲学家罗素在北京大学讲演时也将爱因斯坦与列宁并列为“现代最伟大的人物”。

践中检验自己认识的真理彼岸性。”(《关于费尔巴哈的论纲》)(再说一句：由于真理的范畴实际上远远大于人类可能的实践范畴，因此“唯一”两字是否妥当还可以考虑)。

近90年前，中国自然科学和人文科学界的前辈就对相对论所引起的哲学和物理学的革命进行过严肃的思考，结论是反对“一味先入为主的倔强不肯服从事实”，主张“我们只要跟着科学走，总错不到那里去”。回想50多年来，中国人由于盲目地迷信和指导思想“先入为主的倔强”所经受的教训还少吗！

思考兮，归来！

徐志摩介绍相对论的文章所知者不多，在此后他也没有再评介相对论的文章，正像他的一首诗所说的：“我悄悄地来，正如我悄悄地去。”谨以此文纪念徐志摩介绍相对论的文章！

图1 1921年4月由中国新学会编辑出版的《改造》杂志封面及要目

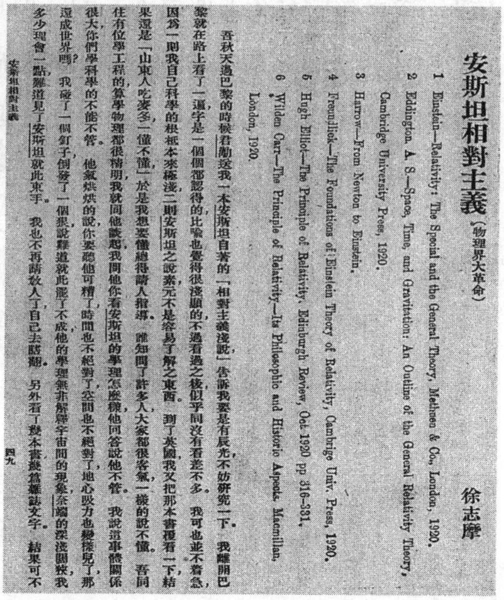

安斯坦相對主義（物理界大革命）

徐志摩

1 Einstein—Relativity: The Special and the General Theory, Methuen & Co., London, 1920.

2 Eddington A. S.—Space, Time, and Gravitation: An Outline of the General Relativity Theory, Cambridge University Press, 1920.

3 Harrow—From Newton to Einstein.

4 Freundlich—The Foundations of Einstein Theory of Relativity, Cambrige Univ. Press, 1920.

5 Hugh Elliot—The Principle of Relativity, Edinburgh Review, Oct. 1920 pp 316–331.

6 Wilden Carr—The Principle of Relativity—Its Philosophic and Historic Aspects. Macmillan, London, 1920.

吾秋天過巴黎的時候君勸送我一本安斯坦自著的「相對主義淺說」，告訴我要是有辰光，不妨研究一下。我離開巴黎就在路上看了一遍，字是一個個都認得的，比喻也覺得很淺顯的，不過看過之後似乎同沒有看差不多。我可也並不着急，因為一則我自己科學的根柢本來極淺，二則安斯坦之說素元不是容易了解之東西。到了英國，我又把那本書覆看一下，結果還是「山東人吃麥冬」一懂不懂」，於是我想要懂總得請人指導。誰知問了許多人，大家都很客氣，一樣的說不懂。吾同住有位學工程的，算學物理都很精明，我就同他談起，我問他你看安斯坦的學理怎麽樣，他回答說他不管。我說這事體關係很大，你們學科學的不能不管。他氣烘烘的說，你要聽他可糟了，時間也不絕對了，空間也不絕對了，地心吸力也變樣兒了，那還成世界嗎？我碰了一個釘子，倒發了一個狠，說難道就此罷了不成，他的學理無非解釋宇宙間的現象，奈端的深淺闊狹，我多少現會一點，難道見了安斯坦就此束手。我也不再請教人了，自己去瞎掰。另外看了幾本書幾篇雜誌文字。結果可不

安斯坦相對主義 四九

图2 徐志摩的文章《安斯坦相对主义》首页

（此文发表于《新文学史料》2008年第4期）

从地球科学的功能说到自然灾害信息的利用

一、从地球科学的功能说起

通常一提到地质学，或更广义的地球科学，人们往往很快会和煤炭、石油、采矿等野外作业联系在一起。但是，这样的认识，相当局限。

地球科学的功能和应用领域包括：矿产资源的勘查开发利用，保护生态环境，防止地质灾害（尤其是地震灾害）。地球科学的目标：认识地球。

在20世纪，人类依托地球科学的各个分支领域在理论和技术上的进步，在矿产资源的开发利用上获得了巨大的成就，支持了人类在能源、材料等领域的发展和需求。同时，资源，特别是矿产资源的使用也给21世纪带来了严峻的生态环境问题，致使生态环境与保护成为21世纪最迫切的问题之一。对于预测地震、火山、海啸以及其防治问题，现代的地球科学还处在蒙昧阶段。也就是说，以认识地球为最终目标的地球科学，虽然历史久远，甚至被认为是最古老的学科，实际上还处在年轻阶段——以仅有几百年历程的研究成果去认识有几十亿年演化历史的地球，还远远不够。

二、应该重视自然灾害信息的价值

20世纪后半期，由于计算机和通讯在科学理念和技术上的进步，有人将其定义为信息时代。由此，各种商业的、经济的、技术的、军事的信息受到前所未有的重视，这当然是无可非议的。

本文要强调的是：反映地球上的各种变动的灾害，特别是自然灾害的信息有明显的国家安全、政治利益、经济活动、社会安定的正面和负面作用。可见诸以下案例：

"大气层和外层空间禁止核试验条约"的有关背景

1963年8月5日，由美国发起，美、英、苏联签订《大气层和外层空间禁止核试验条约》，目的是离间中国和苏联，遏制中国和法国发展核武器。苏联签署该条约的背景之一是：1963年春季，苏联大部分粮食产区干旱严重，秋季面临歉收[①]，向西方、主要是美国大量购买小麦等农产品已成定局。这样，美国开出了购买农产品的价码：签"三家条约"。这被认为是美国在冷战期间的重要外交成就。而美国通过当时还不广为人知的卫星红外遥感技术，获得苏联农业区有关农耕地墒情和植被的信息，则是美国所获得的制胜战略信息。

有了这次教训，1972年，苏联再次面临干旱，导致农作物减产的危机时，他们采取了侦察反制措施，不动声色地从世界粮食市场上买到2 800万吨粮食，其中包括从美国买进的1 800万吨小麦（为美国当年小麦产量的25%）。

2010年下半年赤道海域的拉尼娜现象引起全球经济波折

2010年5—7月，赤道海域的平均水温比常年降低3.4℃，是为拉尼娜事件，对局部地区的气候变化有过影响。其中，世界煤炭出口大国澳大利亚水灾严重，其主要产煤区昆士兰则是暴雨洪涝的重灾区，其出口的焦煤的价格涨了近三成。年出口量达3 000万吨的越南鸿基煤矿，则在此前暂停煤炭出口交易，而在2010年10月，将每吨煤炭的卖价提高了8美元，成为利用气候变化信息获利的赢家。

与之同时，在欧洲则传说波兰的水文地理学家家米·科瓦列夫斯基认为：拉尼娜现象会影响墨西哥湾—大西洋的暖流，因此2010年冬季，欧洲会出现寒冷天气。其实对这样一条消息，波兰官方的气象水文研究所发

① 实际结果是，1963年，苏联全年粮食产量1.075亿吨，比1962年减少3270万吨。

言人明确表示，不知有米·科瓦列夫斯基其人；在美国、英国和波兰的科学期刊和媒体上，对气候变冷，则鲜有提及。但是俄罗斯的报刊及跟风的部分中国媒体上，“千年极寒”成了出现频率最高的词汇。其实这样的伪科学新闻的谬误是明显的：第一，墨西哥湾—大西洋暖流是几千年、全球规模的地球物质和能量的运动；而拉尼娜现象则是短时间、局部的变化，“以小乱大”，难以料定。第二，人类有按现代科学记录的气象资料，仅有几百年的历史，因此“千年极寒”难以有数据上的判定。第三，对拉尼娜现象能够在多长时间和多大空间尺度上影响全球的气候变化，研究还不充分（近60年，仅约有13次拉尼娜事件）。从这一虚假信息中获利的是：煤炭，尤其是从俄罗斯向欧洲出口的天然气涨价，电暖气、床上用品和中国的羽绒服热销。

三、不结束语

近期的有关自然现象和灾害的信息（例如：天气预报、空气污染预报等）对人们日常生活的影响和作用，自不待言。但是本文强调的是有关自然灾害的长期（或远期）的预判性信息，可能会对国家安全、社会安定、经济活动有明显的影响，政府部门应该有综合的预判，并应该有应对的预案。另外还应该更努力地普及有关自然灾害的科学知识，使公众能够自觉地抵制和剔除各种虚假信息（例如：屡见不鲜的地震谣言）。

（此文曾发表于《光明日报》2014年5月8日第16版，
当时题目为《浅谈自然灾害信息的利用——从几个案例说起》）

从钓鱼岛主权说到中国海洋地质

——地球物理图件编制

一、从一次地震监测结果说起

2011年11月8日，中国的台湾东北海域发生了一次7.0级地震，这是2011年中国版图内所发生的唯一一次7.0级地震。地震震中的地理坐标是N27.2°，E125.9°，震源深度217公里。震中在钓鱼岛（地理坐标N25.8°—26°，E123°—124.5°）东北部。

美国地质调查局（USGS）公布的信息是：在台湾东北部发生6.9级地震，震中的坐标是N27.28°，E125.87°，震源深度为209.5公里。此后，欧洲地中海地震中心（EMSC）也明确宣布，在台湾东北部发生了6.9级地震。美国地质调查局和欧洲地中海地震中心还公布了地震震中的地理位置和附近的地质构造图。在所公布的图件上，地震震中和钓鱼岛都明白无误的在与中国大陆连成一体的大陆架上，而且这一区域的名称是台湾东北部（Northeast of Taiwan）。——这就是说，美国和欧洲的官方权威机构都从逻辑上明确承认钓鱼岛属于中国！

二、震中附近地质构造图的由来

通常，各国在发布地震监测结果时，都会将震中附近的地质构造图件作为背景资料公布。因此这种图件应该是国际公认和具有权威性的。图件所依据的版本通常是联合国教科文组织所属的太平洋与大西洋编图委员会（GAPA）所编辑和出版的《世界海洋图集》。

《世界海洋图集》中有关中国的资料和图幅是由刘光鼎院士主持，集纳中国几十年来，几代地质及地球物理学家心血编制的《中国海区及邻域地质地球物理系列图》，是中国海洋地质、地理物理的一部系统巨著，是1992年中国地质—地球物理学家在第29届世界地质大会上向世界公布的研究成果。此后，该系列图中所包括的地形地貌图、空间重力异常图、布格重力异常图、磁力异常剖面平面图、地球动力学图、地质图、大地构造图、新生代盆地分布图等8种图件，被《世界海洋图集》收录。

要特别说明的是：在美国地质调查局、欧洲地中海地震中心所公布的2011年11月8日的地震图件上，钓鱼岛明白无误地坐落在中国大陆向西太平洋延伸的大陆架上，按一个国家的海域的范围应该是其大陆架延伸部分的惯例，钓鱼岛及其附近海域属于中国！由多次地震隆起的日本列岛在地质构造系统上和钓鱼岛绝对不是一个系统。

三、不结束语

维护国家的领土主权，不仅是政府外交部门的责任，自然科学各个领域一样会对此有所贡献，尤其是地质—地球物理学家应该有以天下为己任的气概，继续努力。也希望政府的相关部门对地质—地球物理学家的研究成果保持敏感。

在此文结集发表前夕，笔者还建议，在中国版图内的地名使用上，要严谨规范，例如对“南中国海”（外国的习惯用法是：The South See of China），建议不用简称“南海”，绝对不放弃对该海域归属的话语权！

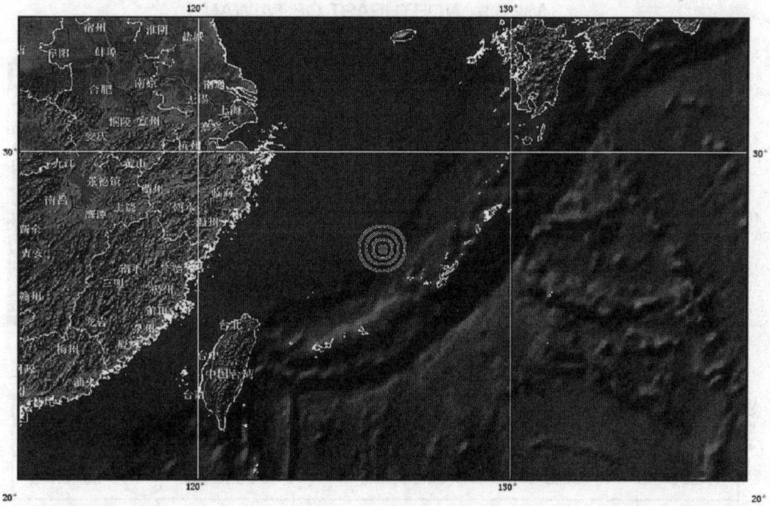

图 1 中国地震局公布的 2011.11.8——中国台湾东北部地震监测图件（震中西南、中国台湾东北的两个亮点是钓鱼岛）

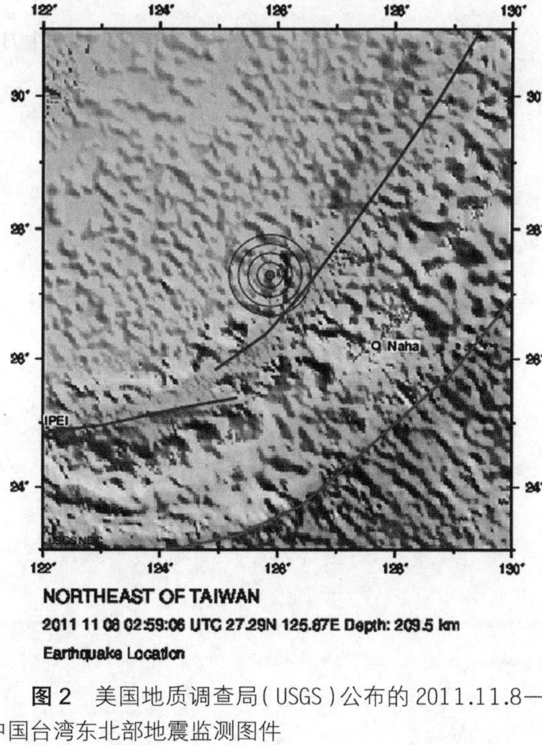

图 2 美国地质调查局（USGS）公布的 2011.11.8——中国台湾东北部地震监测图件

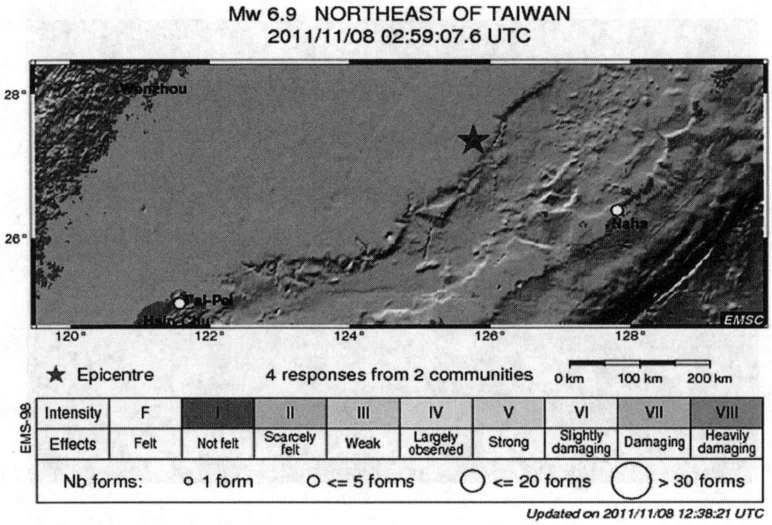

图3 欧洲—地中海地震中心(EMSC)公布的2011.11.8——中国台湾东北部地震图件

（此文曾发表于《光明日报》2014年4月9日第2版）

从空气污染说到能源结构和天然气开采

中国的空气污染——空气中 PM2.5 含量和空气污染指数居高不下，已经成为政府和公众日常生活中最关心的话题。

一、遏制空气污染——优化能源结构

空气污染物的人为来源主要是使用煤、石油、天然气等化石燃料。每年消耗的能源中，各类能源消费量在能源总消费量中的比例，称为能源消费结构。以下为全世界、俄罗斯和中国自 20 世纪 70 年代以来的能源消费结构：

单位：%

	全世界			俄罗斯	中国		
年代	1973	2003	近期	近期	1970	2003	近期
煤	27.5	26.5	25	16	80.9	67.1	69
石油	48	37.3	40.5	19	14.7	22.7	18
天然气	18.5	23.9	24	54	0.9	2.8	5
核能	0.5	6.1	8	5			3（包括风力等）
水电	5.2	6.1	2.5	6	3.5	7.4	5

从上面的数据中可见：近 40 年来，全世界能源结构中，天然气所占比例上升最快，煤和石油都呈稳中下降趋势。中国在近 40 年以来，为改善能源结构，在能源消费总量持续增加的背景下，努力增加石油天然气的比例，但是煤在能源结构中的比例过高，天然气的所占比例过低，仍然没

有明显变化，这也许是中国空气污染的重要原因。

中国是煤资源大国，也是世界上最早认识和使用煤的国家，煤炭储量居世界第二，2013 年全国煤炭产量达 37 亿吨，消费量 36.1 亿吨，产量和消费量都约占全世界的一半，居世界第一。由于中国煤炭产量高，致使世界的能源结构中，煤所占比例从不计中国时的 20% 左右，提高到计入中国时的 30% 左右，这使中国在世界框架内的气候问题谈判中处境困难。

煤中通常伴生各种无机物（如硫）和有机物，可作为化工原料，将其作为燃料时，实际上浪费了化工原材料，而且燃烧产生烟尘，硫化物会污染空气。有研究认为，中国 85% 的二氧化硫、80% 的二氧化碳、79% 的氮氧化合物、73% 的烟尘源于燃煤。

二、天然气——优质洁净的能源

天然气是优质高效的清洁能源，燃烧时不产生二氧化硫，所产生的二氧化碳仅为煤炭燃烧时的一半，因而能从根本上改善环境质量。下面的数据是产生相同热量（1 万千卡）时，各种不同燃料所产生的排放物：

单位：克

燃料种类	二氧化碳	二氧化硫	氮氧化合物	烟尘
天然气	2260	0		0.01
石油	3370	1,1	2.5	1.5
煤	5140	27.1	13.1	17.3

从以上数据可以看出，中国遏制空气污染的出路在改善能源结构，其中最关键的环节是降低煤在能源结构中所占比例，提高天然气及核能、水力、风能等的比重。在这其中，提高天然气的比例至为重要。另外，应该将煤的定位从燃料逐渐变成化工原料。

三、有关天然气的若干基本概念

天然气　通常人们提及的“天然气”，是能够作为能源使用的、蕴藏于地层中的可燃性气体。其在地层中的形态，则可以是游离的（例如四川、新疆、陕甘宁及鄂尔多斯等气田中的天然气），溶解在石油中的（开采石油时的伴生气），吸附在煤层或页岩层中的煤层气和页岩气，以及和水一起在深海或深部地层中的呈固体状态的天然气水化物。

油当量 通常将天然气燃烧所产生的热值和石油燃烧所产生的热值比较，将天然气产量换算为所相当的石油产量，称为油当量，计算结果是1 255立方米天然气燃烧所产生的热量与一吨原油相当，因此每开采出1 255立方米天然气，就相当于采出一吨石油，这样的换算单位称为油当量。为了简化，通常取1 000立方米天然气相当于1吨原油，例如2013年，中国开采了1 209亿立方米天然气，按每1 000立方米天然气的热值与一吨石油相当，其油当量为1.209亿吨油当量。

资源量、可探明资源量、已探明资源量、技术探明可采储量 资源量指在从开始进行地质勘探工作以来，按现有的技术手段预测出的某种矿产的总量；在总资源量中，只有一部分可以用现有的技术方法探查发现，这就是可探明资源量；可探明资源量中能够用现有的技术手段开采的部分，叫作技术探明储量（注意：技术上可以开采的，不见得都有随市场价格变动的经济效益）。

随着对一个地区的地质研究工作程度的提高，所发现的矿产资源的储量级别也越来越高。例如，按近年的全国油气资源评价结果，中国的天然气资源量约47万亿立方米，其中可探明的天然气资源量约22万亿立方米（为资源量的46.8%），累计已经探明的天然气储量约9万亿立方米，其中已经开采约1万亿立方米，列入地质储量的约4.7万亿立方米（仅是可探明资源量的五分之一左右），已经探明在技术上可开采的储量为3.1万亿立方米。

2013年中国石油产量为2.1亿吨，天然气产量为1 209亿立方米（以上两项的总油气当量为3.2亿吨油当量）。天然气产量的构成中，油气田生产的天然气（所谓常规天然气）1 177亿立方米，煤层气36亿立方米，页岩气2亿立方米。

应该看到，常规天然气的开采仍然是主流，煤层气和页岩气的开采技术复杂、成本高，在中国还只是起步阶段，甚至只是萌芽。中国资源丰富的天然气水化物，还处在研究阶段，距离工业开采还遥远。

四、改善中国能源结构中应该关注的几个问题

提高天然气在能源结构中的比例，这是降低空气污染的根本途径之一。这并不意味要减少煤炭的产量，而是应该考虑将煤作为化工原料对待，因而能够更合理地使用煤炭资源。

为了增加天然气在能源结构中的比例，应该更加重视天然气的勘查，特别是对常规天然气的勘查，努力提高天然气的探明程度，使之在目前20%左右的基础上有大幅度的增加。

此外，对油田伴生的天然气应该充分利用，2010—2011年，笔者在陕北做过调查：某地方所属的石油公司所控制的石油天然气资源面积10.89万平方公里，控制石油天然气地质储量5.888 4亿吨，其中天然气地质储量2 330亿立方米（折约2.3亿吨油当量），2010年生产石油达1 200万吨，所产生的井口伴生气数量不详，但开发利用程度很低，除部分由附近居民自接管线作为生活用气外（均不收取任何费用），其余大部分被安全放空燃烧。这部分有极高经济价值的优质能源，目前的利用还处在无序状态，而且大量的天然气被放空燃烧，不仅浪费了目前中国有供需缺口的优质能源，而且没有任何效益地增加了二氧化碳及天然气燃烧所产生的其他温室气体的排放。有个小公司采用了技术上并不复杂的冷凝和加压装置，对井口天然气进行回收，两年多时间，已经回收处理油井伴生气6 563万立方米（约折6.6万吨油当量），减少排放二氧化碳约17.5万吨，并生产出轻烃油1.3万吨，液化气2 363吨，“干气”约4 600万立方米，获得了相当的经济效益。

此外，还应该看到，在今后，中国生产的天然气还会供不应求，因此进口天然气仍然是不可避免的，因此应该有战略眼光，考虑周边及邻近国家的天然气开发和贸易问题。应该看到，俄罗斯作为能源大国，其能源结构中天然气所占比例超过一半，而且天然气是其最重要出口物资之一。美

国在资源开发政策上的战略制高点是：把全世界的资源都当作可以利用的资源。他山之石，应可明鉴。

（此文发表于《光明日报》2014 年 6 月 26 日第 16 版）

地面沉降与塌陷警示录

一、什么是地面沉降和塌陷，地面沉降和塌陷有哪些危害

地面沉降和塌陷是由于自然因素（例如地壳的构造运动、近地表处第四纪沉积物的天然固结）或人为因素（如地下水的过量开采、地下矿产开采引起地下空洞），以及自然和人为因素（例如太阳活动的变异与人类大量使用燃料产生的温室效应而导致的海平面上升）所造成的陆地表面海拔高度的降低。

早在1898年就在日本的新泻发现地面下沉，我国在1921年发现上海地面沉降。1995年美国的50个州都发现了地面沉降。由于地面沉降问题的普遍性和对人类生活安全的威胁，联合国教科文组织从1969年到2000年已召开了六届国际地面沉降会议。地面沉降主要发生在城市和工矿区，如我国已有16个省（市、区）的46个城市发现地面沉降，总面积达4.87km^2。另外24个省（市、区）发现由于岩溶、地下水采空和黄土湿陷造成的地面塌陷，塌陷总面积近2 000km^2。

地面沉降在我国某些城市和地区已经相当严重，如西安市中心的古建筑物钟楼1971—1988年累计沉降了279.4mm，由于地面沉降，著名的唐代建筑物大雁塔已向西倾斜886mm，向北倾斜170mm。到1988年西安市地面沉降区面积超过160km^2，市区平均年沉降34.6mm，远大于1976年前年均沉降5.3mm值。市内形成7个沉降中心，累计沉降最多的地区已达1 230mm及1 330mm，由于市区内各个区域沉降发展不均衡，已经

出现了 11 条明显的地裂缝，总长度达 76.68km，这些裂缝还在以每年垂直方向移动 5mm ～ 30mm，水平方向移动 3mm ～ 4mm 的速度发展。

在天津地区，20 世纪早期，由于没有大规模开采地下水，地面沉降为第四纪新构造运动所致，年均沉降 4mm ～ 6mm。1923 年开始开采地下水，1959 年在市区发现地面沉降。1970—1971 年年均开采地下水 8 900 万 m^3，地面年均沉降 40mm；1972—1985 年年均开采地下水 1.0 ～ 1.2 亿 m^3，地面年均沉降 75mm ～ 120mm；1986 年开始关闭部分地下水井，1988 年地下水年开采量降至 6 700 万 m^3，地面沉降速率也减至 24mm/年。但整个天津地区地面沉降问题仍是严重的，1975 年地面沉降范围达 600km^2，1979 年增加到 4 000km^2，1983 年发展到 6 000km^2，1988 年又发展到 7 000km^2。各个沉降中心的沉降速率都很高。天津市区为 113.3mm/年，汉沽为 118.0mm/ 年，塘沽为 107mm/ 年。天津市区设在工学院内的水准点 1966 年标高为 3.39m，1988 年仅为 1.64m，说明 22 年中地面累计沉降了 1.75m。1959—1990 年最大累积沉降量达 2.916m，年均最大沉降速率达 100mm/ 年，累计沉降量大于 1.0m 的面积达 500km^2（1990 年）。地面沉降已经成为天津重要的自然灾害。1992 年 9 月 1 日塘沽新港海域潮位达 5.93m，由于塘沽地区地面沉降，海拔高度损失了 3m，致使港口、码头、客运站被淹，损失约 3 亿元。天津郊区的大港油田从 1965 年开始工业开发，由于注水开发，大量开采地下的第四纪淡水，使地下水位从海拔标高的 0m 降到 -80m，使油田地区地面沉降 0.808m，沉降中心则下沉 1.70m。由于地面沉降，市区出现污水外溢，海河在汛期排洪不畅，沿河两岸沼泽化，海水倒灌并使居民生活用水水质恶化。除了上述危害外，还使油田地下的采油、供水管网系统变形，管道断裂。有研究表明，1959—1993 年天津地区由于地面沉降造成直接经济损失 172 亿元，间接损失 1 724 亿元，共 1 896 亿元。

我国另一个地面沉降严重的区域是长江三角洲，其中，上海、苏州、无锡、常州和杭嘉湖辖区的长江南岸的三角洲平原，面积虽只有 3 万 km^2（占国土面积的 0.3%），但国民生产总值却占全国的 15.3%。近年来，苏州、无锡、常州地面沉降的速度比上海还快。以历史文化名城苏州为例，

20世纪50年代末，只有7口深井开采地下水，年开采量180万m^3，地面沉降每年不到10mm。80年代末，开采地下水的深井已达360口，年开采量达3 833万m^3，地下水位比50年代末降低了50m，地面沉降量达20mm～40mm，其中苏州古城区，由于地下水开采过量形成的漏斗中心地面下沉70mm。为应付如此严重的地面沉降态势，苏州从1990年开始控制地下水开采量，1998年开采量降至1780万m^3，不到80年代末年开采量的一半，地下水位因之从-62m恢复到-56m，地面沉降控制在20mm～40mm以内，比1994年的年沉降40mm～60mm有了改观。但是如此规模的地面沉降，已经给苏州带来相当严重的灾难。首先是防洪能力因地面沉降而减弱，洪水危害增大。1954年苏州发生了有史以来的最大洪水（洪水水位4.37m），但苏州市齐门外洪水只与地面相平。1994年苏州洪水水位远不及1954年，但洪水已高出地面1m多，受灾面积反而比1954年多了几十平方千米。1999年由于44天的雷雨，降雨量达700mm，发生了比1954年还严重的洪水，使30多个居民小区进水，5 600万居民受淹，近3万人被水围困，街巷积水1.0m～1.6m，市区受淹面积6km^2，导致74个单位停产，直接经济损失亿元以上。由于地面沉降，苏州的平门大桥的净空降低，每逢汛期，稍大一些的船舶就难以通过。苏州的一些著名景点，如寒山寺、玄妙观、西园累计沉降量已超过0.3m，每遇汛期，部分游览区就会受淹，例如1998年洪水汛期，西园景点前的广场全部水淹，导致旅游收入锐减。另外，地面沉降还使公路被淹，地下管线变形，农田被水淹渍，粮食减产。

除了地下水开采引起的地面沉降以外，地下矿体的开采也会造成地面的塌陷和地表景观的明显改变，例如，抚顺露天煤矿在开采多年后已形成一个长11km、宽2.5km、深288m的大坑，破坏土地270公顷。在地下采煤也会导致地面塌陷，例如阜新矿区由于地下采煤造成的空洞，使地面塌陷范围达66.42km^2，塌陷深度一般为0.1m～4.0m，其中海州煤矿地面塌陷4.382m。本溪煤矿最大地面塌陷达3m～4m，致使地下管网受到破坏。

上述事例说明，地面沉降和塌陷已经日益成为影响我们经济发展和社会生活的灾害。专家估计，我国最大城市上海，地面沉降1mm，经济损失1 000万元。

二、地面沉降和塌陷的原因是什么

地面塌陷在我国可分为岩溶塌陷、矿区采空塌陷和黄土湿陷三种。岩溶塌陷主要分布在地表以下碳酸盐岩发育的地区，尤其是地下岩溶发育的地区。在这类地区产生的地面塌陷多为天然性的。我国现有岩溶塌陷2 891处，塌陷坑33 192个，塌陷面积332.28km^2。

矿区采空塌陷则主要是在煤矿地区，在全国的煤矿及采矿区均有出现。据煤炭部门统计，全国20个省（市、区）内有采空塌陷180多处，塌坑1 595个，塌陷面积1 150km^{2}以上。

黄土层在浸水潮湿后会发生湿性沉陷。国外有研究表明，地面浅表层的黄土浸水6个月，在这以后的15个月里，地面的总沉降量可达240mm。我国的黄土高原及由黄河泛滥形成的黄土冲积区，黄土湿陷明显。

地面沉降的原因，就自然界的原因来说，是由于第四纪以来的新构造运动的影响，使我国一些地区处在整体沉降的环境中，这种由于构造运动产生的沉降是长周期的缓变过程，年沉降率不超过10mm/年。另一类自然界的原因是第四纪沉积物的天然固结，即第四纪以来的沉积物在温度、压力作用下成岩过程中由于体积收缩而产生的地面沉降。国外有人推算，在泻湖地区地面沉降速率为0.4mm/年。在我国长江三角洲地区，这一数值约为1mm/年～2mm/年。

由于日地系统的变异及人类活动引起的温室效应导致的海平面上升，使地表的海拔标高损失，也是地面沉降的原因之一。据统计，20世纪前60年吴淞口海平面年均上升0.9mm；20世纪60年代以后，由于全球变暖等原因，吴淞口海平面年均上升2mm。

但就我国目前发生的地面沉降来看，由于自然界的因素造成的后果较小，引起地面沉降的主要原因是人类活动，其中最主要的是地下水的过量开采。尤其是大城市的地下水开采是造成地面沉降的最主要原因。

大中型城市多选址在海岸附近地势开阔、平坦的地区，以及内陆的河流沿岸平原和盆地。这些地区第四纪沉积物厚度大，地下水储量丰富，潜水面离地表近，便于开采。随着城市规模变大，人口剧增，对地下承压水的开采量呈急剧增加的趋势，使地下水位形成大面积漏斗。随着地下水开采量增加，漏斗面积扩大，原含水层由于水被采出变成松散沉积物，在重力作用下发生压实，从而导致地表沉降。长江三角洲由于长期过量开采地下水，已在苏州、无锡、常州间形成面积为 5 500km^2、深度为 40m ～ 50m 的漏斗形无水区，和 20 世纪 50 年代初相比，苏州地表累计下沉 1.2m，无锡累计下沉 1.1m，常州累计下沉 1.0m。在杭嘉湖平原，无水漏斗区面积已达 2 000km^2，最大地表沉降幅度达 200mm，宁波平原每年沉降 10mm，嘉兴在近 40 年内累计沉降了 819mm。在黄河下游，由于地下水过量开采，形成了以济南为中心的沉降区，半个世纪以来，济南地面下沉了 90mm。近年来平均下沉 150mm 以上，10 年中地表最大沉降量达 200mm。由于克拉玛依地区油田开发等原因造成的地面沉降，还影响到临近地区——乌鲁木齐 10 余年来，地面下沉约 160mm。

通常，是在地下水及石油天然气开采 30 年以后发生地面沉降，但我国的相当多地区，在地下水和油气资源开采后不到 30 年就发生地面沉降，这说明由于地下水的过量开采，致使地面沉降，已经达到相当严重的程度。近年来，我国一些地区为了减缓地面沉降，采取向地下回灌水的方法，这种方法能延缓地面沉降的速率，甚至能使地面有某些回升，但已往的研究表明，即使加大地下回灌的水量，地面沉降也只能恢复 75%，即由于地下资源的开发产生的地面沉降不可能恢复到原来状况。

近年来，还有人认为地面沉降的原因还有近地表处沉积物中有机质氧化，此外工程施工，在地表附近土质疏松的区域建造高层建筑等都会引起地面沉降。

可以认为，地表以下，凡是能对地面实施支撑的物质都是地下的支撑物。对于地下各种支撑物，其承压能力是不相同的。例如，地下砂岩中含水时，承压水有一定的支撑作用，而水被采出后，孔隙中的空气的承压作用明显下降，致使地面沉降。

应该看到，地面的海拔标高也是一种资源，如果地面标高长期稳定，则这种资源是可以利用的，若这种标高不稳定，则其作为资源的价值就下降。总体来说，地面稳定或发生沉降关系到地区经济和社会的可持续发展。

三、地面沉降的研究、监测及防治

地面沉降既然关系到经济和社会的可持续发展，因此地面沉降问题已经成为地球物理学科中的一个日益活跃的分支。其内容涉及地面沉降和塌陷的原因分析、地面沉降的监测技术、地面沉降的预测、地面沉降及地面塌陷的灾害损失评价及地面沉降的防治措施等方面的问题。这些问题实质上是有联系的。例如对地面沉降的原因分析，认定地下水过量开采是主要原因，则可以据此建立预测地面沉降的模型，甚至可进行数值预测；也可以根据对引起沉降原因的分析，提出对地下含水层进行人工回灌、调整开采层段、控制开采等措施。例如上海从1966年到1995年，由于采取对地下含水层的人工回灌、严格控制地下水开采量、调整开采和回灌层段等方法，结合行政法规，在30年内，地面沉降控制在120mm左右，年沉降速率仅4mm/年，在相当大程度上减轻了地面沉降的灾害。

对于地面沉降的监测，则主要是依托对国土资源的调查，建立全球定位系统（GPS）观测网，并观测资料形成一种信息系统。在此，建立将地面标高作为一种资源的观点，是十分重要的。在大城市，尤其是沿海的大城市，地面标高的损失，是全局性的自然资源损失。而且这种资源损失不仅自身是一种灾害，并且还会加重其他灾害的损失，例如地面沉降会使洪涝灾害的损失加剧。1998年全国大洪水重灾区——武汉、沙市及大庆地区，都早就存在地面沉降问题。如大庆由于开采近地表的第三纪泰康组和白垩纪明水组的浅层地下水以对深部油层注水驱油，因此已在大庆长垣上形成两个地下水漏斗，总面积达4 000km^2，漏斗中心地下水水位下降20m ~ 30m。

近年来的研究表明，大城市的工程建筑，如大型桥梁、地下铁道、高层建筑都会引起地面沉降，这些沉降可能是在施工过程中引起的。也可能是在施工后运营过程中引起的，而且一旦发生，治理难度极大。因此，应向全社会，尤其是城市建设的决策者呼吁：地面标高是一种资源，在拟定和实施重大基础建设时，必须考虑这一因素，尤其是不要攀比建设过高的大厦，除了要考虑这类建筑可能会发生的雷击、风速改变等灾害外，还要考虑地面沉降的种种因素。

（此文发表于《科技日报》2002年2月20日，原名《地面沉降警示录》，第二、三作者为李艳华、李艳丽）

地震能不能预测、预报

地震是人类遭遇的在时间和空间上突发性最强、损失最严重的自然灾害[①]。因此，灾害性地震能否预测、预报？一直为人们所关注。

一、预测和预报是两个不同的概念

对灾害性地震预测是科学家高难度、高风险的科学探索行为，预测结果仅向政府有关部门提供。

地震预报则是政府以减少公民生命财产损失为目标的、向社会公众提供信息的责任行为。因此，地震预报是有权限的：在各省市，发布地震预报的权限是省政府；在北京，发布地震预报的权限是国务院。

科学家高风险的预测探索行为和政府负责任的权威性发布是非常尖锐的矛盾。而且，即使预测有把握，也可以不发布预报。[②]

① 如果把造成一次地震灾害全部损失的90%的时间和空间，定义为地震灾害的时间和空间，那么，在20世纪的100年中，造成地震灾害的时间不超过1小时，发生灾害区域的面积不到地球表面积的万分之一（根据中科院院士、地球物理学家陈颙的研究）。

② 1990年9月22日上午11时2分，第十届亚运会开幕当天，北京小汤山附近沙河东发生4.5级地震，震前有关专家已经预测到极有可能发生5级左右的中强地震。但考虑到这次地震可能产生的灾害不大，以及发布预报会带来社会秩序和民众情绪的不安定，又考虑到对即将开幕的亚运会的不利影响，当局没有发布预报，结果地震大体上按预期发生，但是没有影响社会生活和亚运会的开幕。

二、预测、预报的分类

灾害性地震预测、预报分为长期（10年以内）、中期（1～2年以内）、短期（3个月以内）和临震预测（10天或更短时间以内）。

其中最有减灾效果的是临震预测，即对近期可能发生的灾害性地震（通常是里氏5级以上）的发生时间、地点、震级做出评估，通常不包括对灾害程度影响很大的震源深度的预测。

三、人类为什么到现在还不能预测、预报大部分灾害性地震

人类不能预测、预报大部分灾害性地震的原因至少有三：

第一，现在人类的地球科学知识水平，从整体上还不能够完整、系统的认识地震从孕育到发震的机理、时间—空间分布规律。

第二，从技术层面上说，全世界还没有建立和形成能监视和记录全球地震过程的观测系统。已有的地震台网，陆地多，海域少；即使在陆地，也仅在地表，而真正发生地震的地壳及以下区域，则完全没有能够直接进行观测和记录的系统。与之相对应的是天气预测预报系统，在地表和大气层这样良好的观测空间中，已经有了在观测记录方法和规范上全世界大体一致的、能够资源共享的观测系统。

第三，从人类所熟悉的根据经验预测地震的思路而论，人类所具有和掌握的地震信息远远不够，达不到建立经验预测模型的程度。

四、地震能不能预测

如果把地震看成是地球上物质和能量运动的过程，那么，这种运动的过程应该是有规律的，既然有规律，就应该能够被认识，但是对地震规律的认识，要经过若干阶段。就现在人类的地球科学知识水平而论，还不能

从整体上预测、预报地震。因此，问题的提法应该是：人类何时能够预测、预报地震？这一天虽然还很遥远，但非无期。

五、中国绝对不能放弃对地震预测、预报的研究

一些国家基于现在对灾害性地震还不能预测的现实，将地震研究的方向转移到预防和减少灾害损失。即以“最大限度地减少地震灾害损失”为工作目标。换句话说，其经费投入的主要方向是减灾，而非预测（其实任何地震频发的国家任何时候都没有放弃过预测）。在中国这样一个地震灾害频发、人口众多的国家，不能也不应该放弃对地震预测的研究。换句话说，地震预测的目标是：减少地震所造成的危险。这与减少地震灾害损失，应该并行不悖。

曾几何时，提出过地震预测、预报要“打一场人民战争”，要“群防群治”。即发动更多的人关心地震预测，其动机不错，但是地震预测是对专业知识和能力要求非常高的学科，不是任何人都有能力完成和胜任的。对放言能够预测、预报地震的人，可以问一个问题：你能不能对预测、预报错误所造成的损失承担责任？[①]

（此文以《地震能不能预测、预报：虽然遥远，但非无期》为题发表于《光明日报》2014 年 3 月 28 日第 7 版）

① 有关专家认定，一次错误的地震灾害预报，其损失约为所预报同级地震损失的三分之一。

廓清关于“根治雾霾”的一些不正确概念

近来，新闻媒体上，“根治雾霾”的出现频率颇高，因此应该廓清以下两点：

一、雾和霾都是自然现象，雾、霾有别，而且不见得都能构成灾害

雾是由无数悬浮于低空的微小水滴或冰晶组成，并使能见度明显下降的常见天气现象。

霾是大量极细微的干尘粒等均匀地浮游在空气中，使能见度下降的空气浑浊现象。

雾和霾都是作为自然界的天气现象存在的。雾通常是使能见度下降，严重时影响交通，并派生出其他灾害而影响或干扰人类活动；而霾仅是其原始颗粒与空气污染缔合，才会对人类的健康构成威胁（在此，本文绝不想为今年年初，北方大部分地区发生的与雾、霾共生的严重空气污染开脱）。当然，雾和霾也会影响人的心理和情绪。但是，雾、霾和刮风、下雨一样，是自然界的天气现象；需要治理的仅是与雾、霾有关的严重空气污染。

二、雾和霾都不可能、也不需要“根治”，要治理的是空气严重污染

雾和霾既然是自然界的天气现象，因此其发生原因有自然界的，也有

人为的，例如，霾的组成颗粒可能是：火山喷发物，海水飞沫蒸发后的颗粒，植物的花粉等。这些条件或因素是自然界的，无法也无需治理。

现在人类普遍认识到，人类活动的各种排放物（尤其是使用化石燃料的排放物）会加重空气污染，而人类活动排放物与雾、霾的颗粒缔合，则会影响人类健康，因此要加大力度减少有害排放物，治理空气污染，尤其是严重的空气污染！

据此，笼统地提出“根治雾霾”在科学上是不准确的，在实际上也是不可能的。比较准确的提法是：治理（或减少）空气污染。

希望祖国的天常蓝，水常清！

（此文曾以《“根治雾霾”有可能吗？》为题发表于《光明日报》2014年3月21日第6版）

从沙尘天气说到“人定胜天”的本意

沙尘天气是强风将地面沙尘卷入空气，使空气浑浊、能见度降低的天气现象，可按空气中含沙量、风速、能见度分为：浮尘、扬沙、沙尘暴、强沙尘暴四类。

和雾、霾相比，沙尘的颗粒更大（75 微米以上），固相，通常是碱性的，而且发生和波及的范围远大与雾和霾。

中国北方沙尘天气多发于春季，连续 3 ～ 5 天气温回升使地表墒情降低，表层土壤、沙土干燥，地面上空气在垂直方向上温度变化明显，卷起沙尘，形成扬沙和沙尘暴天气。强沙尘暴形成时，其下游几公里处可见体积巨大的、含有大量沙尘的气团，在其推进时，可以听到由于沙尘摩擦产生的轰响。强沙尘暴临近时，狂风大作，飞沙走石，能见度明显降低。在沙尘暴结束前由于气温降低，往往伴随黄色的泥雨、甚至泥点从天而降。

在中国北方，沙尘暴是短期或中短期的灾害性天气：沙尘暴在其源区造成地表严重风蚀，将土壤中较细的黏土矿物和有机物吹走，在其经过的地区，细沙覆盖土壤表层，会使土壤荒漠化；在降尘地区造成严重空气污染，容易诱发眼睛和呼吸系统的疾病，甚至造成在户外活动的人畜伤亡；沙尘暴会使能见度降低，影响交通运输，严重时机场和高速公路被迫关闭，铁路也会被沙尘淹没；沙尘暴还会对建筑物和水利设施造成污染和损害（泥沙淤塞灌渠等）；沙尘附着在农作物叶片上会减弱植株的呼吸和光合作用，严重的沙尘可淹没农田；沙尘会使精密机械、仪器仪表的磨损增加，从而影响其使用寿命和精度；沙尘还会对电磁波发生散射和衰减，从而影响无线电通讯。总之，在中国北方，沙尘暴与南方的台风一样，是影响居民生活的重要灾害性天气。

沙尘暴也是大气层中规模最大的物质和能量迁移过程之一。2006 年 4 月 16—18 日，北方地区出现了一次强沙尘暴，致使北京一夜总降尘量达 33 万吨。2010 年 3 月 12 日，源于新疆和田的沙尘暴，侵袭的地区面积达 320 万 km^2，3 月 20 日袭击北京，使机场的能见度降低到不足 800m；3 月 22 日抵达台湾高雄，当地最高的建筑物被沙尘笼罩，以致模糊。

大量沙尘在大气层中的输运会影响全球的天气演变，并对生态环境产生影响，但是也有某些积极作用：以沙尘为核心的气溶胶能够反射相当部分的太阳辐射，从而抵消由于温室气体排放所造成的大气层温度升高。撒哈拉沙漠的尘埃可随上升气流漂移到 7 000km 以外的大西洋和南美的亚马逊地区，而富含矿物成分的沙尘滋养了亚马逊的热带雨林。如果没有撒哈拉的沙尘的作用，该区的自然景观将是一片草原。在澳大利亚形成的沙尘可航行 3 500km 到达马来西亚和新加坡，滋养马来西亚丘陵地区的土地，这是马来西亚热带雨林繁茂、植物品种众多的重要原因。在西亚和中国西部产生的沙尘暴可在大气层中航行 10 000km，降落在北太平洋，遍及阿拉斯加和夏威夷之间的海域，尘埃中丰富的矿物质是该海域浮游生物的营养物，而这些浮游生物又是渔业资源的饵料来源。

产生于西亚和中国西部的沙尘暴所输运的黄沙，是日本上空云团的凝结核，对日本和朝鲜领域的降水有重要作用。另外，沙尘呈碱性，可以中和水蒸气中的酸性成分（二氧化硫等），对抑制酸雨有积极作用。

这样，在微观上沙尘暴是影响人类活动的短期自然灾害，在宏观上则会对影响人类活动的生态环境带来某些积极的影响。由此，人类应该认识到：

人类仅是客观存在的自然界的一部分；自然界既不与人为敌，也不与人为友；自然界本身有人类无法改变的规律，人类只能，而且应该适应、利用这些规律，因此提出“改造自然”“战胜自然”是不妥的。中国、苏联和美国都有过分开发草原导致沙尘暴频发的教训。人类应该向自然界学习，以认识其现状及规律。也许，人类可改变自然现状，但是不能改变其规律；人类可以局部控制自然现象，但是不能整体驾驭；人类对自然界可能有微观影响，但是不可能使之发生宏观改变。因此，人类应该向自然界学习，认识其规律。中国古代所说的“天定胜人”，是指自然界的规律是人所不能抗拒的；而在多处被误解的“人定胜天”的原本意义则是人应该认识自然界的规律，趋利避害。实际上，人胜不过天，古今中外，概莫难免。

（此文曾以《如何看待沙尘天气和沙尘暴？》为题发表于《光明日报》2014 年 4 月 21 日第 6 版）

能源网专访楚泽涵教授

——能源行业漫谈

编者按：6 月 20 日，楚泽涵教授在家中接受能源网记者采访。楚教授就中国目前太阳能发展现状，产生原因及未来前景做了深度分析，关于陕西油田伴生气问题楚教授表达了热切的期望。楚教授以丰富的数据资料和考察资料，客观直言，期望国家重视，政策支持。

一、太阳资源稳定安全　国家应大力投入支持

据楚教授介绍，可再生能源主要有风能、生物质能、海洋潮汐及太阳能，太阳能分为光伏电池与光能。光能，即直接把太阳光聚焦成热。在全世界可再生能源规模中，美国是 53.4 吉瓦（GW，电力系统的总装机容量，10 的 9 次方进制），中国 52.5 吉瓦，德国 36.2 吉瓦，西班牙 22.4 吉瓦。中国总发电量大概是 10 000 个吉瓦，52.5 相当于 5.25‰，占全世界可再生能源总的装机容量的 0.5% ～ 1%。这是人类现在使用的能源与整个可再生能源的比率。

太阳能发展历程及现状分析

楚教授说，在人类使用能源的历史中，太阳能比任何其他能源都稳定。太阳对地表的辐射量每年变化很小，年变化率低于 1‰。在资源保证方面，太阳能相对于石油、煤炭等在人类可能利用资源的时间范围里更安全，并且，太阳能来源量稳定，利用范围宽广，可利用规模大，目前人类利用的各种能源的总量，只相当于太阳辐射到地球上能量的千分之几。

在目前全世界可再生的新能源领域中，各种能源从思路提出到技术研发成熟至投入使用的周期分别是：风力发电是19年，太阳能光伏电池22年，生物质能25年，太阳能转成热能用了30年。按2010年年底的估算，陆地上常规电站建成装机容量一瓦的成本，水电站是3～5美分，风能在陆地上5～9美分，海洋上是10～14美分，生物质能5～12美分，太阳能电池板15～30美分，太阳能聚焦14～18美分，单个的太阳能发电15～35美分。太阳能小屋，一度电成本60美分。从数据上看，太阳能发电站发一瓦电是现有核电站成本的7～15倍。而且，我国新能源发电总的装机容量是52.5个吉瓦，[①] 国内风力发电总的装机容量是41.8个吉瓦。太阳能开发使用周期过长，建成发一瓦电的装置成本高，风所占新能源结构份额大，导致太阳能的开发利用相对滞后。

从深层次分析原因，楚泽涵教授直言，中国是一个农民意识特别强的国家，注重眼前利益，要求看得见的效率和成果，很少从长远角度考虑技术研究和技术投入，把国外的新技术买来就用，就像光电电池板，单晶硅。

太阳能资源更稳定更安全

谈到太阳能的前景，楚教授说，太阳能是最值得关注和投入的能源，政府政策应该大力倡导支持。按目前发电成本估算，预计到2030年，每一瓦功率能源产生的成本，地面的风能是1.5美元，海上风能是2美元，地热3.5美元，太阳能聚焦2美元，太阳能极板也是每瓦2美元。预计18年以后，太阳能与风能在成本基本持平，成本差异并不大。而风力涉及很多争议问题，比如地方能不能进行风力发电，能不能并网，这涉及管理及利益矛盾类的问题，非自然科学或技术科学的问题。相比之下，太阳能不是某个地方上的资源，不会带来类似问题。

另外，由于20世纪过度开发矿产资源，造成资源成本紧张，如煤、铁、黄金等。在人类开发资源的过程中，太阳能资源不会变得紧张，也不会受国际资源分布影响。虽然地方辐射强弱不一样，但是还有很多可用之处。只要有技术有能力就可以充分利用。我们应该把更多思路和精

① 1吉瓦=10红瓦

力关注在太阳能上。可能 5 年 10 年看不到什么，但是 30 年 50 年以后肯定能看到成果。

二、陕北油田伴生气大量浪费　亟待开发利用

中国油气结构不均衡

中国现在的能源结构里面，煤是占主要地位的能源。我国石油产量一年大概 1.7 ～ 1.8 亿吨，天然气约 1 000 亿方，在能源结构中的比例远低于世界平均水平，全世界石油和天然气产量大约是 1 吨油对应 1 000 方天然气，在俄罗斯天然气还多一些。

在中国，天然气比重过低，利用得少，开发得也少。另外，国家在政策上对天然气的重视比较晚。事实上，就开发领域而言，天然气勘探领域比石油宽，煤层气、沼气都也属于天然气。从石油工业的角度上讲，开发一吨油应该有和油相当的天然气，即一吨油，1 000 方天然气。

陕北油田伴生气亟待采集

陕北延长油矿之前把国家不开采的小油矿卖给了个体户，由个体户自己开采。现在陕西省政府把这些个体户井集纳起来成为政府的井，个体户作为股东入股。这些气矿普遍分散，位于各个山头，且产量不高。因此，每口油井的伴生气不容易集体收集，只能随其排放。当地农民用伴生气烧炕做饭，甚至在山沟里点火把烧蚊子，一直烧着也烧不完。

“我去考察，说他们这样做就是一秒钟烧掉一块钱。”楚教授介绍，伴生气是天然气里面的好东西。打火机里面的丁烷，压缩起来是按毫升卖的。女同志喷头发用的发胶里的易挥发的东西，伴生气里也有。收集这些伴生气需要的技术不复杂，压缩、加低温就可以。但是安塞、吴起、靖边、延长油矿所属的几个地方的伴生气就那样每天成千上万方地放空烧掉了，附近居民用了一些，确实对改善当地居民的生活和生态环境有好处，但是还是有大量伴生气被浪费掉了。

现在当地那些没有收集的伴生气，确实是给老百姓带来实惠了，方便易操作，生活成本低。而且就因为老百姓用了伴生气，加上国家退耕还林

政策，保护陕北山头的植被，今年[①] 5 月，黄河汛期前黄河壶口瀑布的水都是绿的。但是伴生气收集，这是件利国利民的事，非常希望相关机构能够加快解决这个问题。

三、煤市疲软不会太长　煤市转型焦作经验可借鉴

煤市看法

对于记者提到的对于煤市疲软的看法，楚教授道："就我的理解而言，中国能源结构中，煤炭占比例太高，国民经济对煤炭是刚性的需求，整个社会对煤炭的需求短时间内是不变的。所以我并不认为煤炭市场真的就是疲软。"

楚教授介绍，在信息技术没起来之前，矿产开发及其下游附属产品占到 GDP 的 28% ～ 30%，信息技术开发后，总量在上升，但所占比值就下降了。比值下降不意味着退步，从长远的目光来看，这也意味着社会进步了。

前些年，因为煤炭行业利润高，很多人就投资到煤炭这一行业，煤炭主产区开了很多私营矿井，但是操作技术太粗放，百万吨煤矿死亡率中国原属于第一。现在国家在煤炭再调整的过程中使其更合理了，这是一种进步。

焦作转型方式可借鉴

谈到煤炭城市转型，楚教授说了他的看法。

焦作，是著名的煤炭产区城市。在城市转型过程中，依靠云台山发展旅游业。现在旅游参观的人数周末达到 2 ～ 4 万人，黄金周超过 10 万人。

云台山发展的模式，就是依靠当地的自然风景，吸引投资商。地方农民提供地皮，投资商盖房，做餐厅、宾馆，地方基础设施有了，又解决了农民的工作。

在煤炭城市转型的过程中，要利用自然环境，资源开发结合生态环境，总的来说，就是认识地球的本质。

---

① 指 2012 年。

新加坡缓解城市交通拥堵和防止空气污染的某些成功经验*

新加坡是东南亚的热带岛国，由新加坡本岛和63个岛屿组成，总面积682km^2，人口350万，主岛为新加坡岛，面积641km^2，首都新加坡市在该岛南端，面积98km^2，市内居民287万，约占全国人口的92%。1998年全国人均GNP为28 620美元（按购买力评价），居全世界第五位；目前人均GNP约23 000美元，仍属发达国家的先进行列。2006年5月11日由瑞士洛桑国际管理学院公布《国际竞争力年度报告》中，新加坡仅在美国和中国的香港之后，列世界第三位。除了经济发达以外，新加坡还是全世界公认的“花园城市”，政府和居民都十分注意保护生态环境，是环境良好，适宜人类居住的国家。新加坡在保护生态环境、防止大气污染和治理交通拥堵方面有许多成功经验，值得北京参考。

一、严格限制汽车数量

新加坡全国人口密度约4 740～5 186人/km^2，公路总长约3 200km。按当地居民的平均收入水平，完全可以做到每户人家都有汽车，但目前全国各种类型汽车保有量仅735 000辆，每千人的汽车保有量仅210辆。2005年新加坡私人的轿车保有量为401 638辆，虽然，私人车辆已经占车辆总数的54.6%，但每千人仅115辆，还不到1993年纽约人均轿车拥有

* 《2008年北京夏季奥运会期间自然灾害预测研究》专题报告之一。

量（232 辆 / 千人）的一半。

新加坡没有汽车工业，所需要的机动车辆全部依靠进口，为了减少交通拥堵和防止空气污染，新加坡对私人购买轿车限制严格：首先是价格政策，2006 年 3 月在新加坡市场上，一辆日本生产的丰田佳美（Toyota Camry，排量 2.0L）的价格是 28 520 新加坡元（按目前新元与人民币的汇率为 1:5 计算，约合人民币 142 600 元）。但是，购买者还需要付出以下费用：车价 110% 的附加注册费、20% 的海关关税、5% 的销售税和 140 新元的登记费，这样又要付出 35 790 新元（折合人民币 178 950 元）。但是，即便这样还不能将所购轿车开回家：还需要通过竞标的方式购买一张有效期为 10 年的"车辆拥有证"。由于新加坡每年发放的"车辆拥有证"的数额不超过上年全国各种车辆总数的 3%。而 2005 年 12 月 31 日新加坡陆路交通管理局统计的全国拥有的各种类型的车辆为 735 000 辆，因此 2006 年 5 月到 2007 年 4 月允许发放的"车辆拥有证"核定为 22 050 张，除了政府用车、医院、公共交通和公用事业必须保证的车辆和特种车的增加和更换以外，私人轿车申请者还有相当数量（甚至是绝大多数）是原来车辆拥有者到期要求更换者，因此，还需要通过竞标的方式投入约一万新元以上才能获得"车辆拥有证"。即使这些费用全部缴纳后，还要购买保险、缴纳路税、路桥费，在办公和居住及消费点的停车费、燃料费、维修和清洁费等。这样，所购轿车开回家约需要付出近 8 万～ 9 万新元（约相当于人民币 40 万～ 45 万元）。由于采取了这些政策，新加坡私人轿车的新增加量实际上很有限，还有报道认为，21 世纪初，新加坡每年新增加的进口私人轿车数量约 800 辆，还包括部分顶替淘汰报废的轿车。进入 21 世纪以来，新加坡汽车保有量的年增长速率保持在 3% 以下。

二、用经济手段引导节能型轿车的消费、限制高排放量轿车

新加坡由于人口密度大、城市化程度高，人均使用能源 7 ～ 8 吨石油当量 / 年以上，居世界前列，因此二氧化碳的排放量始终保持高水平。1980 年人均排放二氧化碳 13.2 吨，仅次于挪威（22.1 吨 / 人·年）、美国

(20.1 吨 / 人·年)、澳大利亚(13.8 吨 / 人·年)为世界第四;1995 年为 19.1 吨 / 人·年,仅次于美国(20.5 吨 / 人·年,另外设在美国的世界资源研究所等单位的报告认为科威特 1995 年人均排放二氧化碳为 28.8 吨);1996 年新加坡人均排放二氧化碳 21.6 吨,已经超过美国(20 吨 / 人·年)列世界第一。虽然由于人口少,新加坡的二氧化碳总排放量不大(不到全世界总排放量的 0.3%),而且位处海岛,容易弥散,但是这也引起政府的关注。

新加坡排放的二氧化碳中由固体燃料燃烧(煤炭)所产生的仅占 0.17%,水泥生产所产生的占 1.5%,其余 98.3% 都是由于使用液体燃料所引起。为了减少二氧化碳的排放,新加坡政府鼓励私人使用排放量小(1.6L 以下)的轿车。负责发放"车辆拥有证"的陆路交通管理局分配给排量小于 1.6L 的私人轿车的配额比大于 1.6L 的轿车多两倍(这样也使大排量的豪华轿车的"车辆拥有证"的成本升高),由于这种政策和经济手段的引导,目前新加坡约 40.1 万辆私人轿车中,排量低于 1.6L 的所占比例约三分之二。

为了普及节能和环境效益好的轿车,从 2001 年开始,新加坡出现使用混合燃料(汽油和液化气)的汽车,还出现了电动车辆,以减少碳氢化合物、一氧化碳和颗粒物的排放。

三、大力发展公共交通

在通过政策导引和经济杠杆作用控制车辆、特别是私人轿车数量的同时,为了使公众出行方便,新加坡从 20 世纪 70 年代开始完善覆盖全境的陆路交通总体规划,目前已经有包括普通公路、城市快速路、地下铁道、城市轻轨,以及空中缆车(例如从新加坡到圣淘沙岛——Sentosa Island,意为"宁静之岛",面积约 3.5km^2,1972 年建成设施完善的旅游区运营长度约 1.5km 的跨海缆车)的比较完整的公共交通网络。

在新加坡全境 3200km 的公路中(其中快速路 7 条),约有 2900km 通行公共汽车,共有 200 多条长短不同的公交线路,9300 多辆公共汽车(多为双层)，公交车站点分布和距离设计合理，居民只要走几百米，就有站点，公共汽车的设施好，座位舒适，一般都有空调，而且价格便宜：从樟宜国际机场到市中心(约 12 ～ 15km)公共汽车的票价约 3.5 新元(轻轨车辆约 5.5 新元)，行驶时间仅 15 ～ 20 分钟。在市中心和大商场附近，道路的优先权向公共汽车倾斜，在学校附近，校车有优先路权。这样方便了普通市民和学生。花费 55 亿新元(约 11 亿美元)修建的新加坡的地铁(MRT)全长 67km(已经超过北京现有投入运营地铁的规模——北京环线地铁长度 16.04km，一线地铁长度 29.5km，总长度约 46km)，有两条主线，42 个站，每两分半钟到八分钟就有一趟列车进站，而且票价低廉(0.7 ～ 1.6 新元)。轻轨车辆则是机场的候机楼之间以及与市区之间的交通工具。这些交通线路和网络构成的现代化的大众交通系统，快速、舒适和方便，甚至欧美的发达国家也达不到这样的水平。同时，这些道路的交通指挥系统和通讯系统都很先进，而且配套。新加坡的快速路的收费是在车辆行进过程中通过对装在车窗右上侧的收费卡感应扫描完成，很少见收费亭式的人工收费设施，这就从管理的角度保证了道路的快速畅通。为了防止城市中心在交通繁忙时段快速路的过分拥堵，在进入市区的某些快速路的进口和出口，在道路上方的能够与所通过汽车上的预先付费卡片联作的感应器(电子闸门)会自动从预付费卡片上扣除在快速路上的行驶的费用，收费的标准在不同的时段和出入口是不相同的，随道路交通的繁忙情况而定，而且有公示。司机都会选择收费少的时段和出入口进入和驶出快速路，这就通过收费的多少引导司机和汽车选择收费较少的时段和出入口行驶，从而缓解快速路上的拥堵。新加坡的道路上极少有汽车鸣笛，极大地减少了道路的噪声污染。在新加坡，极少见到警车为各种首长开路而置普通车辆于不顾的情况。

由于新加坡每年约接待 400 万旅游者(超过其本土居民总数)，而且旅游者绝大多数是乘飞机到达樟宜国际机场。樟宜国际机场为全世界 69 家航空公司提供全天候服务，为及时疏散到达机场的旅客，各大宾馆都有专门的车辆接送预定了房间的旅客，不额外收费。因此新加坡的樟宜国际机场虽然客流量大，但是，由于公共汽车、轻轨、宾馆专线和出租车的运营，机场的旅客疏散迅速。

特别值得一提的是新加坡的出租汽车：新加坡全境约有2万辆（一说为2.2万辆），分为Comfort、City Cab、TIBS等几种级别，24小时都可以看到空驶待客的出租车，其起价为2.6～3.1新元（1km），此后每200m或225m增加0.1新元。行驶相同的旅程的车费约是公共汽车的4～5倍，因此在节假日，在大商场门口，阖家出行者（3～4人，或加一小孩）都在排队等候出租车，不仅方便快速，而且价钱并不比乘公共汽车贵多少（行驶中等候时间每30秒增加0.1新元，在快速路的交通繁忙时段、夜间行驶、电话预定、从机场出发以及用信用卡付费时，收费略有增加）。

四、城市绿化

新加坡市内道路两侧已经被草皮、灌木、花丛和有观赏价值的乔木覆盖，几乎看不见裸露的黄土。在市区保持相当数量的公园和绿地，例如在市中心的附近的新加坡植物园（Singapore Botanic Gardens）占地$52hm^2$，除了有著名的国家兰花园（National Orchid Garden），还有面积相当大的天然热带雨林，使游人在城市的生活节奏中有一片寂静和小小惊喜的感受。另外在距离市中心12km处的武吉知马自然保护区（Bukit Timah Nature Reserve），其面积达$164hm^2$，保持了大片的原始热带雨林，其所拥有的植物种类甚至超过北美大陆。另外，新加坡还专门设置了面积为$87hm^2$、为候鸟迁徙中途经留的双溪布洛湿地保护区（Sungei Buloh Wetland Reservation）；还有动物园、夜间野生动物园、飞禽公园等等场所，将城市中的绿地和旅游点结合起来，充分发挥了绿地的环境保护作用和对居民进行爱护自然、保护生态环境的教育功能。

新加坡还对从事城市建设的开发商规定：所征购的地皮的面积的65%必须用于绿化。正因如此，在新加坡的居民区，不论是公寓区、别墅小区，还是各种道路和街道两旁，绿地都非常充分，而且布置也相当美观。说新加坡是花园国家，说新加坡市是花园城市并不夸大。

2006年3月15—29日，笔者所记录到的新加坡市空气质量状况是：

多数天的主要污染物是可吸入颗粒物，污染指数约为 26 左右，空气质量均属于优。

2008 年北京夏季奥运会已经为时不远，而近期的环境质量、空气污染和交通拥堵状况确实堪忧，届时或许会采用临时限制民用车辆或关停某些空气污染物排放大户的治标办法，但恐非良策。2005 年中国汽车生产量达到 570 万辆（其中轿车 277 万辆，比 2004 年增加 19.7%），全国民用汽车保有量达到 4 329 万辆（包括 1 149 万辆三轮汽车的低速货车），其中私人轿车保有量为 2 365 万辆（比 2004 年增加 22%）。笔者认为中国的汽车工业应该继续保持发展的强劲势头，但是对北京这样的大城市，对私人轿车的发展速度超前于全国、超前于公共交通的态势则令人忧虑。笔者建议：加大北京市交通向公共交通倾斜的程度，考虑采用经济手段限制私家车辆的发展速度、控制国家机关轿车数量。这对保护环境、减少空气污染、提高能源利用效率、改善社会风气都有好处。政府有关部门应该充分认识到：中国是人口大国，北京是人口大市，从能源、环境和社会公平的角度看，都不应该盲目地发展私人轿车，应该以 2008 年北京夏季奥运会的举办为契机，大力发展方便、快捷（因为人多，甚至还没有条件提出舒适）的公共交通。

（此文发表于《石油知识》2007 年第 3 期）